LE SOMMEIL DE L'OURS

Christian Gernigon

Le Sommeil
de l'ours

Albin Michel

COLLECTION « SPÉCIAL SUSPENSE »

© Éditions Albin Michel S.A., 1992
22, rue Huyghens, 75014 Paris

ISBN 2-226-05729-3
ISSN 0290-3326

1

Il avait cessé de neiger dans la matinée et seuls quelques flocons indécis venaient encore se coller au pare-brise de l'autocar. Le ciel hésitait entre le gris ardoise et le blanc cassé, chape lourde qui anticipait le soir et invitait irrésistiblement au sommeil.

Par la vitre sale du car, Claire contemplait, somnolente, l'avenue de la Paix que les passages incessants des camions transformaient en bourbier. Entre les rails que creusaient les poids lourds poussifs, empanachés de fumée grasse, une barrière de neige crasseuse soulignait les vastes proportions des voies et des contre-allées bordées d'arbres malingres. Mira Prospekt, une des interminables avenues staliniennes qui rayonnent de la ceinture de jardins comme des tentacules sur plus de quarante kilomètres, essaimant au nord de Moscou en immeubles cubiques et vertigineusement semblables. Les teintes de terre se dégradaient rapidement, passant du rouge brique à l'ocre de l'argile, pour finir dans la gamme infinie des gris de cendre. Aux derniers gratte-ciel baroques avaient succédé les grappes des « microrayons », l'appellation officielle de ces H.L.M. démesurées, elles-mêmes bientôt supplantées par des rangées de cheminées, gigantesques colonnes de ces temples de la Révolution qui avaient dévoré les églises de jadis. La ville « aux quarante fois quarante églises » était devenue la ville aux mille usines. Pour Claire, désormais, Moscou avait une odeur : celle, mêlée, du monoxyde de carbone, du tabac âcre et du désinfectant.

« Medvekovo. C'est le terminus nord du métro. Ce ne sera plus très long. »

Claire sursauta. Zory avait une voix un peu nasillarde, dont

7

il cultivait à l'évidence les intonations aristocratiques, s'imaginant sans doute qu'elles étaient l'attribut obligé des fonctions diplomatiques. Claude Zory était attaché à l'ambassade de France à Moscou. Il s'était proposé de servir d'interprète à la délégation française et, depuis une semaine, courtisait Claire avec une assiduité fastidieuse. Claire ne répondit pas et étouffa ostensiblement un bâillement. Zory ne s'en formalisa point et resta debout dans la travée, accoudé au fauteuil de Claire, le menton posé sur ses bras. Les bâtiments à présent clairsemés laissaient entrevoir des échappées brusques de champs enneigés et les ourlets noir et blanc de forêts de bouleaux.

« Espérons que Doubransky ne se trompera pas une fois de plus de route. »

Claire pouvait sentir le souffle de Zory qui effleurait ses cheveux et elle se tortilla sur son siège, mal à l'aise. A son côté, près de la fenêtre, André Brunet, son père, émit quelques ronflements brefs, qui le réveillèrent. Les yeux grands ouverts, il parcourut les rangées du regard comme s'il ne s'était jamais assoupi. Il se racla la gorge, resserra machinalement son nœud de cravate et constata avec satisfaction que d'autres passagers s'étaient endormis, bercés par une digestion difficile et la chaleur douillette du car. Des relents de chou gras remontèrent son œsophage et il regretta de s'être resservi. Ils avaient déjeuné au Sedmoïé Niebo, le Septième Ciel, non loin de leur hôtel. Le restaurant était ainsi nommé parce qu'il était juché au sommet de la tour de télévision, face aux studios qui arrosaient Moscou de programmes soporifiques. La renommée du restaurant, Brunet ne le comprenait que trop à présent, venait essentiellement de son altitude, 560 mètres, et le rôle principal de ses rotations célestes était de distraire la clientèle de ce qu'on lui servait. Il réprima un rot et frotta vainement la vitre maculée de boue pour constater qu'ils roulaient en pleine campagne. La forêt de bouleaux s'étendait non loin de la route, dense et sauvage. C'était donc cela, la Russie. Une terre maltraitée, prête à reconquérir sa place à tout instant. Le car s'arrêta à un croisement, repartit en patinant sur la chaussée enneigée et tourna dans un chemin cahoteux dont apparemment la neige et le gel étaient le seul revêtement. Les passagers s'agitèrent un instant et des cris fusèrent, plaisanteries bon enfant qui dissimulaient mal une certaine anxiété. Brunet se retourna vers Claude Zory.

« Qu'est-ce que c'est que ces montagnes russes ? » plaisanta-t-il, s'accrochant à l'accoudoir.

Zory fut projeté en arrière et dut se rasseoir, au grand soulagement de Claire.

« La route de ceinture. Nous venons de couper la route de ceinture. Nous avons quitté la zone urbaine de Moscou. Les voies d'accès sont assez inégales, dans ce secteur. »

Les euphémismes de Zory avaient de quoi faire hurler de rire mais Claire n'en avait vraiment pas le cœur. Elle avait tout à coup perdu le sens de l'humour, en même temps que celui du temps et des distances. Combien de kilomètres avaient-ils déjà parcourus ? quinze, vingt, plus, elle aurait été incapable de le dire. La neige, la boue, la monotonie des sites faussaient les repères habituels.

« Ce ne devrait plus être long », répéta Zory d'un ton qui se voulait optimiste et qui n'en était que plus ambigu.

Devant, Hans Gruber s'était levé et se dirigeait avec difficulté vers l'avant de l'autocar. Il se raccrochait aux fauteuils et titubait à chaque tour de roues. Claire le regarda gesticuler d'une main, tandis que l'autre s'agrippait au siège du chauffeur. Leur guide, Vadim Vassilievitch Doubransky, qui était aussi le représentant officiel du gouvernement soviétique pour l'accueil de cette délégation, eut un geste rassurant et s'efforça de sourire pour dissiper l'inquiétude de ses hôtes. Depuis une semaine, ils avaient appris à se méfier de son sens approximatif de l'orientation. Doubransky s'était régulièrement trompé de route à chaque déplacement et le chauffeur munichois ne décolérait pas. Cependant, Claire soupçonnait Doubransky d'appliquer des consignes précises en feignant de s'égarer. Aucun des membres de la délégation n'aurait été capable de retrouver seul les lieux de leurs visites.

Gruber finit par hausser les épaules et plongea vers son siège avec un juron très germanique. Il aurait pourtant dû se féliciter d'être à bord d'un autocar allemand. Après quelques tergiversations, le choix de l'organisateur s'était porté sur un

Mercedes, plutôt que sur le car italien initialement prévu. Les Italiens avaient évidemment boudé quelques jours mais s'étaient résignés. L'aide considérable déjà apportée par Bonn justifiait quelques compensations.

Une fondrière plus profonde fit chavirer un instant le car dont le moteur rugit pour retrouver la terre ferme. Les secrétaires furent projetées sur l'épaule de leur patron dans un charivari de poulailler. Puis, brusquement, l'autocar sortit des turbulences et retrouva un semblant de chaussée. Des lignes électriques apparurent entre les arbres et les Italiens s'exclamèrent comme des naufragés apercevant la terre ferme. Comme ils s'y attendaient tous, Paolo Perlini, de chez Barilla, entonna un air de bel canto aussitôt repris par les mélomanes hollandais. Deux rangs devant Claire, Guy Dufay se retourna vers elle, avec un clin d'œil. Il représentait les Telecom françaises, et détestait cordialement ses concurrents hollandais d'Alcatel.

« De grands enfants, n'est-ce pas? » ironisa-t-il.

Claire se demandait en effet si tous ces cadres et chefs d'entreprise responsables différaient beaucoup de potaches en voyage éducatif. Le dépaysement, le grégarisme, une angoisse sourde et l'absence de critères nationaux favorisaient les débordements. Des adolescents en goguette, voilà ce qu'ils étaient, songea Claire.

Ils étaient une quarantaine à partager depuis près d'une semaine le même hôtel, le même autocar, les mêmes visites et les mêmes restaurants. Ils composaient la Délégation européenne de coopération économique et d'entreprises communes, un concentré des firmes que le gouvernement soviétique d'une part, et la Communauté européenne d'autre part souhaitaient voir coopérer. Jacques Flahaut, le conseiller belge en gestion d'entreprise, avait surnommé la délégation l' « ambulance ». Il ignorait que les directeurs d'usine moscovites l'appelaient le « corbillard ».

Claire ne comptait plus les usines et les réceptions officielles. Chaque secteur en détresse de l'industrie soviétique avait été visité, comme on visite un malade mourant, en feignant qu'un miracle soit encore possible. Les secrétaires avaient pris des notes, les techniciens observé les carences, et les cadres calculé les coûts. Après l'usine ZIL, le lendemain, il resterait deux jours pour le tourisme et ils repartiraient chez eux, rendre compte. Certains ne remettraient plus jamais les pieds en URSS. D'autres y envisageraient des contrats avant leur départ. C'était le cas de Brunet, qui attendait avec impatience cette visite pour concrétiser les premiers contacts qu'il avait eus avec l'Usine des savons de la liberté. Ce n'était pas un très gros contrat, mais il comportait des clauses prometteuses. Contrairement aux autres délégations, il n'avait ni secrétaire, ni interprète, mais Claire lui était plus précieuse que toute une équipe. André Brunet observa furtivement le profil de sa fille. Il était toujours saisi par la ressemblance avec sa mère. Le même front florentin, la même chevelure sombre où jouaient des reflets fauves. Ce regard concentré, attentif, et le petit pli perpétuellement inquiet, entre les yeux, la seule ombre de ride sur son visage. Trente-quatre ans. L'âge de sa mère quand elle l'avait quitté. Elle se tourna de trois quarts pour saisir l'attaché-case de son père, et fit tomber son appareil photo, un vieux Canon qu'il lui avait offert à son bachot et qu'elle traînait dans tous ses voyages, comme un fétiche. Elle surprit le regard de son père et haussa les sourcils, interrogative. Brunet grommela, la voix mouillée :

« Tu n'as pas froid ? »

Elle avait ôté son mouton retourné et ne portait qu'un chandail de mohair blanc sur un pantalon de cuir noir. Elle éclata de rire en guise de réponse. Son père ne changerait donc jamais. Il se préoccupait encore d'elle comme d'une petite fille. Elle plongea le nez dans l'attaché-case.

« As-tu pris le télex de Yurchenko ?

— Mais oui. Regarde dans la chemise rouge. Avec les accusés de réception des commandes. Pourquoi ? Tu t'occupes aussi du commercial maintenant ?

— Les modalités de cession du brevet ne me paraissent pas très claires. On devrait attendre un peu.

— Tu sais bien que Yurchenko a été très net là-dessus. Si on ne traite pas rapidement, ils se tourneront vers les Allemands, même s'ils sont plus gourmands.

11

— Leur procédé est moins fiable.

— Ils s'en foutent. C'est une question d'urgence. Et puis on n'a pas le choix... »

Brunet, qui parlait à voix basse depuis quelques instants, s'interrompit brusquement. L'autocar venait de s'arrêter, avec des halètements de cheval fourbu. Les passagers collèrent le nez à la fenêtre, certains se levèrent pour scruter la route, à l'avant. Une camionnette jaune et bleue barrait le passage et des miliciens en uniforme, emmitouflés dans d'épais manteaux bleus, une chapka enfoncée jusqu'aux oreilles, s'approchèrent du car. Doubransky ordonna au chauffeur d'ouvrir les portes et se porta à la rencontre des miliciens, la feuille de route officielle de l'Intourist à la main. On ne pouvait circuler en URSS sans ces plans de vol estampillés, où l'itinéraire était soigneusement déterminé à l'avance et soumis aux autorités pour accord, puis vérifié par les barrages fréquents de la milice routière. Doubransky adressa quelques mots au milicien qui examina la feuille de route en hochant la tête tandis que ses collègues inspectaient le véhicule, suspicieux. Le chef rendit ses papiers à Doubransky et fit quelques pas dans l'allée. Sa façon de dévisager les passagers laissait dans son sillage un sentiment de malaise et de culpabilité. Il s'arrêta au niveau de Perlini dont la jovialité méridionale ne lui revenait sans doute pas et demanda son passeport. Aussitôt, l'interprète italien traduisit et Perlini fouilla nerveusement dans ses poches. Doubransky voulut intervenir et se fit rembarrer sans ménagement par le milicien. Zory ne put réprimer un ricanement.

« Ce pauvre Vadim Vassilievitch se fait tirer les oreilles, on dirait », commenta-t-il.

Perlini transpirait à grosses gouttes à présent et se taisait. Le milicien remonta l'allée jusqu'au niveau de Zory qu'il fixa longuement, ses petits yeux noirs plissés dans un effort d'identification. Un silence pesant s'installa. Puis, brusquement, il tourna les talons, jeta son passeport à Perlini qui le prit en pleine poitrine, et sortit en brandissant un index menaçant sous le nez de Doubransky.

« Il lui reproche d'avoir pris un raccourci non répertorié sur la feuille de route », expliqua Zory.

12

L'autocar repartit en douceur et bientôt, à la sortie d'un virage serré, apparut une vaste perspective dégagée où la forêt semblait avoir été rasée par un cataclysme. Sur la gauche, une sorte d'esplanade se déroulait, blanche et lisse, tranchée par la cicatrice de la route. A l'horizon, les formes compactes de bâtiments gris se détachaient sur les champs de neige. Par-dessus la cime des bouleaux, groupées comme des cierges colossaux, quatre cheminées noires se dressaient. Deux d'entre elles seulement crachaient de lourdes volutes de fumée.

Ils franchirent une première clôture électrifiée où un gardien assoupi dans sa guérite les regarda passer sans bouger le petit doigt. Doubransky, triomphant, saisit le micro et s'adressa à la délégation en trois langues. L'allemand d'abord, protocole oblige, puis l'anglais, et enfin le français.

« Mesdames et messieurs, nous arrivons dans l'enceinte de l'Usine des savons de la liberté, premier producteur de savons et détergents de la république de Russie. »

La route décrivait une large boucle qui leur permit d'admirer la disposition des bâtiments et l'exiguïté relative des hangars de stockage par rapport à l'espace disponible. Plus loin, à quelques centaines de mètres, ils aperçurent d'autres bâtiments isolés par des clôtures successives de barbelés. Des panneaux rouges et verts signalaient sans doute quelque danger. L'autre usine paraissait déserte. Intriguée, Claire se retourna vers Zory.

« Qu'est-ce que c'est ? Une autre usine de détergents ? »

Claude Zory haussa les épaules dans un geste d'ignorance. Il semblait lui aussi fasciné par ces murs aveugles. Une voix grasse, enrouée par l'alcool et le tabac, les tira de leur contemplation.

« On m'a dit que c'était un ancien incinérateur de déchets chimiques. Actuellement fermé, paraît-il. Sur la demande expresse de Gavril Popov qui ménage son électorat écologiste. Ne riez pas, Greenpeace a même ouvert un bureau à Moscou. »

Ils se retournèrent vers l'allée. Accroupi aux genoux de Claire comme un gros chien docile, Dan Skinner regardait le paysage industriel de ses yeux globuleux, d'un bleu délavé.

13

Son regard triste et la peau grêlée de ses joues lui donnaient un charme insolite, viril et fragile à la fois. Malgré un fort accent britannique, Skinner parlait un excellent français. Étonnant personnage, songea Claire, il parle une demi-douzaine de langues, semble continuellement ivre mais se souvient de tous les détails d'une conversation, et entend même celles qui ne lui sont pas destinées. Drôle de bonhomme !

Claire se demanda pourquoi, avec le talent qu'il avait, ce gaillard restait confiné à Moscou, dans de minables fonctions de correspondant pour la Scott Paper Company.

« Depuis 1989 les écolos ont réussi à faire fermer 240 entreprises polluantes sur l'ensemble du territoire. Mais les pollueurs ont encore de beaux jours devant eux. Un Soviétique sur quatre vit dans une zone critique. J'ai vu des enfants porter un masque pour aller à l'école, à Astrakhan. Vous ne me croyez pas ? »

Il eut un sourire doux, un peu désabusé. Claire hocha la tête en regardant s'éloigner la masse inquiétante de l'usine. Depuis une semaine qu'ils se fréquentaient, elle avait l'impression que Skinner était un vieil ami.

« Au fait, vous le connaissez, le directeur de cette boutique. C'est quoi, son nom, déjà ? Jilapov ?

— Jigalov », rectifia Brunet. « Roman Klimontovitch Jigalov.

— Vous l'avez déjà rencontré ?

— Pas encore. Juste des télex.

— Vous croyez que ça l'intéresserait, mes rouleaux de papier cul ? Vous avez des tuyaux sur leurs fournisseurs d'emballages ?

— Ma foi, vous pouvez toujours tenter votre chance, mais j'ai l'impression qu'ils ont d'autres priorités que le papier cadeau. »

Skinner eut un rire rauque qui s'acheva en quinte de toux et tapota le genou de Brunet.

« On ne sait jamais, mon vieux. Comment vous les emballez vos savonnettes, vous ?

— Je fais surtout les poudres, vous savez.

14

— Justement, vous ne les mettez pas dans des cornets à fish and chips, non?

— Pourquoi, vous faites aussi des barils? Je croyais que votre créneau, c'était le papier à lettres et le papier hygiénique?

— Il faut savoir s'adapter », conclut Skinner d'un air détaché, en regagnant sa place.

2

L'autocar aborda enfin le parking désert où quelques Jigouli jaune canari et trois ou quatre Moskvitch rouge vif semblaient s'être égarées comme des insectes en hiver. Deux autobus antiques stationnaient près d'un hangar encombré de ferraille qui, après examen, s'avéra être composée de machines hors d'usage, ou en instance de réparation. Plus loin, deux manutentionnaires vêtus de parkas volumineux et coiffés de casquettes à oreilles fourrées surveillaient d'un air las les hoquets d'un tapis roulant. Des cartons de savons tressautaient vers l'arrière d'un camion bâché. Le chauffeur fumait au volant, apparemment indifférent aux opérations de chargement. Le tapis se bloqua et les deux manutentionnaires regardèrent longuement les colis immobiles. Un contremaître apparut, et se mit à gesticuler avec véhémence. Alors seulement l'un des ouvriers consentit à donner un coup de pied distrait au tapis qui repartit en tremblotant. Au-dessus de l'entrée, une banderole pourpre lançait un mystérieux message en caractères cyrilliques dorés.

« Qu'est-ce que c'est ? Un message de bienvenue ? s'informa Brunet.

— " Gloire à la Patrie des Travailleurs " », traduisit Zory.

L'autocar les déposa devant les portes monumentales du bâtiment principal. Ils descendirent et s'engouffrèrent derrière Doubransky dans le hall d'entrée, le souffle coupé par le froid vif que la chaleur de l'autocar leur avait fait oublier. La Moskova commençait à geler le 18 novembre, et on était le 20.

Ils attendirent dix bonnes minutes avant qu'on ne se préoccupe de leur présence. Doubransky allait d'un groupe à l'autre pour prodiguer bonnes paroles et propos rassurants. Il

16

se confondait en excuses et repartait vers les bureaux où des employés en blouse grise se levaient parfois pour observer les Occidentaux à travers la paroi vitrée de leur aquarium, et se rasseyaient avec des ricanements et des gestes d'impuissance. Finalement, Jigalov apparut, courant presque, par habitude plus que par courtoisie. Il parlait avec un débit rapide, agitait les bras et poussait de petits cris plaintifs en levant les yeux au ciel. Doubransky, submergé, essayait vainement de traduire entre deux pauses. Il finit par renoncer et fit signe aux membres de la délégation de le suivre.

Ils se mirent soudain à galoper derrière Jigalov qui les entraînait à travers les salles et criait des explications confuses d'une voix haut perchée. La cinquantaine un peu grasse, un mégot éteint au coin des lèvres, Roman Klimontovitch Jigalov présentait tous les signes du surmenage. Les rares cheveux gris qu'il lui restait lui tombaient dans les yeux, son costume défraîchi était taché de blanc et son nœud de cravate desserré laissait entrevoir un col douteux. Jigalov incarnait le type même du cadre soviétique débordé. Ingénieur de formation, il s'était retrouvé promu directeur lorsque son prédécesseur avait fait une dépression nerveuse. A mesure qu'ils avançaient vers le cœur de l'usine, les visiteurs comprenaient mieux l'ampleur des problèmes. Ils contournèrent le laboratoire où les visites étaient interdites pour d'obscures raisons de sécurité, passèrent rapidement à côté de la salle de mélange qui n'offrait qu'un intérêt mineur puisque les machines y étaient présentement en panne, et se dirigèrent vers la salle de conditionnement.

Jigalov fut happé au passage par un maigrichon en blouse grise qui lui brandit une liasse de papiers à signer. Jigalov l'envoya paître d'un geste éloquent mais le comptable ne l'entendait pas de cette oreille et se planta devant Jigalov, l'empêchant de poursuivre sa visite guidée tant qu'il n'aurait pas signé les cinq exemplaires de la commande. Jigalov hurla dans le nez de l'employé mais se soumit. Soudain calmé, il se tourna vers la délégation et les prit à témoin. Doubransky, fébrilement, traduisit en allemand. Zory en français. Les autres en italien et en anglais. La ruche occidentale bourdon-

17

nait comme un musée vénitien. En substance, Jigalov expliquait qu'il était le réceptacle de l'ensemble des problèmes qui se posaient à l'usine. Le petit homme gris qui s'éloignait, commenta-t-il, était le bras rigide de l'État. Il était là pour que les choses soient en règle. Lui, Jigalov, était là pour que les choses tournent. Inévitablement, ils avaient des conflits.

Sans un mot, Brunet examinait d'un œil critique les équipements vieillissants, dont certains tournaient depuis quinze ans. Une grosse femme luisante de sueur, un foulard blanc sur la tête, vint tirer Jigalov par la manche. La chaîne était une fois de plus engorgée. Il la repoussa en lui disant de se débrouiller. Brunet demanda à Zory de s'informer des causes de ces blocages fréquents. Jigalov leva le menton pour voir le Français et lui tendit les bras.

« Il vous salue avec chaleur, expliqua Zory, tandis que Jigalov serrait André Brunet dans ses bras.

— Merci, j'avais compris.

— Il dit qu'il est confus, qu'avec tous ces problèmes, il n'a même pas eu le temps de préparer un accueil plus digne de son futur associé. »

Jigalov entraîna Brunet vers l'extrémité de la chaîne pour lui montrer une des raisons de ses problèmes. Des montagnes de cartons s'amoncelaient, dans le plus parfait désordre, au beau milieu de la salle. A côté, le hangar était plein à ras bord.

« Voilà le problème majeur. Ils manquent de place. Il a fait construire cette extension de stockage il y a six mois et c'est déjà saturé. Ce n'est pas un problème de production, mais de stockage et de distribution.

— Pourtant, il me semblait qu'il y avait de la place, à l'arrière de l'usine. »

Zory traduisit. Jigalov leva ses bras courts vers le plafond.

« Vieille histoire. Il y a dix ans, le terrain était prévu pour agrandir leur usine. Mais les crédits manquaient. Entre-temps, le terrain a été réattribué au secteur chimie qui a d'abord construit une fabrique, puis l'incinérateur. Maintenant, ils ont les crédits, mais plus l'espace.

— Et autour ?

— Impossible. Zone protégée.

« — Pour des raisons écologiques ?

— Pas du tout. Sécurité d'État. La rumeur court même que l'usine de savons pourrait être déplacée sous peu. »

Ils passèrent ensuite dans les bureaux où Jigalov leur fit une petite démonstration de ce qui ne fonctionnait pas. Il souleva plusieurs téléphones, composa quelques numéros et tendit les combinés à ses invités. Pas un seul ne fonctionnait. Il montra ensuite sur quoi il rédigeait ses notes de service : des emballages non utilisés. Jacques Vermont étouffa un petit rire et murmura à l'oreille de Claire :

« C'est bien la première fois que je vois un patron laver son linge sale en public.

— C'est d'aide qu'ils ont besoin, pas de compliments. »

Jigalov leur fit ensuite traverser une passerelle qui enjambait une cour sombre. Sous une épaisse couche de neige, on devinait la forme de tracteurs et d'élévateurs. Jigalov laissa tomber un seul mot, que tous comprirent sans avoir besoin de traducteur, tant ils l'avaient entendu depuis le début de leur séjour : « *Remont !* »

En réparation ! La passerelle les conduisit à un autre bâtiment, plus haut, qui semblait presque collé au périmètre de l'usine d'incinération voisine et dominait ses clôtures inquiétantes. Une route assez large séparait les deux zones, sorte de no man's land aux allures hostiles. Une grosse limousine noire était garée près de l'entrée, immobile et aveugle. Skinner l'observa un moment et demanda, en russe, pourquoi ce bâtiment avait été construit si près de l'autre. Jigalov expliqua qu'il l'avait fait élever sans autorisation, à la hâte, pour éviter matériellement que l'autre usine n'empiète sur son territoire. Les directeurs pratiquaient beaucoup la politique du fait accompli, en l'absence d'autorité réelle des pouvoirs publics. On se défendait comme on pouvait.

Ce second bâtiment était en cours d'aménagement et devait accueillir la chaîne de production de détergents en poudre, dont Brunet était, en quelque sorte, le maître d'œuvre. Il restait beaucoup à faire et les poutrelles nues, les scellements inachevés, les machines non déballées donnaient aux lieux un air de garde-meubles. Sur la galerie qui abriterait les bureaux,

19

dominant l'atelier, le long d'une baie vitrée qui donnait sur la route, un buffet sommaire avait été dressé et deux ouvrières en blouse grise les attendaient près d'un samovar, prêtes à servir le thé. Des plats de petits gâteaux avaient été disposés sur des tréteaux et un livre d'or attendait les hôtes. Leurs pas firent vibrer les trémies et leurs voix résonnèrent sous les voûtes neuves. Il régnait dans ce hangar presque vide un froid glacial. Ils se précipitèrent sur le thé brûlant. Skinner emprunta l'appareil photo de Claire et proposa de tirer quelques clichés souvenirs du groupe. Jigalov et Brunet prirent une pose historique, un verre de thé fumant à la main. Skinner se rapprocha d'eux et demanda discrètement à Jigalov s'il n'avait pas besoin de solides emballages pour ses poudres. Jigalov éclata de rire en lui conseillant de s'adresser à Kurichev. Lui, ce n'était pas son rayon. Il était lié par contrat à un fournisseur attitré désigné par l'État. Mais Viktor Kurichev, peut-être... Il était le délégué ministériel à la modernisation et aux échanges. Il serait présent à la cérémonie d'adieu, dans deux jours. Skinner hocha la tête mais laissa néanmoins sa carte de visite, en deux langues, et s'éloigna vers la baie vitrée tandis que Jigalov expliquait, du haut de la galerie, ses projets d'aménagement.

Sur la route frontière qui séparait les deux usines, une deuxième limousine s'était garée, à cinquante mètres de l'autre. Un homme vêtu de noir, chapka luxueuse de zibeline, s'avança vers la première voiture. Le chauffeur ouvrit la porte arrière. Un homme plus jeune en descendit, vêtu à l'européenne, d'un simple loden et d'un feutre gris. Les deux hommes se serrèrent la main et Skinner prit une photo, puis une autre. Au troisième cliché, le jeune homme blond releva la tête et montra la baie vitrée du doigt. Skinner eut l'impression d'avoir été vu et recula d'un pas. Dans son dos, il sentit quelqu'un.

« Attention aux indiscrétions, monsieur Skinner. Les Soviétiques sont très chatouilleux sur le secret, vous savez. Même sans raison apparente, ils ont toujours l'impression qu'on les espionne. »

Claude Zory lui tendait un verre de thé. Skinner le prit avec un sourire embarrassé et montra la route d'un geste vague.

« Oh! bien sûr. Je sais, mais... euh... vous voyez, j'ai un vice... les grosses voitures. Vous avez vu ces deux Tchaïka. Superbes, n'est-ce pas? Des Tchaïka 14 dernier modèle. Sept places. Huit cylindres en V. 5529 cm^3. 220 CV DIN. Plus de six mètres de longueur. Presque deux tonnes et demie.

— La Zil est plus grosse, plus lourde, plus rapide, répliqua Zory.

— Et vingt-deux litres au 100. Incroyable, non? »

Skinner retourna vers le groupe, l'air dégagé, et rendit le Canon à Claire. Il posa ensuite son verre de thé et but une large rasade de scotch de sa flasque. Parmi les caractéristiques de la Tchaïka, Skinner avait omis d'ajouter qu'il s'agissait d'une voiture de hautes fonctions uniquement fabriquée sur commande de l'État soviétique.

Brunet et Jigalov échangèrent un premier projet de contrat et se fixèrent un rendez-vous avant de se quitter. Lorsqu'ils reprirent la route, les Tchaïka avaient disparu et la neige tombait de nouveau, drue et tourbillonnante.

3

Il y avait longtemps que la rue Dimitrov n'avait pas connu une telle animation. Depuis 21 heures, les taxis et les voitures officielles défilaient devant l'ambassade de France. Par commodité autant que par élégance, les membres de la délégation avaient préféré se rendre individuellement à la réception offerte par Jean-Luc de Perthuis. L'absence des Allemands fut remarquée et amplement commentée par les Français, mais Claire crut déceler un soupçon d'amusement chez les invités soviétiques. Les petites zizanies des Européens n'étaient sûrement pas pour leur déplaire et les consolaient de leurs propres querelles intestines. Les quatre salons du rez-de-chaussée avaient, pour l'occasion, été ouverts, et l'ambassadeur, petit homme rond et affable, circulait d'un groupe à l'autre, prodiguant amabilités et mots de bienvenue. Dans le salon dit de l'Élysée, parce qu'y trônait un portrait du Président, les Français s'étaient regroupés autour de Solange de Perthuis, femme charpentée aux formes généreuses dont l'optimisme radical avait quelque chose de choquant et de presque pervers dans le contexte russe. On murmurait qu'elle était une mangeuse d'hommes. Claude Zory paradait à ses côtés dans un smoking un peu voyant, la frange de cheveux soigneusement ramenée sur les rides précoces de son front. On sirotait du champagne. Brunet s'étonna que tout fût presque désert dès 22 heures.

« Mais mon cher, s'écria Mme de Perthuis, après onze heures, il n'y a plus un troquet d'ouvert ! La zone, quoi ! » Elle partit d'un grand rire.

« C'est vrai, j'ai remarqué l'autre jour que la seule lumière dans le centre, à minuit, était celle de la tour du Sauveur, au Kremlin, confirma Dufay.

— Si vous cherchiez un clandé, ce n'était pas le bon quartier ! s'exclama l'épouse de l'ambassadeur.

— Non, il en revenait », enchaîna Zory, mais sa plaisanterie tomba à plat. Il poursuivit d'un ton égal : « Mais c'est vrai que la situation s'est encore aggravée avec la vague de criminalité. »

Allons bon, songea Claire, nous voilà partis dans les lieux communs !

« La criminalité a connu une augmentation de quatre-vingts pour cent en 1989, vous vous rendez compte ?

— Oui, mais une bonne moitié de ce que vous appelez des crimes ne sont que des cambriolages et des vols.

— Peut-être, mais les gens blindent leurs portes et les directeurs de théâtre s'arrachent les cheveux parce que les salles se vident en soirée. Les gens ont peur.

— Certains produits manquent tellement que les cambrioleurs remplacent les fournisseurs.

— Il n'y a pas que la pénurie. La Mafia est un phénomène qui n'a rien à voir avec la crise, mais avec la *perestroïka* sûrement. L'ordre n'est plus respecté, la milice est impuissante.

— Au fait, vous avez entendu parler de l'éventreur ? Non ? Laissez-moi vous raconter. »

Solange de Perthuis les attira vers elle, comme si elle allait leur confier un secret d'État. Claire comprit la fascination qu'exerçait la rumeur à Moscou.

« Il paraît que depuis quelque temps la police est sur les dents. On dit qu'un éventreur s'attaque aux clochards et aux sans-abri, près de la Moskova. Ils ont beau faire des rondes, aucun résultat. Le fou égorge ses victimes, leur tranche le nez et leur coupe l'extrémité des doigts.

— Ça ne vaut pas Jack the Ripper ! s'écria Dan Skinner, qui venait de rejoindre le groupe des Français, un double scotch à la main.

— On parle beaucoup de néo-fascistes violents aussi, non ? Des sortes de skinheads modèle soviétique, dit Claire.

23

— Vous parlez du Pamiat ? interrogea l'ambassadeur, qui était passé inaperçu jusqu'à présent, derrière l'impressionnante stature de son épouse. Il est exact qu'on trouve dans ce mouvement des ultra-nationalistes antisémites et agressifs. Mais ils semblent pour l'instant se limiter à la violence verbale, contre les juifs, mais aussi contre les Arméniens, les Géorgiens, bref, tout ce qui n'est pas russe.

— Il ne faut rien exagérer, intervint Zory. Pamiat, c'est avant tout le « souvenir ». C'est, à l'origine, un mouvement nationaliste russe, certes, mais humaniste et chrétien. Son premier but est la sauvegarde du patrimoine russe. A ce titre, naturellement, ils s'en prennent à tous ceux qui pillent ses richesses. Les trafiquants d'icônes internationaux par exemple.

— Ne me faites pas rire avec le patrimoine russe, Zory ! s'esclaffa Mme de Perthuis. C'est bien Staline et le plan de reconstruction de Semionov qui ont détruit les deux tiers de Moscou en 1932, non ?

— Justement, Staline était géorgien. Et à peine dix pour cent des habitants de Moscou y sont nés.

— Oh ! vous nous fatiguez avec vos statistiques, Zory ! Vous savez bien que c'est en s'ouvrant sur l'extérieur qu'on a une chance de survivre.

— A ce propos, intervint avec tact l'ambassadeur, comment s'est passé votre séjour, messieurs ? Êtes-vous satisfaits de vos contacts ? »

L'ambassadeur avait appuyé sur le bon bouton. Ce fut le chœur des pleureuses qui lui répondit. L'un se plaignit de la complexité des rapports préalables qui exigeaient par exemple qu'un entrepreneur étranger reçoive une invitation d'une entreprise soviétique, sous la forme d'un télex, pour obtenir un visa. Tel autre s'étonna que les réunions de travail ne puissent excéder une heure dans une salle louée à l'avance. Claire enfin fit remarquer qu'elle avait rencontré fort peu de femmes dans des postes de responsabilité. Jean-Luc de Perthuis reconnut en soupirant qu'un sixième seulement des entreprises associées fondées depuis 1987 avaient réussi à fonctionner correctement.

« Certes. Mais il ne faut pas les abandonner. Pour eux et

24

pour nous. Moscou est un bon investissement, à long terme »,
conclut l'ambassadeur en levant le menton pour voir l'origine
du remue-ménage qui agitait les invités près de l'entrée.

Un majordome vint prévenir Jean-Luc de Perthuis de
l'arrivée d'un invité de marque, et l'ambassadeur s'excusa en
s'éloignant vers la porte. Les Français se retournèrent alors
qu'il saluait le nouvel arrivant, un colosse à la chevelure si
blanche et si épaisse qu'on aurait juré qu'il portait une
perruque. Son visage rose et poupon, l'élégance simple de son
smoking lui donnaient plus l'air d'un lord anglais que d'un
apparatchik. Il souriait dans le vague et parcourait l'assemblée
d'un regard distrait en écoutant l'ambassadeur avec attention
tandis qu'il lui présentait ses hôtes. Visiblement, le personnage
était accoutumé aux égards et au public. Derrière lui, en
retrait, un homme plus jeune, la quarantaine, aux cheveux
d'un blond de chaume, restait à portée de voix, prêt à accéder
aux désirs de son maître. Une mèche de cheveux plus longue dissimulait mal une petite cicatrice rose qui étoilait sa
tempe. Son regard en perpétuel mouvement surveillait la foule,
de sorte qu'il était difficile de dire s'il était secrétaire, interprète ou garde du corps. Les trois sans doute.

Claire tapota le bras de son père.

« Tu les connais ? »

Brunet fit une grimace d'ignorance et se tourna vers Skinner
qui ne répondit pas. Il était pâle et semblait absent, l'air de ne
plus savoir où il était. Claude Zory s'empressa d'étaler sa
science :

« Mais voyons, c'est Dimitri Alexandrovitch Lebedev.
Lebedev, vous savez bien, le membre du Politburo. »

Brunet fronça les yeux.

« Ma foi non.

— C'est un des membres les plus influents actuellement.
Soixante-trois ans. Responsable de l'industrie de l'armement.

— En quoi influent ? demanda Claire.

— Eh bien, vous savez, ici, malgré les réformes, quand on
parle de l'industrie de l'armement, on a tout dit. Ils ont rang
sur tous les secteurs de l'économie.

— Avaient ! précisa Mme de Perthuis. Les réformateurs

estiment que la première raison d'une profonde réforme militaire est la militarisation de l'économie et le diktat exercé par le complexe militaro-industriel. »

Skinner n'écoutait plus. Il regardait fixement le jeune homme blond qui écoutait les présentations des invités et se rapprochait d'eux. Un serveur passa avec un plat de petits fours et Brunet se servit. Lebedev se dirigeait vers leur groupe et Zory s'empressa. Skinner se retourna, tendit la main vers le plat de petits fours et renversa son verre sur la chemise de Brunet.

« Oh ! Sorry ! I'm definitely sorry ! s'exclama-t-il en essayant d'éponger les taches avec sa pochette.

— Ce n'est rien », bougonna Brunet, tandis que Skinner l'entraînait déjà vers les toilettes.

L'ambassadeur présenta les responsables français et Lebedev tourna un compliment charmant sur la beauté rafraîchissante de Claire. Le blond s'était écarté de leur groupe et surveillait discrètement la porte des toilettes.

« Ce n'est rien, Dan, je vous assure », protestait Brunet en essuyant son plastron avec une serviette imbibée d'eau.

Skinner verrouilla la porte, fit couler les robinets et tira une chasse d'eau. Il avait l'air nerveux et jetait des regards inquiets vers le plafond. Brunet posa la serviette et se lava les mains. Le miroir fumé lui renvoyait l'image inversée de Skinner et il s'aperçut que sa mâchoire était asymétrique. Skinner se pencha à ses côtés et se frotta lui aussi les mains sous le jet d'eau tiède.

« Qu'est-ce qui se passe, Dan ? Vous vouliez me parler ? »

Skinner appuya sur le séchoir à mains et sa voix sourde parut se confondre avec le bourdonnement de l'appareil.

« André, j'ai un service à vous demander. C'est très, très important, vous comprenez ? »

Brunet fronça les sourcils. Skinner tira une enveloppe bleue de sa poche de poitrine et la lui tendit.

« Qu'est-ce que c'est ? demanda Brunet en regardant l'enveloppe sans la prendre.

— Pouvez-vous me garder ceci jusqu'à demain ? Vous me la rendrez au petit déjeuner, à l'hôtel. Si je ne suis pas là, portez-là à l'ambassade de Grande-Bretagne. Sans l'ouvrir. C'est très important, André.

— Je ne sais pas si...

— Ne craignez rien. Ce n'est pas compromettant pour vous. Mais je ne peux rien faire avant demain. Il faut que je sois sûr. »

Brunet eut l'impression que le sol brusquement se dérobait sous ses pas. Il était partagé entre l'envie de rire et celle de fuir. C'était une blague, sûrement. Skinner allait lui taper sur l'épaule en lui disant qu'il l'avait bien eu. Non, pas ça, tout de même, pas le coup de l'espion ! Pas ici ! Pas lui ! Brunet fit mine de rire mais Skinner ne broncha pas. Il tendait toujours l'enveloppe et Brunet remarqua à présent de minuscules perles de sueur sur ses joues grêlées.

« Dan, je...

— S'il vous plaît, André. Ça peut être vital. Pour nous tous. »

Sans trop savoir pourquoi il acceptait, Brunet prit l'enveloppe. Skinner lui serra l'épaule.

« Merci, mon vieux. Gardez-la jusqu'à demain, n'est-ce pas ! Ah ! Un dernier service. Pourriez-vous me faire porter mon manteau à la porte de service, je n'ai pas envie qu'on me voie partir.

— Dan...

— Oui ?

— Ne faites pas de conneries, je vous prie. »

Skinner eut un sourire désabusé.

« Une de plus ou de moins, vous savez... Merci encore. »

Brunet sortit le premier et chercha du regard l'employé du vestiaire. Zory vint à sa rencontre.

« Vous cherchez quelqu'un ?

— Euh... oui, le vestiaire, s'il vous plaît.

— Comment ! Vous nous quittez déjà ?

— Eh bien, je ne me sens pas très bien, voyez-vous. Ce doit être la digestion.

— Ah ! Ne m'en parlez pas. La cuisine des restaurants est épouvantable », concéda Zory en faisant signe à un valet.

Brunet s'approcha de Claire qui écoutait attentivement une

27

discussion entre Dufay et un jeune directeur russe sur les chances de succès d'une économie de marché dans la Russie actuelle. Dufay prétendait qu'une greffe capitaliste ne pouvait, à terme, qu'être rejetée par le grand corps mourant du centralisme marxiste. Son interlocuteur défendait une solution originale, ce qu'il appelait la troisième voie, où l'on garderait les avantages de chaque système en en évitant les inconvénients.

« Vous remplacez une utopie par une autre.

— Ce n'est pas une utopie, c'est du réalisme ! »

Brunet prit délicatement le coude de Claire et l'entraîna à l'écart. Il était fatigué et avait des nausées, expliqua-t-il, rien de grave, mais il rentrait à l'hôtel. Elle pouvait rester, si elle voulait. Claire protesta que de toute façon elle commençait à trouver les conversations assommantes et décida de partir avec lui.

Au vestiaire, Zory avait déjà endossé son pardessus et tendait à Claire son mouton retourné.

« Je vous raccompagne, naturellement, dit-il.

— Merci infiniment, mais ne prenez pas cette peine, nous trouverons bien un taxi.

— A cette heure, vous plaisantez ! Vous allez vous geler une heure avant de trouver une voiture en maraude, et encore, si votre tête ne lui revient pas, il vous enverra paître. Non, non, j'insiste, je vous ramène. »

Et, joignant le geste à la parole, il se dirigea vers la porte pour faire avancer sa voiture. Brunet en profita pour demander au garçon de vestiaire de porter le manteau de Skinner à la porte de service, moyennant un généreux pourboire.

Près de la cheminée, au fond du salon principal, le jeune homme blond suivit des yeux le domestique qui traversait discrètement les pièces en longeant les murs, les bras chargés d'un manteau, d'un cache-nez et d'une toque de fourrure synthétique.

4

Dans l'ombre d'un porche qui sentait l'urine, au 45 de la rue Dimitrov, Skinner attendit que la voiture de Zory s'éloigne, emportant Brunet et sa fille vers le centre. Il demeura immobile encore un long moment, pour s'assurer que personne ne sortait de l'ambassade, et remonta la rue vers la station de métro Oktiabrskaïa, à pas prudents. Le trottoir avait été en partie balayé mais les tas de neige inégaux qui jalonnaient le caniveau débordaient et rendaient le goudron glissant. De temps à autre, il s'arrêtait pour rallumer sa cigarette et tendait l'oreille, à l'affût d'un bruit de pas sur ses talons ou d'une ombre insolite sur le trottoir d'en face. Au carrefour, il tourna à droite dans la rue du Remblai-de-Crimée, où quelques réverbères au sodium laissaient deviner, à proximité, une masse dense d'arbres enneigés : le parc Gorki. Skinner serra les dents en songeant qu'il n'y avait pas remis les pieds depuis la semaine dernière et qu'il n'y retournerait sans doute jamais plus. Jeudi dernier, lorsqu'il était allé à la Grande Roue, *la boîte aux lettres était vide.* Iouri n'était pas au rendez-vous, ni le lendemain ni le jour suivant, à aucun des autres points de rencontre prévus, et Skinner avait compris qu'il était grillé. Il aurait déjà dû être à Londres depuis trois jours, mais il voulait des certitudes, l'enjeu était trop gros pour qu'il se contente d'hypothèses. Il avait eu quelque scrupule à mêler Brunet à ses affaires, mais il n'avait pas le choix. Si Iouri avait donné tous ses contacts ordinaires, il ne pouvait courir le risque de les joindre. Il avait objectivement calculé que les chances pour que sa couverture soit encore valide quelques jours étaient de deux sur trois. Le temps de terminer sa mission.

Skinner s'engouffra dans la station de métro, inséra cinq

kopecks dans l'appareil de contrôle et franchit le portillon. Il longea les quais illuminés par des lustres en cristal d'où pendaient des guirlandes et des glands de bronze et scruta les recoins déserts de la station. Le tunnel d'un blanc immaculé formait une ellipse le long de laquelle couraient des bancs ornés de céramiques colorées. Il crut entendre le bruit d'une cavalcade mais la voûte réverbérait sans doute l'écho de canalisations lointaines. A cette heure tardive, seules deux femmes sans âge, enveloppées dans leur châle et serrant sur leur ventre un sachet de plastique bourré d'obscurs trésors, attendaient la rame. Elles fixaient en silence les rails luisants de la voie, l'air éreinté. Des serveuses de restaurant, peut-être, ou des ouvreuses de cinéma.

La rame arriva enfin, brillante, d'une propreté irréelle. Skinner songea avec nostalgie aux rames vétustes et graffitées de Londres et monta dans le premier wagon, puis, alors que les portes allaient se refermer, il feignit d'avoir oublié quelque chose et sauta brusquement sur le quai. La rame partit sans lui. Il regarda autour de lui. La station était totalement déserte. Il remonta l'escalier de marbre jusqu'au carrefour qu'il traversa en cherchant les zones d'ombre. Puis il descendit la rue Jitnaïa. Il tournait le dos au parc Gorki, pour toujours. Il jeta un coup d'œil à sa montre, une Swatch dont il ramenait un stock à chaque retour d'Angleterre, pour les monnayer ou les échanger en cas de besoin. Il était 23 heures 30. Il avait encore une petite chance de trouver un taxi attardé, du côté de la place Dobrynine, où un cinéma fermait plus tard que les autres.

Il en aperçut un en effet, la lettre T imprimée sur sa portière qui disparaissait à demi sous la boue. La petite lampe verte, sur le toit, était allumée, signifiant théoriquement qu'il était libre. Skinner, avec de grands gestes, se porta à la rencontre du taxi qui faisait le tour de la place dans un crissement de pneus. La voiture fit une embardée pour éviter Skinner mais ne ralentit même pas. Skinner gronda une insulte entre ses dents. Un flocon vint se poser sur sa joue, comme un papillon. Si la neige recommençait à tomber, il n'avait plus aucune chance d'en trouver un. Il se résignait déjà à remonter à pied vers la

Moskova quand une vieille Volga grise, au pot d'échappement crevé, s'arrêta à sa hauteur. Son moteur pétaradait comme un compresseur. Skinner, instinctivement, se recula vers le mur, prêt à se réfugier dans un porche, mais le chauffeur baissa la vitre et lui demanda où il voulait aller. C'était un *levak*, ou taxi au noir, de ceux qui, bien que les taxis privés fussent désormais autorisés, continuaient à concurrencer les taxis officiels. Le marchandage commença. Skinner sonda les dispositions du conducteur en proposant une fausse destination :

« Arbatskaïa. »

Le chauffeur fit la grimace et secoua la tête. Le moteur gronda.

« Pas assez loin. Tu me ferais perdre mon temps. Et puis, ce n'est pas mon secteur, ça m'éloigne de mon chemin. Je veux bien te rendre service mais il faut être raisonnable.

— D'accord, place Pouchkine. Combien ?

— Cinq dollars. *Valiouta !* En dollars, l'homme. »

La course ne valait guère plus de cinq roubles en temps normal, mais Skinner n'avait pas envie de discuter. Il monta à côté du chauffeur, dans une odeur de tabac rance à faire vomir. Les sièges sentaient le moisi et étaient humides. Le chauffage ne marchait pas et les phares perçaient avec difficulté le rideau de neige qui s'épaississait à chaque instant. Ils remontèrent la rue Bolchaïa Polianka jusqu'à la Moskova dont les bords gelés donnaient à ses eaux l'aspect de la graisse qui se fige, et enjambèrent le fleuve sur le Grand-Pont-de-Pierre, énorme carcasse métallique au nom anachronique. Puis, évitant le centre et le jardin Alexandrovski, le *levak* prit la rue Volkhonka et remonta la ceinture de boulevards où l'on circulait mieux, et où, surtout, ils risquaient moins de tomber sur un contrôle de la milice. Le chauffeur roula à tombeau ouvert dans la longue ligne droite des boulevards Gogol et Souvorov et ralentit lorsque les lumières étincelantes de l'agence Tass apparurent, sur le boulevard de Tver. La façade illuminée de l'agence éclairait les immeubles et les tilleuls alentour comme un arbre de Noël. Au beau milieu du fronton, une sorte de fer à cheval, symbole électromagnétique de l'information, rayonnait. Le chauffeur sourit à Skinner en

31

montrant l'immeuble, comme s'il était fier de cette orgie rare de lumière. Il n'avait plus d'incisives à la mâchoire supérieure. Il s'arrêta à l'extrémité du boulevard de Tver. Skinner le paya puis fit semblant de se diriger vers la rue Gorki, où les réverbères s'éteignaient à présent les uns après les autres. Il songea avec une certaine amertume qu'un journaliste enthousiaste ou ivre l'avait surnommée la « Broadway moscovite », dans les années soixante-dix. A part les *Izvestia*, il n'y avait plus rien d'allumé à présent. Il pouvait entendre le moteur du taxi immobile, dans son dos. Le chauffeur ne bougeait pas : il attendait de voir où allait Skinner, en quête de bonne fortune peut-être, pour préparer un mauvais coup ou vendre plus probablement l'information à un quelconque hooligan. Skinner s'engagea dans le premier passage et se retrouva dans une cour où quelques jeunes fumaient autour d'un brasero. Ils le dévisagèrent et l'un d'eux se dirigea vers lui, menaçant, et le prit à partie :

« Qu'est-ce que tu veux, l'homme ?

— Rien, je me suis trompé, pardon. Mille pardons. »

Skinner retourna dans la rue. Le taxi avait disparu. Il inspira profondément et repartit vers la place Pouchkine, en quête d'un autre *levak*. La neige tombait dru maintenant et il se demanda un instant s'il ne valait pas mieux abandonner. Il était presque minuit. Le métro ne fermait qu'à une heure du matin. Il pouvait encore rentrer à l'hôtel. Il prenait déjà le chemin de la station Pouchkinskaïa quand une voix, dans son dos, le fit sursauter :

« Tu as besoin de quelque chose, l'Anglais ? Hasch, poudre, femmes, hommes, vodka, caviar, poker, pistolet, kalachnikov ? Tu dis, je trouve. Tu as dollars, café, viande, sucre, savon, bas, montre, caméra, bijoux ? »

Skinner se retourna. L'homme parlait un mauvais anglais. C'était le jeune paumé qui l'avait menacé dans la cour, quelques minutes plus tôt. Il n'apercevait pas son visage dans l'ombre, mais son haleine puait l'alcool et le tabac amer. Il oscillait lentement, comme une barque bercée par le ressac, et semblait ne pas sentir la morsure du froid à travers sa mince veste fripée.

« J'ai besoin d'une voiture, répondit Skinner en russe. Un taxi.

— Tu veux taxi ? » s'obstina le dealer, en anglais.

Skinner ne put réprimer un sourire devant l'absurde du dialogue.

« Oui. Moi vouloir taxi », confirma-t-il en mauvais russe, pour rassurer son interlocuteur.

Le jeune homme se gratta la tête un instant puis entraîna Skinner vers la cour. Skinner se dégagea brutalement et l'autre sentit qu'il savait se battre. Il n'insista pas.

« Toi attendre ici. Moi revenir avec taxi. »

Il disparut derrière le rideau de neige. Skinner soupesa ses chances d'être dévalisé et décida de courir le risque. Il changea simplement de trottoir et se cacha derrière un kiosque à journaux. Dix minutes s'écoulèrent. Skinner s'était fixé minuit et demi comme limite. Après, il prendrait le métro. Mais bientôt, un ronronnement se fit entendre, à l'angle de la rue. Une Jigouli presque neuve effectua un premier passage et ralentit à son niveau, s'arrêta et fit marche arrière. Skinner reconnut le jeune voyou au volant. Il n'y avait personne à ses côtés. Il traversa la rue en courant et ouvrit la portière arrière en toute hâte. Le véhicule sentait encore le neuf, une affreuse odeur de bakélite et de circuits électriques surchauffés. Le gaillard avait dû voler une voiture pour le dépanner.

« Où tu veux aller, l'Anglais ?

— Roule, je te dirai.

— Combien ?

— Tu en as pour une demi-heure environ. Dix dollars, ça va ? »

L'autre secoua la tête.

« Dangereux pas savoir. C'est vingt dollars.

— Je ne les ai pas. Dix plus ma montre. »

Le jeune homme tendit la main et examina longuement la Swatch de Skinner, puis finit par la mettre dans sa poche. Il démarra en trombe. Skinner s'accouda à son siège, pour mieux voir la route, et s'aperçut avec horreur que les essuie-glaces étaient dépourvus de balais. De temps à autre, le jeune Russe baissait sa vitre et se contorsionnait pour balayer le pare-brise d'un revers de main. A l'angle de la rue Petrovka et du boulevard de Pierre, il repéra une voiture de la milice garée sur le trottoir, à demi couverte de neige. Un véhicule en panne sans doute, oublié là aux premiers flocons par un milicien ivre. Le jeune homme dépassa lentement la voiture, fit marche arrière, attendit trente secondes, se rua dehors, trouva les essuie-glaces sous l'épaisse couche de neige, en ôta les balais en un clin d'œil et les installa sur son propre pare-brise. Il redémarra en riant aux éclats.

« Il n'y a qu'un milicien pour ne pas démonter ses essuie-glaces ! »

Ils remontèrent le boulevard de la Nativité et Skinner fit signe au chauffeur de tourner à gauche, dans la Stretenka, puis de continuer tout droit, le long de Mira Prospekt.

Ils roulèrent en silence sur plus de quatre kilomètres avant d'apercevoir l'immense flèche d'acier plaquée de titane du Parc des Expositions, la VDNKh. Seul monument qui fût encore éclairé à cette heure, si loin du centre, il représentait une fusée s'élevant vers le ciel à plus de soixante mètres du sol et laissant derrière elle un monstrueux sillage d'acier. Skinner y jeta un coup d'œil morne. Là aussi, une autre boîte aux lettres était restée vide. Non loin de là, il devinait la forme massive et circulaire de l'hôtel Cosmos, où les autres devaient déjà être rentrés, et il se força à ne plus penser à Brunet.

Au-delà, la nuit brutale les happa et Skinner sortit de sa poche une petite lampe pour déchiffrer les indications qu'il avait griffonnées à la hâte, dans l'après-midi. Mais l'obscurité, la neige faussaient les repères et il se trompa plusieurs fois, obligeant le conducteur à faire demi-tour. Le jeune voyou commençait à s'impatienter et devenait nerveux à mesure qu'ils s'éloignaient du centre. Il pressentait quelque chose d'anormal et Skinner sentit qu'il avait peur, à présent. La milice ne l'effrayait pas mais, hors de la zone urbaine, la peur ancestrale, celle du KGB, de la prison, de la torture, et plus simplement de l'inconnu, refaisait surface. Il répéta plusieurs fois qu'il n'irait pas plus loin, et Skinner dut fouiller dans ses poches pour trouver quelques billets supplémentaires.

Ils sortirent enfin de Medvekovo et coupèrent la route de

ceinture, mais le raccourci qu'avait emprunté Doubransky dans l'après-midi était impraticable désormais à cause de la neige épaisse qui ensevelissait le chemin. Ils restèrent sur la route principale où, malgré ses pneus neige neufs, la Jigouli commençait à patiner de manière inquiétante. Skinner finit par apercevoir, à travers les bouleaux plus clairsemés, les lumières éparses d'une usine, faibles falots que la neige réfléchissait. Il demanda au chauffeur d'arrêter et de l'attendre une demi-heure. Il ne serait pas long.

Skinner sortit de la voiture et longea prudemment le chemin qui menait au parking. Sa progression était pénible à présent et il enfonçait dans la neige jusqu'aux chevilles. Les battements de son cœur s'accélérèrent et il eut l'impression que la forêt alentour amplifiait ses halètements. Il jeta un coup d'œil vers la route et vit la Jigouli rebrousser chemin puis s'éloigner vers le centre de Moscou. Skinner jura à voix basse. Il fallait s'y attendre. Il serait bon pour une marche forcée et des engelures. Les lueurs qu'il avait entrevues, de loin, étaient celles des lampadaires, sur le parking, mais l'usine de savons fermait la nuit. Cependant, il lui semblait percevoir, à travers le voile cotonneux de neige qui étouffait les sons, comme un ronronnement sourd et continu. Il contourna l'usine de savons en restant à couvert dans les zones d'ombre et s'approcha du périmètre grillagé de l'usine d'incinération. Deux camions manœuvraient à l'arrière, près de l'entrepôt principal, et des silhouettes sombres, floues, dirigeaient en silence leur déchargement. D'autres conteneurs s'entassaient sur des palettes, le long du mur, attendant d'être entreposés à l'intérieur, et Skinner longea la clôture pour mieux voir. Un homme cria un ordre bref qui parut flotter dans la nuit, comme dilué par la neige, et un des camions recula puis décrivit un demi-cercle et se dirigea vers la sortie. L'autre camion prit aussitôt sa place et un élévateur vint se placer derrière lui, pour haler, avec ce ronronnement régulier que Skinner avait entendu un instant plus tôt, une charge énorme. Skinner écarquilla les yeux, refusant de croire ce qu'il soupçonnait pourtant depuis le début. Il recula lentement, comme si ce qu'il venait de voir devenait tout à coup une menace imminente, et il fut à peine surpris lorsqu'une main s'abattit sur son épaule.

Un grand vide se creusa dans son ventre et il pivota. Une torche électrique était braquée sur son visage, il plissa les yeux.

« *Stoï !* » ordonna une voix excitée, derrière la torche, et Skinner s'immobilisa.

Il s'efforça de prendre le ton désolé du touriste en panne qui cherche de l'aide :

« *Ou myenya avariya.* »

Pour toute réponse, il reçut un formidable coup sur la tête. Skinner sentit distinctement que son crâne explosait et se laissa glisser dans l'eau tiède et noire de l'inconscience.

5

La vieille Mercedes de Zory les déposa à l'entrée de l'hôtel et repartit aussitôt vers le centre. L'hôtel Cosmos était une énorme bâtisse ronde en forme de forteresse, grise et dénuée de charme, que les Français avaient construite à l'occasion des jeux Olympiques. Brunet aurait préféré être logé à l'hôtel Rossia, ou à l'hôtel Intourist, plus proches du centre et jouissant d'une vue sur le Kremlin, mais on ne vous donnait pas le choix. Les chambres devaient être réservées et payées à l'avance, avant l'arrivée à Moscou.

Claire courut vers la porte qu'un éclairage jaunâtre permettait à peine de distinguer dans les tourbillons de neige. Le portier somnolait sur une chaise et leva un œil indifférent lorsqu'ils entrèrent. Brunet lui montra son *propousk,* ou laissez-passer, et le portier se contenta de grogner.

A l'accueil, le réceptionniste discutait à voix basse avec une femme élégante, d'âge mûr, qui se retourna et toisa attentivement Claire tandis qu'elle se dirigeait vers l'ascenseur. Claire la connaissait. Elle passait le plus clair de son temps dans le hall de l'hôtel, d'où elle surveillait les allées et venues des étrangères et détaillait leurs vêtements. Lorsqu'une robe, un manteau ou une veste de belle coupe l'intéressaient, elle proposait aux Occidentales de les racheter, en devises étrangères. C'est ainsi qu'elle avait offert un bon prix du pantalon de cuir de Claire, qui avait refusé en s'excusant. Une Italienne de la délégation avait eu moins de scrupules et la transaction avait eu lieu dans l'ascenseur. Entre le quatrième étage et le rez-de-chaussée, les deux femmes s'étaient déshabillées et avaient échangé leurs vêtements. La Russe adressa un large sourire à Claire, avec l'espoir encore de conclure un échange.

Dans le fond du hall, près du bar, un milicien débraillé montait une garde symbolique en feuilletant un magazine européen oublié là par un client. Naguère, chaque étage bénéficiait de la surveillance d'un milicien, mais les besoins croissants des services de police ne permettaient plus un tel luxe.

Ils gravirent les marches de marbre pailleté qui menaient à l'ascenseur, un des rares de Moscou qui fonctionnât sans trop de problèmes. Le garçon d'ascenseur était couché ou absent, à cette heure tardive, et Brunet appela lui-même la cage. Au troisième étage, ils passèrent devant un guichet qu'éclairait un lumignon rouge et présentèrent de nouveau leur *propousk* à la *dejournaya*, ou employée d'étage, qui était la gardienne respectée des clefs. Elle bâilla sans prendre la peine de mettre la main devant la bouche et chercha à tâtons, derrière elle, les clefs des chambres.

« *Spassibo !* » dit fort aimablement Brunet en s'éloignant dans le couloir revêtu de linoléum.

L'employée grommela dans leur dos quelques mots qui ne devaient pas être un compliment et ils se séparèrent devant leurs portes respectives. Claire jeta son manteau sur l'unique chaise de sa chambre minuscule et tenta en vain de tirer les doubles rideaux trop étroits pour la fenêtre. A l'extérieur, on ne voyait que des arabesques de neige. Elle toucha le radiateur et constata qu'il était brûlant. La journée avait été éreintante et elle n'eut pas même le courage de prendre une douche. Elle se déshabilla et, comme chaque soir depuis qu'elle vivait de nouveau seule, elle scruta son corps dans le miroir pour y déceler l'insidieuse érosion de l'âge, mais l'inspection se révéla globalement satisfaisante. Ses charmes n'avaient encore rien perdu de leur pouvoir. Il lui arrivait pourtant souvent d'en douter, depuis son divorce, il y a cinq ans. Jacques, son mari, lui avait reproché son attachement maladif à son père, simplement parce qu'elle refusait de quitter la France pour le suivre aux USA. Elle se demandait à présent s'il n'avait pas raison. Depuis, elle n'avait eu que de rares liaisons éphémères, comme si elle avait peur de s'attacher. Elle avait beau prétendre préserver son indépendance en gardant son appartement à Paris et ses travaux de recherche à l'École de chimie, elle n'en était pas moins l'employée de son père et elle savait qu'elle lui était devenue indispensable, tant professionnellement qu'affectivement. Peut-être Jacques était-il plus clairvoyant qu'elle ne l'imaginait, en effet. Peut-être que la fuite de sa mère, alors qu'elle n'avait que dix ans, et la protection de son père avaient créé une sorte de dépendance. Elle avait sans doute, inconsciemment, voulu remplacer sa mère. Elle se surprenait parfois à gronder son père lorsqu'il fumait trop, ou travaillait trop tard. Son oreille exercée perçut à cet instant le bruit d'un briquet, à travers la mince cloison de la chambre. Son père devait encore allumer un de ces énormes cigares cubains que lui avait offerts Zori. Elle sourit de sa propre manie et enfila une veste de pyjama qu'avait oubliée elle ne savait plus quel amant de passage. Elle vérifia que son PC portable était toujours dans l'armoire, rejeta le couvre-lit à fleurs, se coucha et éteignit. Dans l'obscurité où se détachaient les sons de l'hôtel, elle entendit la voix d'un présentateur de télévision à travers la cloison mince et son père qui toussait en s'asseyant sur son lit. Le cliquetis de son attaché-case, et le sifflement d'un robinet. Il devait une dernière fois relire son contrat. Elle avait, depuis sa plus tendre enfance, toujours admiré la capacité de travail de son père. C'était ce que les cadres issus des grandes écoles appelaient, avec une pointe de dédain, un autodidacte, mais Claire l'avait vu en corriger plus d'un. Elle tenait de lui cet acharnement dans l'effort, et cette curiosité insatiable. Elle soupira en se tournant sur le ventre, sa position favorite. Le travail, elle le savait, ne faisait que commencer pour elle. Elle s'efforça de ne pas songer aux problèmes techniques qui l'attendaient et laissa le sommeil la diluer lentement. Avant de s'endormir tout à fait, elle crut entendre le téléphone bourdonner, dans la chambre de son père et sa voix qui répondait par monosyllabes. Puis la porte s'ouvrit et se referma doucement, alors que Claire sombrait dans un sommeil profond.

Brunet remonta le couloir d'un pas vif et léger, dans l'espoir de ne pas réveiller la *dejournaya*, pour éviter de fastidieuses explications, et appela l'ascenseur. De toute façon, il n'en avait que pour quelques minutes. Dans le hall, le réceptionniste lui jeta un coup d'œil distrait. Comme il n'avait pas endossé son manteau, le portier le laissa passer sans rien dire et Brunet sortit sur le perron. La porte resta entrouverte. Il guetta les phares, dans la rue, et commença à grelotter. Il s'apprêtait à rentrer quand une voiture s'arrêta devant l'hôtel. Un homme en sortit et lui fit signe d'approcher. Brunet poussa un juron et courut vers le véhicule en relevant le col de sa veste.

Dans le hall, le portier que le courant d'air avait réveillé se leva de sa chaise en grognant et referma la porte. A travers la vitre, il vit le client français tendre le bras vers l'hôtel et faire de grands gestes tandis que l'autre le poussait vers la banquette arrière. La voiture démarra ensuite en direction du centre. Il y avait quatre hommes à bord. Le portier haussa les épaules et regagna sa chaise. Il était minuit et demi.

6

« Quarante saucissons russes ! Ma mère est devenue folle ! »
jurait Alexéï Alexéïevitch Prigov en jetant un œil furibond à
la caisse de bois blanc pleine de tubes calibrés, plastifiés,
remplis d'une pâte jaunâtre, qu'il avait jetée à la hâte sur
la banquette de sa voiture. Du saucisson hongrois, passe
encore ! songeait-il. Mais du russe, comment voulait-elle qu'il
arrive à échanger cette mélasse à goût de plâtre ? Depuis
qu'une usine avait réussi à produire du saucisson en quantité
suffisante, une plaisanterie courait, *anekdot*! « Quelle est la
différence entre le fromage et le saucisson russes ? Réponse :
l'étiquette. » Il faudrait qu'il paye pour qu'on lui prenne ses
saucissons. Peut-être que le gardien du zoo, non loin de chez
lui, les lui échangerait contre un morceau de viande destiné
aux tigres, s'il ne craignait pas d'empoisonner une bête ou
deux. Pourquoi diable avait-elle accepté de se faire payer ses
cours particuliers en saucissons ? Du café, des cigarettes
anglaises, ou des ananas, passe encore, mais du saucisson,
c'était encore pire que des roubles.
Il avait quitté la rue Grouzinskaya depuis un quart d'heure
déjà et se trouvait bloqué à hauteur de la place Maïakovski à
cause d'un accrochage entre un autobus et un camion. Deux
miliciens procédaient méticuleusement au constat sans se
préoccuper de l'embouteillage que causaient les deux véhicules. Alexéï descendit de sa Volga banalisée bleu pâle,
s'approcha des miliciens en écartant les badauds rigolards qui
écoutaient les deux chauffeurs accabler leurs mères respectives
des pires vices de la terre, leur montra sa carte et les pria
vertement de dégager le carrefour avant qu'il ne fasse un
rapport. Il jeta un coup d'œil à sa montre Slava et décida de

41

se rendre directement à la Direction aux affaires des jeunes délinquants. Il n'avait plus le temps de passer d'abord au quartier général, rue Petrovka. Syssoïev commencerait la réunion sans lui, ce ne serait pas la première fois. Pour ce qu'il y racontait, de toute façon. Et puis, Aleko avait besoin de lui. Ces salopards de *droujiniks,* ce service d'ordre volontaire et zélé de petits sadiques en manque de dictature, l'avaient coincé hier soir et l'avaient livré au poste de police numéro 125, dans le 20e arrondissement, qui l'avait à son tour déféré à la Direction. Aleko avait réussi à le faire prévenir ce matin et s'il n'y allait pas sur l'heure, ces demeurés étaient capables de le remettre au juge ou, pire encore, d'adresser un rapport au procureur. A ce niveau, Alexéï ne pourrait plus grand-chose pour le jeune homme.

Il avait vraiment beaucoup neigé, cette nuit, et les chasse-neige n'avaient pas encore terminé leur travail. Des piétons lourds et lents comme des cosmonautes flottaient sur les trottoirs glissants et on ne voyait de leur visage que les narines bleuies par le froid d'où s'échappaient deux petits jets parallèles de vapeur. Alexéï songea tout à coup qu'il pourrait tenter sa chance du côté de chez Danilii. Il essayait en ce moment d'écouler un stock de moufles. Il échangerait les moufles de Danilii contre les montures de lunettes que lui avait proposées Serguéï la semaine dernière et laisserait le tout à la mère Vikov pour dix kilos de pommes de terre qu'il revendrait à Danilii à condition qu'il prenne ses saucissons avec le lot. Peut-être qu'il en tirerait quelques roubles qui ne valaient guère plus que ses saucissons mais avaient moins mauvais goût. A moins que Danilii ne le paye en cigarettes.

Il en était là de ses calculs et il s'engageait dans la rue Sadovaïa-Spasskaïa, quand la radio de bord retentit :

« Appel à toutes les voitures. Cadavre signalé sur le quai Golovinskaïa, sous le pont Lefort. Ici Volga, je répète... »

Alexéï poussa un juron vigoureux. L'appel tombait on ne pouvait plus mal. Il était précisément à deux pas du quartier Bauman, non loin de la Yaouza, et il ne pouvait se dérober, c'était contre sa nature et ce qui lui restait de sens moral.

Alexéï se consola en se disant que cela lui fournirait un excellent motif de retard pour Syssoïev. Il décrocha le micro de la radio qui se mit à crachoter de colère.

« Volga, ici 33. Je me trouve à l'angle de la rue Kirov et de la rue Spasskaïa. Je me dirige vers le pont Lefort. »

Il quitta brusquement la ceinture de jardins et obliqua vers l'est, dans ce que les vieux Moscovites appelaient le « quartier allemand ». C'était un des rares quartiers de Moscou qui eût survécu aux démolitions staliniennes, aux rénovations khroucht-cheviennes et aux agrandissements brejneviens. Ici, les immeubles mouraient de leur mort naturelle, de vétusté, et si le spectacle n'en était pas moins triste, il permettait cependant de mesurer le passé à l'aune de la nostalgie. De superbes hôtels particuliers, aux façades d'un sobre clacissisme, dressaient leurs fières fenêtres et leurs balcons de pierre au-dessus des trottoirs, tandis que par-dessus les toits de tuiles et les chéneaux ouvragés qui pourrissaient, faute de soins, de hautes frondaisons laissaient deviner la splendeur d'autrefois. Alexéï venait rarement dans ce quartier, qui n'était pas de son ressort, mais sa mère lui avait souvent parlé, enfant, du cimetière Vvedenskoïè, l'ancien cimetière allemand où reposaient même des soldats de l'armée napoléonienne. Anna Fedorovna portait un culte maladif à tout ce qui touchait au passé en général, et à la France en particulier.

Alexéï ralentit en traversant le pont et gara sa voiture près du parc Golovinski. Sur le quai, en contrebas, un attroupement s'était formé autour d'un tumulus de neige piétinée. Deux miliciens montaient la garde près du corps, s'efforçant de le protéger des curieux qui les assaillaient de questions et se délectaient du spectacle. Alexéï observa un instant la configuration des lieux, comme il le faisait toujours, avant de s'approcher du cadavre. Un escalier étroit et raide menait au quai de granit qui longeait la Yaouza, l'affluent de la Moskova. Le corps aux trois quarts enseveli sous la neige se trouvait à l'aplomb de la rambarde de pierre du pont Lefort. Les pas des badauds avaient définitivement effacé toute trace d'un éventuel assassin. Alexéï leva la tête et observa les immeubles qui bordaient le quai opposé. Il y avait une boulangerie au rez-

43

de-chaussée de l'immeuble situé à l'angle du quai Lefort et de la rue de la Radio. Les autres bâtisses étaient à moitié en ruine et les carreaux cassés témoignaient de leur état d'abandon. Ici, la guerre semblait ne s'être jamais arrêtée.

Alexéï descendit vers le quai et se fraya un chemin parmi la foule des curieux. Il prit pour la circonstance ce que sa mère appelait sa « tête de flic », les sourcils froncés, la mâchoire crispée, les lèvres serrées. Il pouvait avoir l'air terrible, quand il le voulait. Sa haute taille en imposait autant que son masque dur. Les gens s'écartaient sur son passage en murmurant des remarques peu flatteuses sur ces fainéants de *kholovdè*, les flics.

« Virez-moi ces emmerdeurs », ordonna-t-il aux miliciens qui battaient la semelle en attendant un supérieur.

Il y eut quelques cris gutturaux, une brève bousculade et des piaillements coléreux de femmes, mais les badauds obéirent et remontèrent sur le pont.

« Qui a découvert le corps ? » interrogea Alexéï.

Il aperçut au même instant un petit homme trapu, vêtu d'un épais blouson de laine cardée et coiffé d'une toque de mouton noircie par les années. A ses côtés, dans une sorte de carriole à patins, luge de fortune, il avait posé ses outils : une large pelle à neige à six côtes, un balai en branches de bouleau et une poubelle en zinc galvanisé.

« C'est lui ? »

Alexéï désigna du menton le balayeur. Les miliciens grommelèrent une vague approbation. Leurs regards se dérobaient. Ils se fouettaient machinalement les flancs de leurs bras, comme des automates.

Alexéï se pencha sur le corps. Seules une partie des jambes, au niveau des hanches, et l'épaule droite émergeaient de la couche de neige.

« Quelqu'un y a touché ? »

Les miliciens jurèrent que non. Le balayeur se taisait. On ne lui avait rien demandé. Alexéï hésita un instant en songeant qu'il aurait dû attendre le médecin légiste, mais il n'avait pas de temps à perdre. Il dégagea doucement le corps et conclut qu'il ne devait pas être là depuis très longtemps. Il avait cessé de neiger vers cinq heures, ce matin. Le voisin qui partait travailler l'avait réveillé. Le corps était là depuis deux ou trois heures au plus. Dans le cas contraire, il aurait été enseveli et on ne l'aurait découvert qu'au printemps. Un des nombreux « perce-neige », comme les surnommaient poétiquement les miliciens. Le corps était celui d'un homme de taille moyenne, blond filasse, âgé de quarante à cinquante ans. Les vêtements étaient plus qu'usagés. Manteau troué, ravaudé, couvert de boue, pantalon crasseux de couleur indéfinie, vieux godillots craquelés. Pas de gants. Une casquette de laine trop petite, trouvée dans une poubelle sans doute. Tout l'attirail du sans-abri. Ni papiers, ni argent. Le bras gauche du type formait un angle droit impossible avec son dos, comme s'il montrait quelque chose du doigt, derrière lui. L'articulation avait visiblement été brisée, par une chute probablement, conclut Alexéï. La tête était également tournée de travers, regardant vers le ciel alors que la poitrine était inclinée vers le sol. La gorge était tranchée d'une oreille à l'autre et la blessure béait comme une bouche entrouverte. Il y avait peu de sang sur le sol mais il faudrait déblayer la neige pour s'en assurer. Selon toute apparence, le gars avait été égorgé ailleurs et jeté sur le quai du haut du pont. Il examina la peau de l'homme. Il était sale et son visage était maculé d'un mélange de boue et de sang. Alexéï dégagea les mains qui semblaient enduites du même mélange et constata qu'on avait tranché la pulpe des doigts. Il écarta la chemise de l'homme et vérifia que le corps était lui aussi couvert de crasse. En retournant les mains, toutefois, il nota que les ongles étaient à peu près propres, et soignés. Le type avait des yeux bleus, d'un bleu très pâle, presque transparent, qui paraissaient fixer un point du ciel, très loin, très haut. Alexéï, mal à l'aise, détourna la tête et s'avança vers le balayeur. Il alluma une cigarette, une Cosmos, dont l'odeur infecte monta dans l'air glacé du matin, comme un feu de cheminée. Il tendit son paquet au balayeur qui se servit sans se faire prier. L'homme était assez petit, bien bâti, les yeux plissés par la neige et la fumée, ses larges joues lisses brûlées par le froid. Une frange de cheveux de jais s'échappait de sa toque.

45

« Tatar ? » demanda Alexéï en lui offrant du feu.

L'autre hocha la tête. La plupart des balayeurs, à Moscou, étaient des Tatars ou de vieilles *babouchkas* venues de leur campagne et qui crevaient de faim.

« Comment tu t'appelles ?

— Micha, répondit le Tatar, et son sourire dévoila ses dents gâtées jusqu'à la gencive.

— C'est toi qui as trouvé le mort ? »

Micha fit oui de la tête. Il tétait goulûment sa cigarette, sans ôter ses grosses moufles.

« Où étais-tu ?

— Là-haut. » Micha montra le pont de sa main gantée.

« Qu'est-ce que tu faisais là ?

— J'enlève la neige sur les trottoirs.

— Quelle heure était-il ?

— Peut-être neuf heures.

— C'est toi qui as prévenu les miliciens ?

— Non. J'ai dit à la boulangère.

— Tu la connais bien ?

— Oui. Elle me donne du pain, des fois, quand il en reste.

— Comment tu as vu le corps ?

— Les corneilles ! dit Micha en imitant le cri des corbeaux. Elles avaient trouvé de quoi manger. »

Alexéï leva de nouveau la tête et aperçut en effet un bataillon d'oiseaux noirs juchés sur les platanes qui surplombaient le quai. Moscou en était infestée et les pouvoirs publics essayaient en vain de se débarrasser de ces invasions de corneilles chaque année plus nombreuses. Les superstitieux y voyaient un signe, mais les Russes étaient des proies faciles pour les croyances idiotes, songea Alexéï.

« Tu travailles tous les jours par ici ?

— Pas tous les jours mais presque. C'est mon secteur.

— Il y a beaucoup de clochards dans le coin ? »

Micha fit semblant de ne pas comprendre. Officiellement, les clochards n'existaient pas. Alexéï insista :

« Des pauvres ? Tu en vois, des pauvres, par ici ? »

Micha sourit, yeux bridés, bouche noire.

« Je suis pauvre, moi, nous sommes tous pauvres.

— Plus pauvres que toi ? »

Micha hocha la tête et jeta un coup d'œil inquiet vers les miliciens en uniforme.

« Tu les connais bien ?

— Je les connais. »

Alexéï prit le Tatar par la manche et l'entraîna jusqu'au cadavre.

« Lui, tu le connais ? »

Micha fit non de la tête et s'écarta d'un pas, comme si la mort était contagieuse.

« Tu l'as déjà vu ? »

Nouveau signe négatif de la tête.

« Tu es sûr ?

— Sûr. Il n'est pas d'ici. »

Alexéï n'eut pas le temps de le remercier qu'une sirène de police retentit. Une Lada de la milice s'arrêta au beau milieu du pont, bloquant la circulation, suivie bientôt d'un fourgon jaune à bande bleue d'où descendirent cinq miliciens en uniforme. Ils emboîtèrent le pas à un petit homme adipeux et nerveux qui descendait l'escalier de granit d'un pas vif. Alexéï leva les yeux au ciel.

« Agatov ! Il ne manquait plus que lui ! »

Un photographe salua Alexéï et se mit aussitôt en devoir de prendre des clichés du cadavre. Le petit homme blond ne se donna même pas la peine de feindre la politesse. Il se dressa devant Alexéï, rouge de colère et postillonnant.

« Alexéï Alexéïevitch, où donc avez-vous appris votre métier ? Dans une mine de charbon ? »

Alexéï ne répondit pas, regardant les miliciens, là-haut, qui poussaient les passants vers le fourgon. Agatov était un peu plus jeune que lui, trente-sept ans, mais son ascension dans la milice était fulgurante. Il était déjà inspecteur principal alors qu'Alexéï aurait dû obtenir cette promotion avant lui. Son ambition n'avait d'égale que sa duplicité. Il était un des rares qui eût encore sa carte du Parti, et il était au mieux avec Syssoïev, le commissaire, dont il rêvait d'occuper bientôt le fauteuil. Alexéï avait jusque-là préféré l'ignorer et ne pas entrer en conflit ouvert avec lui. Agatov insista :

« Ne vous a-t-on jamais appris, Alexéï Alexéïevitch, qu'on ne touche à rien avant que l'Identification ait fait son travail ?

— Je sais, Iouri Semionovitch, mais je me suis contenté de dégager la neige. Le corps n'était pas enseveli. Il a donc été jeté là au plus tôt vers trois heures du matin.

— Laissez-moi établir les conclusions et déposez-moi votre rapport sur mon bureau, je vous prie.

— Pourquoi ? Vous êtes chargé de l'affaire ?

— Vous voulez voir mon ordre de mission ? »

Agatov s'éloigna sans attendre de réponse et Alexéï l'entendit pérorer en se penchant sur le corps :

« Typique ! Même méthode, même genre de victime. Encore un coup de l'égorgeur. Le troisième clochard en un mois. »

Alexéï jeta son mégot et remonta vers le pont. Si ce type était un clochard, il voulait bien être pendu. Agatov était vraiment le dernier des imbéciles. Sur le pont, les miliciens vérifiaient l'identité des badauds, sur l'ordre d'Agatov. A défaut d'assassin, il trouverait bien quelques irrégularités et ne rentrerait pas bredouille. Depuis qu'on avait abandonné les quotas, Agatov donnait libre cours à son zèle naturel. Alexéï haussa les épaules et regagna sa voiture. Il démarra et retraversa le pont, klaxonna avant de doubler la file que bloquait le fourgon de police, et prit la rue de la Radio pour rejoindre les boulevards. Au croisement, il eut un dernier remords et s'arrêta devant la boulangerie. Il resta un moment au volant, réfléchissant à ce que lui avait dit Micha, le balayeur tatar, et mit deux saucissons dans les poches de son manteau. Fait surprenant, il n'y avait pas de queue devant le magasin, mais Alexéï en comprit rapidement la raison. Sur la porte vermoulue, une petite pancarte rédigée à la main, et qui avait visiblement déjà beaucoup servi, annonçait : *Plus de farine, plus de pain.*

Un parfum chaud de pain noir emplissait néanmoins la pièce. Dans un coin, une petite table de bois blanc et deux chaises attendaient les clients qui désiraient prendre une tasse de thé avec une pâtisserie. Sur le comptoir, derrière une paroi vitrée, il restait quelques gâteaux, trop chers pour la clientèle du quartier. Alexéï admira les *Tort Napoléon*, délicieux mille-feuille qui avaient embaumé son enfance, et les gâteaux

48

Moskva, sortes de pains d'épice au goût de miel. Une *babouchka* vêtue de noir, un tablier gris serré sur son ventre bombé, un fichu à fleurs noué sur ses cheveux, apparut, essuyant ses mains rouges à un torchon saupoudré de farine. Elle pouvait avoir soixante ans, mais son visage était rose et lisse comme un cul de bébé. Elle regarda Alexéï d'un air soupçonneux, sans sourire. Alexéï demanda un *Tort Napoléon* dans lequel il mordit aussitôt, avec un appétit non feint, car il était parti sans prendre de petit déjeuner. La bouche pleine, il demanda à la vieille si elle avait besoin de saucisson, et brandit ses deux bâtons jaunâtres. La grand-mère partit d'un grand rire.

« Tu veux m'empoisonner, fils ? Ta mère ne t'a pas appris qu'on ne devait pas se moquer des vieux ? »

Alexéï rangea ses saucissons comme s'il s'agissait de pistolets et bougonna :

« C'est ma mère justement qui s'est fait payer en saucissons. »

La *babouchka* cessa de rire et secoua la tête d'un air compatissant. Alexéï mordit de nouveau dans son mille-feuille en regardant l'agitation, de l'autre côté de la rue. Il montra les miliciens d'Agatov du menton.

« Qu'est-ce qui se passe ? »

La vieille haussa les épaules.

« On a trouvé un cadavre sur le quai, ce matin.

— Un cadavre ?

— Oui. C'est Micha, le balayeur, qui l'a vu. L'aurait mieux fait de cuver sa vodka, celui-là, au lieu de se mêler de ça.

— Vous l'avez vu ?

— Le cadavre ? Mon Dieu, non, ces horreurs ne sont plus de mon âge. Il y aurait de quoi me faire perdre le peu de sommeil qui me reste.

— C'est comme moi. La vue du sang me rend malade. Et la nuit, je fais des cauchemars.

— Attends un peu d'avoir mon âge, fiston, tu verras ce que c'est que de perdre le sommeil.

— Comment il est mort ? De froid ?

— Non. A mon avis, il a été jeté du haut du pont.

— C'est pas possible ? Un meurtre ?

49

— Je ne sais pas. Si tu veux mon avis, fiston, moins on en dit, mieux on se porte. »

Alexéï acheta un deuxième gâteau et complimenta la boulangère qui alla se servir une tasse de thé et s'installa à la table avec Alexéï.

« Vous les avez vus ? » demanda Alexéï à voix basse, avant de mordre dans sa pâtisserie à belles dents.

La vieille jeta derrière elle un regard de conspirateur, et se passa sur les lèvres une langue gourmande, savourant son histoire à l'avance.

« Ils étaient deux, fiston. Avec une de ces voitures grises, là, carrées devant.

— Une Volga, comme la mienne ?

— Peut-être bien. La nuit, tu sais, ma vue n'est plus ce qu'elle était. Ils ont tiré un truc de leur voiture, comme un grand sac de farine, et hop ! par-dessus le pont.

— Pas possible ? Et les hommes, vous les avez vus ?

— Comment veux-tu, fils, dans le noir ? Juste un grand maigre, et un petit brun. Le grand boitait, je crois bien. Et un feu arrière qui ne marchait pas. J'ai même pensé, s'ils tombent sur la milice, ils vont avoir des ennuis, avec ce feu éteint. Ce qu'on peut être bête, hein ?

— Et vous n'avez rien dit à la police ?

— Moins on en dit, mieux on se porte, fiston. Si ces gars venaient se venger, hein ? Ma mère me disait toujours : " Ne te confie jamais aux étrangers. "

— Vous avez bien raison, petite mère ! Tenez, je vous les laisse quand même, mes saucissons, pour vos pauvres.

— Tu veux qu'ils m'assassinent, vaurien ! Garde-les, tes queues d'ours ! »

La Direction aux affaires des jeunes délinquants occupait une petite église, à l'angle de rue Pokrovka et de la ruelle Barychevski. Alexéï n'avait jamais pu s'y faire, non qu'il fût croyant ou même tenté par des aspirations religieuses. Mais chaque fois qu'il voyait la pancarte officielle étaler ses lettres rouges barbouillées à la hâte sur la coupole en forme de couronne, il avait l'impression qu'on avait coiffé une jolie femme d'un pot de chambre. Il poussa la petite porte qui avait été ménagée dans le lourd portail de bois. A l'intérieur, on avait monté des cloisons à hauteur d'homme pour créer des semblants de bureaux. Les voix et les cliquetis des machines à écrire s'élevaient par-dessus les cloisons, se mêlaient et résonnaient sous la voûte majestueuse de la coupole, comme des oiseaux pris au piège et se cognant aux vitraux. Alexéï emprunta le couloir central et chercha la porte de Viktor. Sur la porte de contreplaqué où l'unique couche de peinture marron laissait voir les traces des coups de pinceau, un petit écriteau blanc avait été vissé de travers. En lettres de plastique noir, on pouvait lire, *Monsieur le Sous-Directeur*. Une lettre sur trois s'était décollée et avait été soigneusement remplacée par un trait de pinceau. Alexéï frappa et entendit un braillement rauque en guise de réponse. Il entra dans le bureau de Viktor Glopan.

« Alexéï! Mon petit Lyocha! Fils de ta mère, c'est maintenant que tu arrives? Tu veux me faire fusiller pour haute trahison ou tu cherches à prendre ma place, petit salopard?

— Je n'ai pas pu faire plus vite. Une visite de politesse.

— A qui? Au maire? Au ministre? A un membre du Politburo? Au Président? Qui pouvait être assez important pour me faire attendre?

— Un macchabée.

— Et tu avais peur qu'il se sauve, c'est ça? » gronda Viktor en triturant la joue d'Alexéï.

Viktor pesait dans les cent trente kilos, fumait trois paquets de cigarettes par jour, et sortait de l'hôpital après son troisième infarctus.

« Il faudrait que je sois mort, moi aussi, pour que tu viennes aussitôt? C'est ça, hein? Rassure-toi, c'est pour bientôt. »

Il s'effondra sur sa chaise, épuisé, à bout de souffle, alluma une de ses infectes *papyrossy*, en proposa une à Alexéï qui refusa et fouilla dans ses dossiers en désordre sur sa table. Derrière lui, le seul chauffage visible était un petit radiateur à gaz. Il régnait dans l'église un froid de canard.

« Alors, ton Aleko chéri a encore fait des siennes! Tu ne pourrais pas lui dire de se tenir tranquille? »

Viktor marmonna cinq minutes sur un ton monocorde. Il faisait la morale par habitude, plus que par principe, en cherchant les formulaires de décharge qu'Alexéï s'empressa de signer. C'était bien la centième fois qu'il endossait la responsabilité morale d'Aleko et s'engageait à assurer sa tutelle.

« Bon. Où est-il ?

— Où veux-tu qu'il soit ? Au frais. »

Alexéï laissa sur la table de Viktor une bouteille de vodka et un gigot de mouton qu'il avait « emprunté » à sa mère et longea le couloir jusqu'au dépôt où un milicien montait la garde. C'était une vaste salle qui occupait toute la surface du chœur. Des jeunes gens s'entassaient dans les coins, à même le sol, fumant et bavardant. Collés les uns aux autres pour se protéger du froid, ils attendaient la décision du juge des mineurs. Malgré les gardes, des graffitis avaient fleuri sur les murs : *Hard Rock ! Metal Sex !* et autres slogans à la gloire de l'Occident. Sur l'autel, énorme plaque de marbre qui n'avait pu être démontée, quatre détenus jouaient aux cartes. Celui qui gagnait, un garçon mince et brun, la peau mate et les yeux vifs, était Aleko. Lorsqu'il aperçut Alexéï, il fit un clin d'œil et lui demanda quelques minutes de patience, le temps de terminer une partie gagnante. Puis il empocha ses gains et se dirigea vers la sortie d'un pas traînant. L'air bravache, il salua crânement ses compagnons d'un moment.

« Tu vas remuer tes fesses, bougre de fils de ta mère ! » beugla le milicien en lui bottant le derrière tandis qu'il passait devant lui.

Aleko en perdit sa casquette et gronda entre ses dents, alors qu'ils s'éloignaient.

« *Kras è goï !* Bouffe mon saucisson ! »

Alexéï lui donna un coup de coude en le poussant dehors.

« Qu'est-ce que tu as encore fichu, bougre d'animal ? »

Aleko secoua la manche de son manteau élégant, un peu trop mince pour la saison, et resserra le nœud parfait de sa cravate.

« Un mauvais joueur. Caucasien, je crois. Il n'a pas supporté de perdre, alors il a fait venir les *droujiniks*. »

Alexéï devinait aisément comment Aleko s'y prenait pour

gagner, mais il ne dit mot. Les affaires d'Aleko, après tout, ne regardaient que lui. Il ne pouvait pourtant s'empêcher d'éprouver pour le jeune garçon un sentiment presque paternel.

« Tu devrais être plus prudent, Aleko. Je ne serai pas toujours là pour te tirer d'affaire. »

Aleko cracha par la fenêtre de la voiture tandis qu'ils démarraient.

« Qu'est-ce que tu crois, je ne suis pas un *stukach*. Je n'ai pas besoin de toi, c'est toi qui as besoin de moi. »

C'était, comme d'habitude, à moitié vrai et à moitié faux. Aleko n'était pas vraiment un indicateur, en tout cas, pas seulement. Et Alexéï avait aussi besoin de lui. Ils n'auraient jamais toléré, ni l'un ni l'autre, des rapports à sens unique. Mais il était plus commode, pour les autres, de s'en tenir à l'image fausse de cette relation de dépendance. Pour les flics, Aleko était l'indic d'Alexéï. Dans le clan d'Aleko, qui était tsigane, Alexéï était le protecteur. Entre eux, les choses étaient plus complexes, pour des raisons qu'ils connaissaient tous deux, mais ne s'avoueraient jamais, parce qu'ils avaient appris à se méfier des grands mots et des grandes idées. Jamais Alexéï ne parlait de ces jeunes qui succombaient à la toxicomanie, à l'alcoolisme, à la prostitution, au meurtre, par désespoir. Jamais Aleko ne prononçait le nom de sa sœur cadette, Olga, qui était morte d'overdose. Ni de ceux qui avaient détruit leur village, en une seule nuit de folie.

Alexéï poursuivit son sermon paternaliste :

« Et quand tu seras à l'armée, hein ?

— Je n'irai pas à l'armée.

— Comment ? Tu veux être insoumis ?

— Même pas la peine. Ils m'ont oublié.

— Comment, " oublié " ?

— Comme ça. J'aurais dû être appelé il y a deux ans, et ils m'ont oublié.

— Aleko, tu as trop de chance, ça porte malheur. »

Ils éclatèrent de rire, tous les deux. Alexéï dut jurer sur la tête de sa mère qu'il lui était impossible de partager le repas d'Aleko et de sa famille mais promit qu'il viendrait dès qu'il pourrait. Il le déposa à la station de métro de la place Nogina en jurant encore une fois qu'il lui téléphonerait avant la fin de la semaine. Alexéï s'attendait à le voir descendre l'escalier du métro, au lieu de quoi, Aleko se dirigea vers une Jigouli rouge vif flambant neuve dont il ouvrit la portière en sifflotant, conscient qu'Alexéï l'observait.

Alexéï fonça vers le quartier général en se demandant quel trafic lui avait encore permis d'acheter cette voiture. Il regarda sa montre. Il était presque midi. Syssoïev, c'est sûr, allait lui arracher les yeux.

7

Alexéï Prigov tourna à toute allure devant la guérite des gardes qui lui adressèrent un regard moqueur et s'engouffra dans le sous-sol du quartier général de la milice de Moscou. C'était une vaste bâtisse jaune de dix étages qui faisait de la rue Petrovka une des voies les plus animées et les plus encombrées de la ville. Le ballet incessant de voitures et de fourgons donnait une idée de l'activité de fourmilière de ce centre nerveux de la police. C'était dans cet immeuble, au troisième étage, que se trouvait la salle des opérations, chargée de surveiller et de coordonner les actions dans les trente-trois arrondissements de Moscou. Cent quatre-vingts postes de police étaient reliés en permanence au quartier général, tandis que la flottille des véhicules communiquait par radio avec le déjà vétuste bureau des transmissions.

Prigov trouva une place près de l'atelier où une dizaine de véhicules attendaient que des mécaniciens débordés les réparent. Le parc automobile de la milice vieillissait vite et les besoins augmentaient de jour en jour, de sorte que, même pour une panne mineure, il fallait au moins vingt-quatre heures d'attente. Un mécanicien hurla de dégager le passage et Alexéï se contenta de lui jeter ses clefs avant de se précipiter vers l'ascenseur où il dut marteler les touches à coups de poing pour obtenir le huitième étage.

Là se trouvaient le bureau de Syssoïev et son secrétariat, ainsi que deux salles de réunion. La grande pouvait accueillir une centaine de personnes, et était réservée aux grandes cérémonies rassemblant les chefs de poste lorsqu'une nouvelle politique était décidée en haut lieu, et la petite, prévue pour trente, où se retrouvaient à intervalles réguliers les principaux inspecteurs des brigades, pour y recevoir leurs instructions. Ils l'avaient surnommée la « Télévision », parce que seul le grand maître y avait la parole.

Lorsqu'il arriva dans le petit hall qui servait d'antichambre, Alexéï fut surpris d'y voir ses collègues et se demanda une seconde si la réunion était déjà terminée. Mais une voix de stentor le détrompa. Piotr Vassielevitch Uksuskinov abattit son énorme main sur l'épaule de Prigov en riant.

« Où étais-tu encore passé, Alexéï ? En train de forniquer pendant que je m'use la santé pour toi, hein ? »

Son haleine avait déjà une forte odeur de vodka. Piotr était un géant de près de deux mètres qui traînait ses cent vingt kilos avec nonchalance et entretenait la rotondité de son ventre à la vodka et à la bière, en alternance. Échevelé et éméché du matin au soir, pétant de santé et d'humour, Piotr était bâti pour le bonheur et vivait dans le malheur. Il tenait sa force et sa solide constitution de ses ancêtres sibériens et se flattait d'être un descendant des *Nganasani,* une peuplade de pêcheurs rudes au froid et à la douleur. Ses yeux légèrement bridés, la peau tendue de ses pommettes et son crin épais comme le poil d'un loup laissaient en effet deviner des origines asiatiques. Il avait eu une brillante et prometteuse carrière jusqu'au jour où il avait épousé Sarah, qui avait le mauvais goût d'être juive. La promotion de Piotr s'était arrêtée net. Il s'était mis à boire, mais c'était encore de joie. Ils avaient eu deux fils, tous deux envoyés en Afghanistan. L'un y avait été tué et l'autre mutilé. A présent, Piotr buvait encore davantage mais n'en éprouvait plus de plaisir. Alexéï avait appris à le connaître et à le pratiquer, depuis quatre ans qu'ils faisaient équipe. Il lui confiait le travail important le matin, car Piotr était soûl dès 15 heures. Les restrictions imposées par la loi lui permettaient au moins de se rendre utile à mi-temps, de sorte que l'après-midi, Alexéï lui donnait sa liste de courses et le chargeait de faire la queue, *otchered,* l'inévitable queue. Il connaissait des gens qui payaient un employé à plein temps pour faire la queue à leur place.

« Tu sais bien que je ne te tromperai jamais, Piotr. Qu'est-ce qui se passe, Syssoïev est mort ? »

Piotr baissa la voix et courba son immense carcasse pour parler à l'oreille d'Alexéï :

« Va y avoir du pétard. Paraît que le vieux s'est fait engueuler par le ministre. Communication directe avec le Kremlin. C'est Natacha qui me l'a dit?

— Natacha?

— Celle du standard. Quoi, ne me dis pas qu'il y en a une que tu n'as pas encore sautée dans la maison?

— Piotr, tu n'es qu'un vieux bouc lubrique.

— Non, alcoolique. Et ça devient de plus en plus dur d'être à la hauteur de ma réputation avec les restrictions de notre guide bien-aimé. Tu sais combien la mère Vikov m'a fait payer les cent grammes de vodka? »

La porte s'entrebâilla et les conversations cessèrent brusquement, tandis que les inspecteurs pénétraient dans la salle comme on entre dans une église.

« Si ça continue, je vais en être réduit à boire du vinaigre ! chuchota Piotr en emboîtant le pas à Alexéï.

— Essaye plutôt l'essence, conseilla-t-il.

— C'est encore plus cher que la vodka. »

Ils s'installèrent sur les chaises du fond, comme des élèves pressés de sortir. La pièce, qui avait récemment été réaménagée, était fonctionnelle et ressemblait un peu à une salle de cinéma, le chauffage en plus. Les murs étaient tendus de velours rouge et des appliques d'opaline diffusaient une clarté douce. Au fond, sur une estrade, trônait une table de conférence tendue de gris. Un tableau noir, un plan de Moscou et un écran de projection occupaient le mur, derrière le commissaire.

Vladimir Serguéïevitch Syssoïev était déjà installé au bureau, concentré sur un dossier qu'il feignait de compulser alors qu'il devait déjà le connaître par cœur, comme la plupart des affaires dont il s'occupait. Chauve, son crâne luisant accentuait la sévérité de ses traits et la ligne hautaine, presque arrogante, de son sourcil. Il portait un uniforme gris galonné d'or qui indiquait son rang de général. A ses côtés, ses deux adjoints, les colonels Razov et Dimitrov, semblaient figés dans une pose hiératique. On aurait dit deux presse-bouquins, pensa Alexéï, et l'association d'idées lui rappela qu'il avait oublié de passer à la bibliothèque pour sa mère. A l'extrême gauche de la table, un athlète de quarante ans, les cheveux taillés en brosse, était vêtu d'un treillis militaire et coiffé d'un béret noir. Alexéï reconnut Griboyechov, chef de l'OMON, la Brigade d'intervention spéciale créée au début de l'année 1989 et essentiellement composée d'anciens militaires, parachutistes ou fusiliers marins. Considérée comme corps d'élite, l'OMON était chargée des interventions délicates, prises d'otages ou hold-up, forcenés, hoolliganisme. On ne l'avait pas encore vue intervenir dans une manifestation mais elle n'était jamais très loin du cordon de sécurité. Les méthodes et l'esprit de l'OMON s'apparentaient plus au commando qu'à la police. Griboyechov affichait un certain mépris pour les miliciens qui le lui rendaient bien. A droite enfin, un petit homme sans âge, aux cheveux rares et gras, les tempes dégarnies et les yeux bouffis, était recroquevillé sur sa chaise, comme s'il cherchait à disparaître sous la table. Son nez aquilin lui donnait l'air d'un oiseau de proie. Alexéï poussa Piotr du coude.

« Le corbeau de droite, tu connais ? »

Piotr eut une moue d'ignorance et d'indifférence simultanées. Anatoli, un collègue de la Criminelle, se retourna discrètement et murmura :

« Sukhomlinov. Sécurité d'État. »

Alexéï se sentit tout à coup mal à l'aise. Si le KGB était officiellement présent à cette réunion, l'affaire se présentait mal. De plus, ce Sukhomlinov était un nouveau visage, signe que l'on devait beaucoup s'agiter et beaucoup remanier en haut lieu. Syssoïev toussota pour annoncer que la réunion allait commencer.

« Messieurs, je serai bref. 31,8 pour cent. Les chiffres viennent de tomber. 31,8 pour cent. Ça vous dit quelque chose ? »

La question étant purement rhétorique, un grand silence figea la salle. Syssoïev s'était levé et promenait son regard glacé sur l'assistance.

« Il s'agit de l'augmentation de la criminalité sur l'ensemble du territoire pendant l'année 89. Il va de soi que ces chiffres

58

doivent être révisés à la hausse pour Leningrad et Moscou où ils atteignent presque 50 pour cent. La situation, nous ne nous le dissimulons pas, est alarmante, pour ne pas dire plus. »

Il marqua une pause oratoire, pour laisser pénétrer ces données dans leurs esprits.

« C'est la première fois que la milice se voit confrontée à une mission aussi difficile, et le maintien de la sécurité des citoyens est devenu une priorité. »

Alexéï nota que la première affirmation était fausse. A la fin des années quarante, sa mère lui en avait souvent parlé, Staline avait délibérément amnistié les prisonniers de droit commun, déclenchant ainsi une décennie de terreur. Les passants attardés se faisaient égorger sous les porches et dans les arrière-cours. Les greniers et les sous-sols devenaient des repaires de brigands tandis que la milice, liée par une obligation de bons résultats, effectuait des pourcentages dérisoires d'arrestations et proclamait ainsi une baisse générale de la criminalité. De plus, avantage non négligeable, la peur clouait les gens chez eux, étouffant toute tentation séditieuse. Rien de tel qu'une bonne dose d'insécurité pour favoriser le maintien de l'ordre. La politique était, par nature, l'art du paradoxe, tout le monde savait cela. Naguère, on appelait même cet art la dialectique.

« Il convenait donc de prendre des mesures énergiques, à la hauteur des problèmes. En accord avec les colonels Razov et Dimitrov, j'ai donc décidé un certain nombre de remaniements dans le service. »

Piotr grommela à l'intention d'Alexéï :

« Des têtes vont rouler, petit père. »

Alexéï haussa les épaules. La situation pouvait difficilement être pire. A cet instant, la porte grinça et s'ouvrit sur Iouri Agatov, qui rampa quasiment jusqu'au premier rang. Syssoïev foudroya Agatov du regard et poursuivit :

« Nous avons bien failli commencer sans vous, Agatov. »

Il y eut un rire de politesse parmi les collègues, car la remarque était censée être humoristique.

« Dans le cadre de ces mesures, une centralisation renforcée des décisions nous a paru nécessaire. Vous serez informés des nouvelles structures dès qu'elles seront approuvées par le ministère. »

Le renforcement des pouvoirs en temps de crise n'était pas une nouveauté, mais il était très en vogue, ces temps derniers.

« Cependant, et sans attendre, j'ai jugé urgent de charger le camarade inspecteur principal Agatov de la coordination des affaires criminelles. »

Syssoïev était bien un des derniers qui utilisât le terme de « camarade », mais il était encore au Parti, lui. Comme Alexéï s'y attendait un peu, Syssoïev en vint au but réel de la réunion. L'affaire de l'égorgeur commençait à faire du bruit en haut lieu. Que les assassinats soient en augmentation semblait dans la logique de la criminalité déferlante, mais qu'un maniaque s'en prenne impunément à une catégorie sociale qui officiellement n'existait pas, cela devenait gênant pour les pouvoirs publics. En outre, par leur aspect répétitif, obsessionnel, ces crimes cristallisaient la peur des Moscovites et le sentiment d'insécurité.

Agatov n'eut pas l'air surpris et, sur l'invitation de Syssoïev, se leva pour monter sur l'estrade où une chaise l'attendait. Il rosit de plaisir en posant une chemise cartonnée sur la table. Il se racla la gorge et commença d'une voix que l'émotion et la vanité rendaient un peu trop aiguë, par rappeler les faits, connus de la plupart d'entre eux. Le 3 novembre, le corps d'un homme jeune, vêtu d'un jean de fabrication soviétique sale et usagé, d'un blouson de drap trop grand et d'un vieil imperméable déchiré, était découvert non loin du ponton du pont Krasnokholmski. Gorge tranchée. Visage et doigts mutilés. Sodomisé. Le 14 novembre, on trouvait un deuxième cadavre sur le quai Pouchkine en bordure du parc Gorki. Homme d'âge moyen, vêtu lui aussi de hardes qui n'étaient pas tout à fait à sa taille. Poignardé dans le dos et égorgé ensuite. Phalanges tranchées. Sans papiers. Non identifié. Enfin, le corps d'un troisième clochard venait d'être signalé ce matin près du pont Lefort dans des circonstances identiques. On pouvait supposer qu'il y avait de bonnes probabilités pour que d'autres corps aient été ensevelis sous la neige. Ils ne seraient découverts qu'au printemps. Les fameux perce-neige ! Agatov annonça son plan d'action : patrouilles renforcées la nuit, surveillance des berges et des ponts, contrôle des identités après 22 heures, et arrestation des individus en situation irrégulière.

Alexéï sourit. L'idée ne manquait pas de saveur. A défaut de pouvoir coincer l'assassin, on arrêtait ses victimes potentielles. En outre, Agatov exigeait qu'on lui communique sans délai toute information se rapportant aux trois assassinats déjà commis.

Excepté les deux derniers points, la méthode n'offrait rien d'original mais avait un parfum de couvre-feu et impliquait un renforcement considérable des moyens. Syssoïev n'ayant pas mentionné de rallonge budgétaire exceptionnelle ni de renforts en hommes, il s'ensuivait que ces moyens seraient prélevés sur les autres services. Tout compte fait, songea Alexéï, la situation pouvait donc empirer. Les téléphones qui ne fonctionnaient pas, les standards manuels surchargés, les fax japonais flambant neufs inutilisables faute de papier, l'absence d'ordinateurs qui obligeait à attendre une semaine pour obtenir une fiche de renseignements, les voitures de service en nombre insuffisant, l'essence rationnée à cinq litres par jour, les miliciens débordés, tout cela n'était rien. Cela pouvait être pire et le serait bientôt si des arrivistes incapables comme cet Agatov se mettaient à les diriger. Alexéï bouillait de rage contenue.

Quand Agatov eut terminé son exposé, il commit l'erreur de demander s'il y avait des questions. Alexéï ne put se retenir et leva la main.

« Pardonnez-moi, camarade inspecteur principal, qu'entendez-vous par " *situation irrégulière* " ? »

Agatov eut l'air interloqué et lança un regard oblique à Syssoïev qui resta de marbre.

« Eh bien, la définition usuelle. Toute personne n'étant pas en possession d'une *propiska* en règle. »

La *propiska* était l'enregistrement officiel qui accordait le droit de résidence à Moscou à un Soviétique venu d'une autre république. La *propiska* n'était accordée que si le demandeur justifiait d'un emploi.

« Alors, il faudrait agrandir nos prisons, camarade inspecteur principal. »

Il y eut un grand éclat de rire. Il était de notoriété publique que le nombre des irréguliers augmentait sans cesse, alimenté par la cohorte des pauvres et des affamés qui venaient dans les grandes villes dans l'espoir d'y trouver, à défaut d'argent, de quoi manger. Alexéï Prigov ne mentionna pas les doutes qu'il avait sur la " qualité " de sans-abri du dernier cadavre. Ce n'était plus son affaire. Il se contenta d'ajouter :

« Ne serait-il pas plus simple de les utiliser comme chèvres sur les quais de la Moskova ? »

Les rires se firent plus rares, tandis qu'Agatov s'empourprait de colère.

« L'humour noir ne me paraît pas de mise quand la gravité de la situation exige la coopération de tous. Mais l'inspecteur Prigov préfère coopérer avec les jeunes délinquants, sans doute. A chacun ses méthodes. »

Celles d'Alexéï étaient connues et ne lui valaient pas que des éloges. On voyait d'un assez mauvais œil ses relations amicales avec une certaine frange de la délinquance, mais les résultats remarquables qu'il avait obtenus dans des affaires de stupéfiants lui valaient d'être bien noté. On savait qu'il tirait profit de ses contacts, mais il s'agissait d'un usage tellement répandu qu'il devenait quasiment institutionnel. Malgré ou à cause de son profil volontairement bas, Alexéï se distinguait de la meute des ambitieux et attirait les jalousies. Certains rires dans la salle le lui rappelèrent.

En sortant, Alexéï extirpa les deux saucissons de ses poches et les tendit à Piotr.

« Je te les échange contre un paquet de Dunhill. »

Piotr éclata d'un grand rire gras.

« Tu rigoles ! Un paquet de Dunhill vaut vingt-cinq roubles.

— Et alors ? Tu as déjà vu des matraques à ce prix-là ?

— Lyocha, mon petit, je t'aime bien, aussi ne dirai-je pas où tu peux te les mettre, tes saucissons de merde. »

Alexéï contempla les deux cylindres encombrants et grimaça. Piotr ajouta en descendant l'escalier qui menait à leur bureau, au premier étage :

« Propose-les à Agatov. Sa femme doit en avoir besoin !

— Piotr, tu es répugnant... mais de bon conseil. »

Le bureau que partageaient Piotr et Alexéï était une pièce minuscule de trois mètres sur quatre où s'entassaient deux bureaux, deux fichiers métalliques, une énorme machine à écrire datant de la Révolution et des kilos de paperasses débordant de dossiers qui traînaient à même le sol. Alexéï se dirigea directement vers le semainier où un secrétaire volant venait lui-même répartir les ordres de mission. Les appels urgents arrivaient par dizaines chaque jour, de sorte qu'il était rare qu'un inspecteur pût suivre la même affaire avec régularité, et les missions des différents services se chevauchaient souvent dans une joyeuse pagaille. Alexéï récapitula son programme de la journée. Il y avait ce rapport à rendre au procureur sur les trois femmes qui avaient enterré un bébé vivant près du bassin de Khimki, au nord de Moscou. Et puis aussi le trafic d'armes qui avait été découvert la semaine dernière. De jeunes appelés qui revendaient des kalachnikovs de l'armée pour quinze cents roubles et des pistolets 7,62 et 9 millimètres pour huit cents roubles. Enfin, et surtout, ce qui tourmentait Alexéï était ce laboratoire clandestin dont un informateur lui avait parlé, et qui fabriquait un psychédélique de synthèse appelé « trimetil phentonil », dont la valeur à la vente avoisinait les seize mille roubles par gramme, soit près de cinq ans de salaire moyen. Qui diable pouvait se payer de tels voyages ? Où la Mafia trouvait-elle ses clients ? Il était beaucoup plus lucratif, pour l'instant, de contrôler le marché noir et les coopératives semi-privées. Préparaient-ils déjà l'avenir, eux ?

Les sombres réflexions d'Alexéï furent interrompues par un planton essoufflé, un moyen de communication plus rapide que le téléphone. Syssoïev voulait voir Prigov sur-le-champ. Alexéï jeta un coup d'œil inquiet à Piotr. Était-ce déjà le début du grand nettoyage ?

Syssoïev n'était pas seul, dans son bureau du huitième étage. Dans les fauteuils qui lui faisaient face étaient installés un homme et une femme. Syssoïev leva le menton d'un air menaçant.

63

« C'est bien vous qui parlez français, Prigov ?

— Oui. Ma mère enseignait le français, répondit Alexéï comme s'il s'agissait d'une circonstance atténuante.

— Alors, vous êtes tout désigné pour cette affaire. Je vous présente M. Claude Zory, attaché à l'ambassade de France, et Mlle Claire Brunet, dont le père a disparu. Vous vous en occupez toutes affaires cessantes. »

Zory dévisagea Alexéï avec insistance comme s'il jaugeait ses capacités. Alexéï se contenta de le saluer discrètement de la tête et se tourna vers Claire qui fumait nerveusement une cigarette blonde et lui adressa à peine un regard. Alexéï fut pris d'une envie soudaine de tabac anglais et remarqua la petite fossette qui se formait au coin des lèvres de Claire, lorsqu'elle aspirait la fumée.

Il la pria de le suivre jusqu'à son bureau, en français. Elle serra chaleureusement la main de Zory et accompagna Alexéï dans le couloir, l'air un peu perdu. Elle passa devant la porte de l'ascenseur sans s'arrêter et Alexéï la retint par le coude, avec délicatesse. Elle sursauta et il la lâcha aussitôt, embarrassé.

« Excusez-moi, mais il est préférable d'attendre l'ascenseur. Mon bureau est au premier. »

Claire dut se rendre compte de sa brusquerie car elle le complimenta sur la qualité de son français. Alexéï sourit.

« Merci. Vous êtes indulgente. Ma mère dit que je parle français comme un paysan ukrainien. »

Elle ébaucha un sourire forcé. Alexéï constata avec plaisir que la fossette réapparaissait lorsqu'elle souriait. Il espérait ne pas être trop ridicule.

8

Le téléphone de bakélite noire avait bourdonné avec des soubresauts d'agonie vers 7 heures. Claire, les yeux fermés, avait décroché, marmonné un vague remerciement et s'était rendormie. Les voix excitées du personnel de l'hôtel et des bruits de machines qui cognaient les murs du couloir l'avaient définitivement réveillée. Elle s'était précipitée dans la petite salle de bains et avait pris une douche rapide. Ils avaient rendez-vous à 9 heures à l'usine ZIL, au sud de Moscou, *Zavod Imeni Likatcheva,* du nom de son directeur pendant la guerre, Ivan Likatchev. Le car devait démarrer à 8 heures 15. Cela leur laissait peu de temps pour le petit déjeuner, compte tenu de la lenteur du service. Elle s'était habillée à la hâte, tailleur Weill et une paire de souliers de rechange dans son sac, avait vérifié qu'elle avait son agenda et, au moment de sortir, elle avait attrapé son appareil photo, dont elle s'était à vrai dire assez peu servi jusqu'à présent, les autorisations de photographier se limitant le plus souvent aux églises et aux monuments touristiques.

Elle avait frappé à la porte voisine mais son père n'avait pas répondu. Elle s'était étonnée qu'il fût descendu dans la salle à manger sans la prévenir. Dans le couloir, trois femmes de chambre en noir et blanc tenaient une conversation animée, sans se préoccuper de leur matériel qui encombrait le passage. Claire essaya en vain de leur demander si son père était sorti et se résigna à descendre. Il n'était pas non plus à leur table et Claire avait supposé qu'il était aux toilettes. Elle avait attendu dix minutes puis décidé de prendre son petit déjeuner sans lui. L'heure tournait et les Allemands s'apprêtaient déjà à rejoindre le car. Elle avait vraiment commencé à s'inquiéter vers

8 heures. Guy Dufay l'avait remarqué car elle n'avait pas pour habitude de fumer de si bonne heure. Lui non plus n'avait pas aperçu André Brunet ce matin. Claire était remontée au troisième étage et avait de nouveau cogné à la porte de son père. La dame d'étage, trouvant son manège étrange, s'était approchée et avait décidé d'ouvrir la porte. Le règlement l'autorisait en effet à ouvrir les portes, et même à les enfoncer, si nécessaire, en cas d'atteinte aux bonnes mœurs. La chambre était vide. Sur le lit non défait, l'attaché-case de Brunet était resté ouvert et le dossier du contrat posé sur l'oreiller. Tous ses vêtements étaient dans la penderie, y compris son pardessus et son chapeau. Dans le cendrier, un cigare éteint, presque intact. Pas le moindre message, pas le moindre signe de malaise. Son père n'avait pas dormi là.

Claire avait commencé à paniquer et s'était ruée vers l'ascenseur. Dans le hall de l'hôtel, les membres de la délégation s'étaient déjà rassemblés. Emmitouflés, ils fumaient et devisaient en échangeant des plaisanteries sur la nourriture locale. Certains vérifiaient leurs papiers et quelques secrétaires se repoudraient. Claire était allée de l'un à l'autre, comme une folle, demandant s'ils n'avaient pas vu son père, cherchant Claude Zory qui n'était pas encore arrivé. Finalement, Doubransky, leur guide, était apparu et les avait invités à monter dans l'autocar. Claire, dans son affolement, le tirait par la manche et Doubransky, embarrassé, avait questionné en vain l'employé de la réception. Claire n'avait pas besoin qu'il traduise. L'employé se contenta de secouer négativement la tête. *Nyè viem.* Doubransky était partagé entre l'embarras et l'inquiétude. Là-bas, la délégation l'attendait déjà dans l'auto-car. Il se mordait la lèvre inférieure, indécis. Il avait enfin téléphoné à l'Intourist où on lui avait conseillé, au bout de cinq minutes, d'appeler le 2945492. Claire avait composé le numéro pour entendre une dame lui demander, avec une voix d'homme, quel âge avait l'enfant. Lorsque Claire avait précisé qu'il s'agissait de son père, la dame s'était fâchée et avait raccroché. Doubransky commençait à s'agiter. Ils prenaient du retard sur leur horaire mais il hésitait à abandonner Claire. Par bonheur, Claude Zory arriva, et se confondit en excuses, n'ayant pas réussi à trouver de taxi. Doubransky lui résuma la situation en deux mots et se précipita vers l'autocar. Zory avait attentivement écouté Claire, puis interrogé le réceptionniste, le portier et la dame d'étage. Ils venaient tous d'arriver pour le service de jour et ne savaient rien. Zory avait finalement décidé de contacter Vladimir Syssoïev, qu'il avait eu l'occasion de rencontrer à plusieurs réceptions. On lui avait répondu, au standard, que Syssoïev était en réunion. Ils avaient attendu à l'hôtel jusqu'à 11 heures, guettant depuis le hall la porte vitrée, et avaient pris un taxi jusqu'à la rue Petrovka. Nouvelle attente, interminable, dans le bureau de la secrétaire, cigarettes, nausées, vertiges et ce sentiment d'irréel qui l'enveloppait comme un brouillard. Syssoïev, pour finir, ou pour commencer, crâne lisse et uniforme impeccable, l'air terrible, grand prêtre, oracle mystérieux qui écoute Zory, pose sur Claire un œil suspicieux et gronde comme un chien de garde. Claire qui se sent tout à coup comme une écolière dans le bureau du directeur, ou dans le cabinet du chirurgien, qui ne sait plus pourquoi elle est là et regarde autour d'elle des affiches et des portraits qu'elle ne comprend pas.

Alexéï avait attentivement écouté le récit de Claire. Il prenait des notes dans son carnet jauni, gondolé et usé à force d'avoir traîné dans sa poche de pantalon et jetait parfois un coup d'œil à Piotr qui, dans le fond du bureau, s'était fait tout petit, impressionné par l'élégance de la Française. Piotr ne comprenait pas le français et Alexéï lui résuma la situation en deux mots. Piotr eut une grimace éloquente que Claire, fort heureusement, ne vit pas. Alexéï ne laissa rien voir de ses sentiments mais, comme Piotr, il avait les plus grandes inquiétudes pour André Brunet. Ce genre de disparition, s'il était très rare pour les étrangers, se terminait souvent assez mal pour les autochtones. Il ne pouvait s'empêcher de penser au cadavre de ce matin. Quelle chance avait-on laissée au pauvre bougre ?

Il se renversa sur le dossier de sa chaise, desserra le nœud mal fait de sa cravate et pianota sur le bord du bureau, automatismes du professionnel qui se concentre. Quelle que soit son opinion personnelle, il avait un travail à faire, le plus objectivement possible.

« Je... hum !... j'aurais quelques questions à vous poser, mademoiselle Brunet. »

L'usage inhabituel du français pour un interrogatoire lui donnait l'impression de porter des chaussures neuves un peu serrées. Claire le regarda fixement, attentive, suspendue à ses lèvres. Alexéï fut troublé par l'intensité de ces yeux d'un vert limpide, presque lumineux, et feuilleta les pages de son carnet.

« A quelle heure avez-vous vu votre père pour la dernière fois ?

— Vers minuit, je pense. Nous venions de rentrer d'une réception à l'ambassade de France.

— Comment était-il vêtu ?

— Il était en smoking. Mais son pardessus est resté accroché dans la penderie et... »

Alexéï la laissa parler. Rudiments d'école. Ne pas provoquer de blocages. Trier les informations et tout reprendre avec méthode, en douceur.

« Vous a-t-il paru dans son état normal, lorsque vous l'avez quitté ?

— Oui, évidemment, je... En fait, il s'était plaint de troubles digestifs, à l'ambassade. C'est pourquoi nous étions partis.

— Par quel moyen êtes-vous rentrés à l'hôtel ?

— M. Zory nous a raccompagnés.

— Avez-vous rencontré quelqu'un d'autre en chemin, à l'hôtel ?

— Non. Le portier. Le réceptionniste. Une dame russe qui lui parlait. La dame d'étage. C'est tout.

— Vous êtes-vous couchés immédiatement ?

— Oui. Pratiquement. Nous nous sommes dit bonsoir dans le couloir. Mais mon père a encore travaillé un peu.

— Comment le savez-vous ?

— Je l'ai entendu ouvrir son attaché-case. Il devait revoir le projet de contrat. Il était encore sur le lit ce matin.

— Un contrat avec qui ?

— L'Usine des savons de la liberté. Medvekovo.

68

« — Vous n'avez rien entendu d'anormal après cela ? Pas de bruits de pas dans le couloir, quelqu'un qui frappe à la porte, des choses de ce genre ?

— Non... »

La voix de Claire était devenue traînante, comme si, dans le fond de sa mémoire, un vague souvenir s'agitait faiblement, cherchant à faire surface.

« Il me semble... mais je ne suis pas sûre... je rêvais peut-être déjà, que le téléphone a sonné dans sa chambre. »

Alexéï prit note.

« Nous le saurons bientôt. Si on l'a appelé, le réceptionniste devrait pouvoir nous le dire. Votre père avait-il des ennemis dans la délégation ? »

Claire eut un éclat de rire sans joie. La question lui paraissait saugrenue.

« Excusez-moi, mais cette idée est si... loin de la réalité. Non. Mon père n'avait pas d'ennemis.

— Votre père était-il... comment dites-vous, un homme à femmes ? »

Claire rougit et alluma une cigarette d'un geste sec.

« Monsieur Rigov. .

— Prigov.

— Monsieur Prigov, mon père a disparu. S'il était allé aux putes, je n'aurais pas pris la peine d'alerter la police. Je n'ai plus dix ans.

— Excusez-moi, mais ces questions sont nécessaires, même si elles vous paraissent désagréables ou inutiles. Votre père avait-il des vices ? »

Claire leva les yeux au plafond en faisant des cercles avec sa cigarette.

« Cela devient grotesque, monsieur Prigov.

— Je m'explique. Avait-il des penchants pour les relations homosexuelles, la drogue, le jeu, l'alcool, qui puissent justifier une escapade nocturne ? »

Claire soupira.

« Non. Pas à ma connaissance.

— Vous êtes sûre ?

— S'il avait vraiment un vice, il me l'aurait caché, vous ne croyez pas ? »

Alexéï ne répondit pas et se tourna vers sa machine à écrire où il introduisit trois feuillets intercalés avec des carbones.

« Bien. Il ne nous reste que les formalités d'identité et de déclaration. A propos, avez-vous une photographie de votre père ?

— Mon Dieu, non. Il a gardé ses papiers sur lui et... Mais si, j'y songe. Il doit y avoir un ou deux clichés de lui dans mon appareil.

— Pourriez-vous me confier la pellicule le temps de tirer un portrait de votre père pour les recherches ? »

Claire rembobina le film et tendit la pellicule à Alexéï qui la jeta à Piotr.

« Demande à Leonid de nous développer ça le plus rapidement possible, tu veux ?

— C'est-à-dire pour l'année prochaine.

— Dis-lui que s'il ne remue pas ses grosses fesses on viole sa femme.

— Il s'en fout. Il lui fait déjà faire le trottoir.

— Alors, trouve un moment pour me les tirer toi-même.

— Tu ne veux pas aussi que je te les encadre ?

— Je t'adore, Piotr. Tu es une petite mère pour moi. »

Piotr lâcha une obscénité en sortant. Alexéï sourit et se rappela tout à coup que Claire ne comprenait pas le russe.

« Pardon. Reprenons. Nom, prénom et date de naissance... »

La machine à écrire se mit à caqueter, avec une lenteur désespérante. Claire répondait machinalement, anesthésiée par le rythme lancinant des questions, le cliquetis hésitant des touches et la chaleur épaisse du bureau. La fenêtre donnait sur la cour. On ne voyait que le mur gris de l'immeuble d'en face. Pas la moindre fenêtre, le moindre signe de vie, le moindre coin de ciel. Il ne neigeait plus. Le temps semblait ralentir, lui aussi, jusqu'à s'arrêter.

9

Piotr n'était pas revenu les mains vides. Dans un petit sac en plastique, il avait ramené des blinis fourrés au fromage blanc aigre et en avait fort aimablement proposé à Claire. Elle avait jeté un coup d'œil distrait aux beignets, comme s'il s'agissait de couches de bébé sales, et avait dit : « Non, merci », d'un ton glacé. Alexéï avait mis son blini de côté. Cette Française avait beau lui porter sur les nerfs avec ses grands airs, il se sentait gêné de manger devant elle. Piotr parut surpris. Il demanda, la bouche pleine :

« T'es malade, Lyocha ?

— Non, tu vois bien que je suis occupé. »

Piotr regagna son bureau en bougonnant quelque chose sur l'ingratitude des jeunes. Lorsque Alexéï eut terminé de taper la déclaration de disparition, en russe, il la signa, la traduisit à Claire et la lui fit signer à son tour.

« Bien. Nous vous contacterons dès qu'il y aura du nouveau. »

Claire le fixa, interloquée, comme si ses propos étaient incompréhensibles. Sa cigarette se consumait au bout de ses doigts, et la cendre inutile tomba sur le bord du bureau lorsqu'elle se pencha vers lui.

« Comment ? Vous voulez dire que c'est tout ? Vous allez rester là à attendre qu'il réapparaisse par enchantement ? »

Alexéï soupira, se frotta l'arête du nez et croisa les doigts, pour ne pas s'énerver.

« Mademoiselle Brunet, je vous assure que nous allons faire tout ce qui est en notre pouvoir pour retrouver votre père, si toutefois il a vraiment disparu. En attendant, le mieux est que vous rentriez à votre hôtel et que vous n'en bougiez pas. Qui sait, votre père pourrait rentrer ou essayer de vous joindre là-bas ? »

Elle secouait lentement la tête et Alexéï craignit un instant une crise de nerfs. Il lança un coup d'œil significatif à Piotr qui avait cessé de mâcher, sur le qui-vive lui aussi.

« Mais vous pourriez commencer l'enquête à l'hôtel, diffuser des appels, lancer un avis de recherche, je ne sais pas, moi, tout ce qu'on fait dans ces cas-là, c'est votre métier, non ? »

Alexéï serrait si fort les doigts que ses jointures étaient blanches.

« Comme vous le dites si bien, c'est mon métier. Alors, faites-moi confiance, nous ferons tout ce qu'il faut. Je vous reverrai sans doute ce soir à l'hôtel.

— Mais pourquoi pas tout de suite ?

— Parce que le personnel de nuit est de repos en ce moment. Il serait préférable que j'interroge les gens qui sont susceptibles d'avoir vu votre père, vous ne croyez pas ? »

Claire ouvrit la bouche mais n'eut pas le temps de formuler une autre objection. La silhouette imposante de Syssoïev apparut dans l'encadrement de la porte et Alexéï se leva aussitôt, discipliné et surpris. Il était rare de voir le grand Syssoïev descendre dans les soutes.

« Alors, tout se passe bien ? » dit-il en cueillant la déclaration de Claire sur le bureau.

Alexéï hocha la tête, évasif.

« Dites-lui que nous allons faire le maximum et que son père ne doit pas être bien loin. »

Alexéï traduisit et Claire remercia d'un sourire contraint. Elle se leva. Syssoïev lui prit la main, d'un geste qui se voulait courtois, paternaliste, et délibérément vieux jeu.

« Dites-lui aussi que je mets une voiture à sa disposition pour la raccompagner à l'hôtel. »

Alexéï trouvait que le chef poussait la politesse un peu loin. Les voitures de service étaient déjà en nombre insuffisant, si on se mettait à les utiliser comme taxis, où allait-on ? Un officier de police attendait dans le couloir. Il portait un des nouveaux uniformes qui venaient d'être créés pour les miliciens par un grand couturier russe. Blouson à soufflets et casquette souple.

Claire salua d'un signe de tête, marqua un temps d'hésitation sur le pas de la porte, entrouvrit la bouche comme pour ajouter quelque chose, se ravisa et suivit le milicien.

Syssoïev passa une main blanche sur son crâne poli.

« Ravissante jeune femme, vous ne trouvez pas, Alexéï Alexéïevitch ? Alors, quelle est votre première impression ? »

Piotr avait posé discrètement son troisième bliny derrière sa machine à écrire et s'essuyait les doigts dans un immense mouchoir à fleurs qui avait dû être une serviette de table. Alexéï fit une grimace.

« Pas très bonne, pour être franc, Vladimir Sergéïevitch. L'homme est riche. Je crains un coup de la Mafia. »

A ces mots, Syssoïev parut irrité.

« La Mafia ! La Mafia ! Cessez donc de parler comme ces démagogues qui voient la main de la Mafia partout.

— Eh bien, il y a déjà eu des prises d'otages de ce genre, Vladimir Serguéïevitch, rappelez-vous le Jordanien, il n'y a pas si longtemps...

— Et qu'est-ce que le concept de Mafia vient faire là-dedans ? Il y a des associations de malfaiteurs, soit. Mais qui a établi qu'il existait des liens organisés entre elles, hein ? »

Alexéï se tut. Il était de notoriété publique que le racket, la corruption, le détournement systématique des biens publics et les trafics en tous genres, essence, véhicules, armes, produits alimentaires, vestimentaires, drogue, femmes, n'avaient jamais été aussi florissants. A tous les niveaux, le pot-de-vin et le racket fonctionnaient comme principal ressort économique et les miliciens sous-payés n'échappaient pas à cette loi du silence. Syssoïev ne l'ignorait pas mais il ne voulait pas saborder le navire qu'il commandait. Des bandes sévissaient un peu partout, cependant Syssoïev refusait d'accréditer l'idée d'un complot général et organisé. Il se cramponnait à la thèse de la délinquance isolée parce qu'elle était la seule qu'il pouvait à peu près contrôler. L'autre n'était pas de son ressort et les solutions, les vraies, ne pouvaient être que politiques. Il sortit une paire de lunettes de la poche de sa veste, la tint devant ses yeux sans déplier les branches et relut le rapport d'Alexéï.

« Cherchez du côté des putes, Alexéï Alexéïevitch. Ce Brunet est un Français, n'est-ce pas, donc naturellement porté sur la chose. De plus, il est divorcé et vit en célibataire. Ça doit lui manquer. Surtout en voyage, non ? Pour finir, le Cosmos est le plus grand bordel public de Moscou, vous le savez bien. Allez jeter un coup d'œil au frigo du Cosmos. Ils ont peut-être des tuyaux. »

La prostitution avait atteint un tel degré d'endémie autour des grands hôtels fréquentés par une majorité d'étrangers, que la milice avait installé une prison provisoire dans les sous-sols du Cosmos. On y gardait les prostituées un peu trop voyantes et les ivrognes, le temps de vérifier leurs papiers ou de les dessoûler.

« Et tenez-moi au courant, hein, je ne veux pas d'incidents avec l'ambassade ou le MID. »

Le MID était l'équivalent du Quai d'Orsay et Alexéï songea qu'ils avaient certainement autre chose à faire en ce moment que de s'occuper d'un petit ressortissant français, mais il hocha la tête d'un air grave, comme s'il avait conscience de l'enjeu.

Lorsque Syssoïev fut parti, Piotr enfourna son dernier beignet et grommela :

« Qu'est-ce qu'on fait, alors ? Le grand jeu, d'entrée ?

— Notre métier, Piotr. L'enquête de routine. Tu t'occupes tout de suite des hôpitaux. Je me charge des postes de quartier. »

Tandis que Piotr essayait de téléphoner aux services des urgences pour savoir s'ils n'avaient pas admis de Français, Alexéï monta au troisième étage demander au central de diffuser un avis de recherche. En attendant d'avoir une photo, on pouvait toujours donner le signalement du sujet. Et puis un Français, ça n'était pas si courant. Les appels aux hôpitaux furent négatifs. Là encore, il faudrait attendre un peu et en faire le tour, une photo en bandoulière. Ils ne pouvaient guère plus pour l'instant.

Vers 15 heures, on les appela en renfort au rez-de-chaussée où deux Géorgiens moustachus et musclés donnaient du fil à retordre. Flagrant délit de trafic d'armes. Piotr prêta main-forte pour les calmer. Alexéï tapa encore deux rapports. Un pour Agatov, concernant la découverte du corps, le matin même. L'autre à l'intention du procureur, au sujet d'un trafiquant de drogue qu'il avait arrêté deux jours plus tôt et qui promettait de livrer des complices si on lui accordait une remise de peine.

En fin d'après-midi, Alexéï n'y tint plus. Il regardait sa montre depuis le départ de Claire.

« Bon, on y va. Assez moisi ici.

— Où ça?

— On a un petit tour à faire du côté du marché de la gare de Riga. Aleko m'a signalé un nouveau réseau de petits trafiquants.

— Quel genre?

— Haschich, héroïne.

— Il n'a pas parlé de vodka?

— On verra sur place. S'il y en a, je te les laisserai.

— Dis donc, la gare de Riga, c'est sur la route du Cosmos, non?

— Tiens, c'est ma foi vrai. On y passera aussi après. »

Au marché de la gare de Riga, Rijskii Rynok, on trouvait de tout, à des prix exorbitants, plus de dix fois le cours officiel. Les vendeurs, Géorgiens ou Ouzbeks, présentaient leurs produits sur des étals de fortune ou sur des tréteaux élaborés. Tous payaient leur dû à des protecteurs qui empêchaient la concurrence, fixaient les prix et contrôlaient les installations. Ici, la milice avait abandonné le contrôle du marché à ce service d'ordre un peu particulier. Les plus courageux dénonçaient la mainmise de la Mafia, mais leurs protestations étaient impuissantes. Tous fermaient les yeux sur l'inévitable. A défaut de marché libre, c'était le règne du marché noir.

Alexéï et Piotr tuèrent le temps en arpentant les allées animées où se pressaient des clients excités et mécontents. Les kholkoziens qui vendaient leurs produits le prenaient de haut, narguant la clientèle démunie qui venait baver d'envie devant leurs rayons de légumes ou de viande. Pas la moindre trace des trafiquants. Ils finirent par trouver Aleko derrière un stand d'endives. Il fit un clin d'œil à Alexéï qui regardait, éberlué, les chicons.

« Tu vends de la salade, maintenant ?

— Non, c'est pour mon cousin. Il a dû s'absenter un moment pour acheter des pneus. »

Il baissa la voix :

« Ils ne sont pas là aujourd'hui. Revenez demain.

— Demain, on peut pas. Qu'est-ce que tu as d'autre ? »

Aleko sortit un carton de dessous l'étal. Il était rempli de paquets de cigarettes. Inexplicablement, on avait du mal à en trouver ces temps-ci, sauf au marché noir. Alexéï en acheta trois paquets, à un prix d'ami. Mais Aleko éclata de rire lorsqu'il voulut les échanger contre des saucissons. Bon enfant, Aleko leur souffla un autre tuyau. On vendait du mouton pas cher près du parc Sokolniki, directement au camion. Alexéï soupira. Il n'aimait pas trop le mouton.

« Alors, viens manger chez moi ! Il y a du bœuf ! du lapin ! du poulet ! Tout ce que tu veux.

— Merci, Aleko, mais je n'ai vraiment pas le temps en ce moment. »

Il s'éloignait déjà, cherchant Piotr du regard, là-bas, du côté des volailles. Brusquement, il se retourna et lança à Aleko :

« Au fait, si tu entends parler d'un Français qui se serait " perdu ", fais-moi signe.

— Un Français comment ?

— Cinquante-huit ans. Dans les affaires.

— Tu me l'échanges contre quoi ?

— Contre douze saucissons !

— Alors, il est définitivement perdu. »

Il y avait bien un camion à l'entrée du parc Sokolniki, non loin de Mira Prospekt. Mais une queue d'au moins cent personnes s'étirait dans la contre-allée. Alexéï interrogea Piotr du regard.

« D'accord, j'y vais. »

Il lui donna trente roubles, plus du dixième de son salaire.

« Et si c'est du mouton à huit pattes ? »

Piotr pensait aux produits de Biélorussie, touchés par les retombées de Tchernobyl. Dès qu'on vendait des produits à un prix abordable, les clients se méfiaient. Les racketteurs aussi utilisaient la rumeur pour convaincre les vendeurs récalcitrants ou compétitifs, de sorte qu'on ne savait plus s'il s'agissait d'un kholkozien courageux ou d'un trafiquant de viande contaminée. Le plus souvent, la pénurie était telle que les gens couraient le risque.

« Il suffit d'attendre que la nuit tombe. Si tu ne vois rien, tu achètes. Si la viande est phosphorescente, tu n'achètes pas. »

Piotr eut un sourire las.

« Lyocha, tu es vraiment trop con.

— Je te reprends dans deux heures.

— Tu me trouveras facilement. Je serai comme un ver luisant, moi aussi. »

Alexéï repartit dans la direction de l'hôtel Cosmos.

10

Il était 17 heures quand Alexéï gara sa voiture devant l'hôtel Cosmos, sur le vaste parking où s'alignaient des bataillons d'autocars. La nuit tombait déjà et les taxis en maraude, les plus arnaqueurs de Moscou, tournaient comme des oiseaux de proie autour de l'énorme bâtisse. Cependant, Alexéï se doutait qu'il était encore un peu tôt pour espérer rencontrer le personnel de nuit. Il décida de rendre visite à ses collègues du sous-sol.

Un escalier extérieur permettait l'accès au poste de détention provisoire installé dans la partie ouest de la cave. Le soir, après le dîner, de jeunes inspecteurs en civil patrouillaient aux alentours de l'hôtel et ramassaient les prostituées. Les *dealers,* plus malins, plus dangereux ou plus offrants, restaient dans l'ombre et étaient rarement inquiétés.

Le poste se résumait à un minuscule local de cinq mètres sur cinq séparé en deux zones. La cage aux grilles rouges et le bureau d'accueil, où un milicien geôlier enregistrait les nouveaux détenus provisoires. On les gardait une nuit, puis on les relâchait, faute de preuves ou de motifs de détention. La prostitution n'étant pas considérée comme un délit, on invoquait le contrôle sanitaire, ou l'ordre public, mais la plupart des filles se procuraient sans problème un certificat de bonne santé auprès du premier médecin venu.

Derrière le milicien de garde, occupé à lire un roman d'aventures, un immense poster représentant la cathédrale Basile-le-Bienheureux couvrait le mur du fond. Une radio diffusait les messages du QG avec des grésillements sonores vingt-quatre heures sur vingt-quatre. Dans la cage, il n'y avait pour l'instant qu'une vieille femme ivre morte qui ronflait et parlait dans son sommeil. Un fourgon viendrait bientôt la chercher pour l'emmener au dessoûloir puis, si elle était sans abri, au centre d'accueil de la police, sorte de prison d'hiver pour clochards gérée par des auxiliaires de police.

Le milicien salua respectueusement Alexéï, qui avait grade de lieutenant, et lui montra son registre. Ils avaient appréhendé deux prostituées la veille au soir, vers 22 heures, mais la neige ne favorisait pas les affaires en ce moment. La soirée avait été calme. Aucun incident n'avait été signalé. Pas la moindre rixe ni le plus petit trafic. Encore moins trace de Français en détresse. Alexéï lui laissa néanmoins ses coordonnées et lui demanda de l'appeler s'il apprenait quelque chose. En priorité.

Comme il s'y attendait, le personnel de nuit n'avait pas encore pris son service et il demanda à voir le directeur, l'*administrator*. On le fit attendre dix bonnes minutes dans le hall d'où il observa les allées et venues des clients et le ballet nonchalant des employés. Finalement, l'administrateur daigna le recevoir dans son somptueux bureau du rez-de-chaussée. Lambris de teck, tapis de Boukhara, lampe de bureau design, lustre de cristal, portrait géant de Gorbatchev, œillets frais dans un vase de cristal taillé, le camarade administrateur Platonov jouait les importants, calé dans son fauteuil de cuir, plongé dans un dossier avec l'air absorbé d'un ministre découvrant un rapport confidentiel, alors qu'il s'agissait probablement de la quantité de pommes de terre qui lui serait livrée le mois prochain. Il ne pria point Alexéï de s'asseoir et demanda d'une voix irritée, sans prendre la peine de lever les yeux :

« Qu'est-ce que c'est encore ? »

Alexéï jeta négligemment sa carte de police sous le nez de Platonov et se laissa glisser dans le fauteuil moelleux et bas qui faisait face au bureau. Il sortit son carnet crasseux, croisa les jambes et griffonna n'importe quoi sans avoir posé la moindre question. Il adorait jouer aux agents du KGB. La méthode portait toujours ses fruits avec les prétentieux. Platonov se radoucit instantanément et ôta ses lunettes à monture d'or.

« Que puis-je pour vous, camarade inspecteur ?

— Les noms, heures de présence et adresses du personnel de service hier, entre minuit et minuit trente. Les noms des membres de la délégation européenne qui séjournent à l'hôtel et, pour finir, le relevé des communications téléphoniques de cette nuit, disons de 21 heures à 8 heures du matin. »

Le directeur en resta muet de stupeur.

« C'est tout? finit-il par prononcer, bredouillant de colère. Vous êtes sûr que vous ne voulez pas aussi la liste des clients des cinq dernières années et le nombre de cendriers volés entre le 2 et le 3 janvier? »

Alexéï eut un sourire satisfait et se pencha pour reprendre sa carte en murmurant :

« Pas pour l'instant, mais si cela peut me permettre de retrouver le client qui a disparu de votre hôtel cette nuit, je vous les demanderai aussi. »

Platonov pâlit.

« Comment, " disparu "? »

Alexéï résuma l'affaire Brunet. Platonov avait l'air très préoccupé et Alexéï le soupçonna d'avoir oublié de payer sa dernière cotisation au syndicat du crime.

« Il vous faut ces renseignements pour quand?

— A quelle heure commence le service de nuit?

— A 23 heures.

— Alors pour 23 heures. Je les prendrai à la réception. Inutile de vous déranger, je connais le chemin. »

A la réception, Alexéï demanda d'appeler Claire Brunet dans sa chambre et de lui faire savoir que l'inspecteur Prigov l'attendait dans le hall. Il s'installa sur une des banquettes de moleskine orange qui couraient autour de la vaste salle et feuilleta un numéro de *Otkrytaïa zona, Zone ouverte,* une des innombrables revues qui fleurissaient depuis 1987. Alexéï avait du mal à s'y retrouver. Les tendances et les opinions paraissaient ambiguës, mélangées, tissées de non-dit et de sous-entendus. Les articles reflétaient les sempiternelles polémiques autour de la *perestroïka,* de la *glasnost,* de la démocratisation et des Républiques baltes. Alexéï jeta la revue sur la pile de journaux qui encombrait le guéridon d'acier. Des mots, tout cela, toujours des mots. Une avalanche, un déluge, une inondation de mots. Il avait depuis longtemps appris à se méfier d'eux. Ils étaient comme les *matriochkas*, les poupées gigognes. Ils cachaient un autre sens que celui qu'ils prétendaient avoir, et encore un autre, et un autre, jusqu'à ce que l'on finisse par ne plus savoir où était le bien, où était le mal, et encore moins ce que les gens pensaient vraiment. Alexéï préférait les faits. S'ils n'étaient pas plus faciles à comprendre, du moins offraient-ils une résistance concrète. Sa mère prétendait qu'il se trompait, que les faits eux-mêmes étaient fuyants, imbriqués, trompeurs. Elle citait Descartes et affirmait, péremptoire, que tout n'était qu'apparences et mirages. C'était l'ère des faux-semblants. Mais Alexéï se contentait de soutenir qu'un crime serait toujours un crime.

Claire arriva presque en courant et Alexéï s'excusa de lui avoir causé de faux espoirs. Il n'avait rien trouvé et devait revenir ce soir pour interroger le personnel. De son côté, elle n'avait eu aucune nouvelle, et la délégation n'était pas encore rentrée d'excursion.

« Quel est le programme des jours prochains?

— Aujourd'hui, l'usine ZIL. Demain, visites touristiques. Le Parc des Expositions, la place Rouge, le Kremlin, l'Arbat, la rue Gorki, le musée Pouchkine. Samedi, shopping et journée libre. Samedi soir, cocktail dans les salons de l'hôtel. Nous devons reprendre l'avion dimanche matin. »

Alexéï tournait négligemment les pages de son carnet, comme s'il y cherchait une information.

« Et quels sont vos projets? »

Claire avait croisé les jambes et s'était tournée vers lui, attentive, trop proche. Alexéï pouvait sentir son parfum, un lourd et coûteux parfum parisien. Une bouffée de chaleur lui monta aux joues et il déboutonna son pardessus. Elle se pencha vers lui.

« Comment ça, mes projets?

— Dimanche? Que comptez-vous faire? Partir ou rester? »

Elle pâlit.

« Parce que vous pensez que...

— Écoutez. Je n'en sais rien. Il se peut que votre père ait tout simplement eu un malaise, et que nous le retrouvions dès

81

demain. Il se peut aussi que les investigations soient plus longues. »

Alexéï savait que s'il s'agissait d'un accident, ils le retrouveraient dans un hôpital dans les vingt-quatre heures. Il y avait cinquante-sept mille miliciens à Moscou et ils n'avaient pas pour habitude de laisser traîner les ivrognes et les blessés aux coins des rues. S'il avait été enlevé, Claire ne devrait pas tarder non plus à recevoir une demande de rançon. Les malfaiteurs qui se livraient à ce genre d'opérations avaient intérêt à faire vite, avant qu'on ne retrouve leur trace. En revanche, s'il avait été pris dans un traquenard et assassiné, on ne retrouverait son corps qu'au printemps, et encore.

« A votre place, je rentrerais dimanche », dit-il enfin, conscient de ce qu'impliquait son conseil.

Claire se raidit.

« Eh bien moi, je reste.

— Comme vous voudrez, mais cela risque de poser des problèmes de visa et d'hôtel. Vous devriez contacter votre ambassade. »

Il se leva. Claire avait l'air de réfléchir. Elle allait se retrouver seule, complètement seule. Il savait ce que cela signifiait.

« Ah! au fait, connaissez-vous quelqu'un à Moscou, à part les contacts de la délégation ? »

Elle fit non de la tête. Son maquillage s'était estompé. Ses lèvres étaient pâles et ses yeux cernés. Le contrecoup.

« Et ce directeur d'usine... quel est son nom déjà ?

— Jigalov. Nous l'avons rencontré pour la première fois hier. Les contacts préliminaires se sont faits par courrier. »

Il nota ce dernier renseignement et prit congé, promettant de faire le maximum.

Il était un peu plus de 19 heures lorsqu'il arriva au parc Sokolniki. Le camion avait disparu et Alexéï se demanda une seconde si Piotr n'était pas reparti seul quand il entendit des éclats de voix, près de la grille haute et ouvragée de l'entrée. Serrés sur un banc, trois hommes tétaient leur bouteille de vodka. Un chant éraillé s'élevait parfois, lugubre. Non loin de là, les phares des voitures tressaient une trame dont la géométrie mouvante se reflétait sur la neige du parc. Parmi les trois hommes, il y avait Piotr.

« Lyocha, mon frère de lait et de larmes, viens ! Viens boire à l'amitié, à l'amour, à la mort qui délivre ! Viens ! »

Alexéï dut soutenir Piotr jusqu'à la voiture où il s'écroula. Tandis qu'ils roulaient vers le sud, Piotr se mit à pleurer. La voiture sentait l'alcool et le désespoir. Alexéï se perdit, comme chaque fois qu'il devait le ramener chez lui, dans les dédales des larges avenues semblables de la banlieue. Piotr avait eu droit à un magnifique appartement de trente-cinq mètres carrés, dans un microrayon de Iassenovo. Des kilomètres de clapiers de béton gris identiques, pourvus d'un supermarché vide et d'un cinéma. Parfois, entre les masses de béton, surgissait une cabane reconstruite par des jardiniers amateurs qui plantaient des pommes de terre sur les pelouses. Une vieille prenait l'air au bas de l'immeuble, comme si c'était le pas de sa porte. Des enfants faisaient de la luge sur les gravats. Le privilège d'habiter dans ce grand appartement, Piotr le devait au sacrifice de ses fils.

La femme qui ouvrit la porte était petite, ridée comme une vieille pomme et ses paupières étaient rouges. Dans l'entrée, sur une étagère, une douzaine de paires de pantoufles attendaient des invités qui ne venaient jamais. La femme prit Piotr par la main, sans un mot, et le guida jusqu'à la chambre. Par la porte entrouverte, Alexéï aperçut Igor, assis près de la fenêtre où il passait ses journées. Quand il vit Alexéï, il eut un grand sourire et lui fit signe.

« Entre, Lyocha, entre ! Viens prendre un verre avec moi ! »

Alexéï ôta ses chaussures boueuses et enfila une paire de mules. Il embrassa le jeune homme. Il lui manquait la jambe et le bras droits. Ils parlèrent de football tandis que sa mère mettait des cornichons aigre-doux et des zakouski sur la table. A la télévision, un présentateur de la milice faisait le bilan quotidien des arrestations et des affaires résolues. Alexéï regarda sa montre, machinalement.

11

« Une voix d'homme.

— Quel genre de voix ? »

Il était 23 heures 15 et le réceptionniste de nuit venait de prendre son service. Il était le seul qui eût un indice, jusqu'à présent. En compulsant le registre des appels téléphoniques, Prigov avait constaté qu'il n'y avait eu qu'un seul appel entre minuit dix et minuit vingt. Pour la chambre 317. Celle de Brunet. Et cet imbécile n'était pas fichu de lui fournir la moindre précision.

« Une voix... normale. Que voulez-vous que je vous dise ?

— Répète-moi ce qu'il a dit.

— Eh bien... "Je voudrais parler à M. Brunet. M. André Brunet." J'ai branché la fiche et c'est tout.

— Il n'a pas précisé le numéro de la chambre ?

— Non, je ne crois pas.

— Il n'avait pas d'accent ?

— Un accent comment ?

— N'importe lequel. Caucasien, balte, géorgien, étranger ?

— Nnnon. Je ne me souviens pas.

— Brunet est descendu combien de temps après ?

— Presque tout de suite.

— Qu'est-ce qu'il a fait ?

— Il est allé directement à la porte.

— Il avait l'air inquiet, normal, pressé ?

— Je n'ai pas fait attention. Il est passé, c'est tout.

— Est-ce qu'il portait quelque chose ?

— Je ne crois pas. En tout cas je ne me souviens pas.

— Il était seul ?

— Oui.

« — Comment était-il habillé ?

— En smoking. Il n'avait pas de pardessus, ni de chapeau. »

Alexéï soupira. Il n'était guère plus avancé. Il feuilleta son carnet et pointa son crayon sous le nez de l'employé.

« Qui était la femme avec qui tu parlais quand les Brunet sont rentrés ? »

L'employé eut l'air embarrassé.

« Ah ! vous parlez d'Irina ? C'est une amie qui vient de temps en temps me dire bonjour.

— Pute ?

— Non, non, une amie. Elle vend des fleurs. »

Alexéï ne connaissait que trop bien cette couverture. Les filles utilisaient ce prétexte pour ne pas être arrêtées. Le réceptionniste devait, moyennant une petite commission, la renseigner sur les clients potentiels de l'hôtel. Peut-être lui louait-il même une chambre, clandestinement, car les Soviétiques ne pouvaient obtenir légalement une chambre d'hôtel que s'ils présentaient leur feuille de route officielle certifiant qu'ils étaient à Moscou pour raisons professionnelles. En outre, le règlement stipulait qu'ils devaient libérer leur chambre à tout moment pour loger un étranger si cela s'avérait nécessaire.

« Elle était encore avec toi, quand Brunet est descendu ?

— Non.

— Il n'est pas sorti ou monté avec elle ?

— Non, elle était partie, je vous assure.

— Donne-moi quand même son adresse. »

A contrecœur, l'employé s'exécuta. Alexéï ne croyait guère à une escapade mais il fallait tout vérifier. Ce serait le boulot de Piotr, demain.

Alexéï traversa le hall en relisant ses notes. Rien. Il n'avait quasiment aucun renseignement utile pour l'instant. Des clients attardés sortaient de la salle de restaurant où la lenteur du service les avait obligés à écouter pendant trois heures les mélodies démodées que jouait un orchestre amorphe. L'hôtel était une tour de Babel et Alexéï surprit des bribes de conversations peu flatteuses pour la cuisine soviétique. Parmi les hôtes, il aperçut Claire, en compagnie d'un homme assez jeune, élancé, qui portait une veste de coupe parfaite et une chemise de qualité. Les chaussures aussi. Alexéï regardait toujours avec envie les chaussures des étrangers. De superbes chaussures en cuir, anglaises, ornées de frises de petits trous. Il attendit, planté comme un agent de circulation au beau milieu du hall, qu'elle le croise. Elle l'aperçut et ses sourcils se froncèrent instantanément. Il eut un geste vague, ni rassurant, ni inquiétant.

« Bonsoir.

— Alors, vous avez appris quelque chose ? »

Il fit une grimace négative. L'homme alluma une Dunhill et Alexéï dut se faire violence pour ne pas lui en demander une.

« Je fais le tour du personnel. On l'a effectivement appelé dans sa chambre, hier soir. Peu d'indications. Mais ce devait être quelqu'un que votre père connaissait.

— Pourquoi dites-vous cela ?

— Il ne serait pas descendu aussitôt, en veston, dans le cas contraire. Il croyait sûrement n'en avoir que pour quelques instants.

— Vous pensez à quelqu'un de la délégation ? C'est une plaisanterie ? »

Alexéï leva les yeux vers l'homme d'un air interrogateur. Claire fit les présentations.

« M. Dufay, des Telecom. Inspecteur... »

Elle s'aperçut tout à coup qu'elle avait oublié son nom. Alexéï vit son embarras et eut un petit sourire cruel. Il n'était qu'un flic, bien sûr. Un flic n'a pas de nom. Juste une plaque.

« Prigov. Alexéï Prigov. Je ne pense à personne en particulier, monsieur Dufay, mais vous avez peut-être une idée ? »

Dufay haussa les épaules.

« Voyez plutôt Doubransky pour ce genre de renseignements. Il est au bar justement.

— Merci du conseil. »

Ils restèrent un moment immobiles et silencieux, et Claire le regarda, surprise de son agressivité. Elle découvrait subitement qu'il y avait quelqu'un derrière la fonction. Alexéï avait conscience d'être parfaitement ridicule. Physiquement, et psychologiquement. L'espace d'une seconde, il se vit tel qu'elle devait le voir. Un petit Russe mal habillé, chaussé de godillots sales et usés, qui avait des accès de susceptibilité maladive et des velléités d'autorité. Il la salua sèchement.

« Excusez-moi. J'ai encore du travail. »

Il s'éloigna vers le bar où Vadim Doubransky prenait un dernier verre sur le compte de Gruber et notait les suggestions des Allemands, pour les visites touristiques du lendemain. Alexéï se présenta et le prit à l'écart. Doubransky était préoccupé, et on lui avait déjà demandé un rapport circonstancié, à l'Intourist. La disparition de Brunet lui posait de sérieux problèmes pour l'avion et il risquait un blâme.

« Tout cela est très ennuyeux. Très, répétait-il en s'épongeant machinalement le front.

— Dites-moi, Vadim Vassilievitch, vous connaissez bien ce Brunet ? »

Doubransky eut une moue prudente. Il attendait que Prigov précise sa question.

« A-t-il des manies, des vices, des ennemis ? Quel genre d'homme est-ce ?

— Je ne peux pas vraiment dire. Ils sont tellement nombreux, vous savez. Mais c'est un homme discret. Bonne réputation. Divorcé il y a quinze ans. Ne s'est pas remarié. Inséparable de sa fille. Pas de problèmes pendant le séjour. Libéral mais sans étiquette politique. Affaire solide. Origines modestes. Études courtes. »

Alexéï constata avec un sourire d'amusement que les guides étaient toujours aussi polyvalents, *perestroïka* ou pas, et que les renseignements fonctionnaient toujours aussi bien. Doubransky avait visiblement passé du temps sur son rapport.

« Riche ? demanda Alexéï.

— Assez. Mais c'est surtout son entreprise qui est prospère. »

Alexéï rangea son carnet et ne put résister à une dernière question, insidieuse et superflue, dont il eut aussitôt honte :

« Et la fille ? Beaucoup d'amants ? »

Doubransky plissa les yeux et tenta de deviner les intentions d'Alexéï.

« Nous ne nous mêlons pas de la vie privée de nos hôtes, camarade inspecteur. »

Alexéï sourit de cette superbe hypocrisie.

« Allons, Vadim Vassilievitch, allons !

— Rien à signaler pendant le séjour. Elle s'entend bien avec Skinner, mais il s'agit visiblement de relations amicales. Au fait, il était absent, lui aussi, aujourd'hui. »

Alexéï fronça les sourcils.

« Qui est ce Skinner ?

— Dan Skinner ? Un Anglais. Scott Paper Company. Il est dans le papier. Papier machine, papier à lettres, papier hygiénique. Papier recyclé. »

Alexéï se demanda si c'était le même papier et compulsa la liste des clients de l'hôtel.

« Il n'est pas sur ma liste.

— Non. Il n'est pas à l'hôtel. Skinner dispose d'un pied-à-terre à Moscou. La Scott a implanté un bureau il y a deux ans. Skinner s'est joint à la délégation pour les opportunités de marché.

— Et il n'était pas présent ce matin ?

— Non. Mais ça n'a rien d'anormal. Il ne participait qu'aux excursions qui l'intéressaient. La ZIL, vous savez, n'a pas tellement besoin de papier. »

Alexéï n'avait pas l'air convaincu. Son expérience lui avait appris à se méfier des coïncidences.

« Vous avez son adresse ? »

Doubransky consulta son agenda et parut surpris de ne pas y trouver ce renseignement.

« Je suis confus, camarade inspecteur, mais comme cet Anglais n'était pas directement sous ma responsabilité... »

Alexéï s'efforça de ne pas montrer son agacement.

« Mais je peux vous la trouver pour demain », s'empressa Doubransky. Il s'épongea de nouveau le front. « Demain sans faute. »

Alexéï s'éloigna, vaguement écœuré. Doubransky était le stéréotype même du *stukach* et devait très certainement négocier ses renseignements auprès du KGB. Il jouait sur les deux tableaux, flattant les Occidentaux et les fichant pour la Sécurité d'État.

Le hall était désert à présent et le portier l'observait avec anxiété depuis son arrivée. C'était un homme gras, les yeux gonflés par l'abus d'alcool, et un mince filet de mousse blanche ourlait ses lèvres, signe de peur ou de mauvaise digestion. Alexéï l'avait gardé pour la fin. Il espérait qu'il aurait le temps de rassembler ses souvenirs et de s'interroger sur les conséquences de ses déclarations. Il avait visiblement quelque chose à se reprocher, mais, se dit Alexéï, qui n'avait pas quelque chose sur la conscience à Moscou ?

Le portier avoua d'emblée qu'il s'était endormi pendant son service et qu'il n'avait pas songé à contrôler toutes les entrées et sorties, la nuit dernière. En insistant un peu, Alexéï finit par obtenir un début de piste. Le portier se souvenait vaguement du Français, parce qu'il ne portait ni pardessus ni chapka. La porte était restée ouverte et, en la refermant, il avait aperçu un homme qui poussait le Français dans une voiture.

« Tu as vu son visage ?

— Non. Il neigeait et il tournait le dos.

— Il était seul ?

— Non. Il y avait d'autres personnes dans la voiture.

— Combien ?

— Difficile à dire. Quatre peut-être ?

— Et la voiture ?

— Une Volga grise, je crois. Ou une Lada. Non, une Volga.

— L'immatriculation ?

— Je n'ai pas vu. La neige et puis, je crois même qu'une ampoule était grillée. En plus, les lampadaires n'éclairent rien du tout par ici. Les clients s'en plaignent toujours. »

Alexéï écoutait d'une oreille distraite. La fatigue commençait à le gagner. Il feuilletait son carnet, faisant le bilan de sa maigre moisson de la journée, quand brusquement un détail lui sauta aux yeux.

« Répète un peu.

— Quoi ? Que les clients se plaignent ? C'est-à-dire, pas tous, bien sûr...

— Non, avant. Tu parlais d'une ampoule grillée.

89

— Oui et alors ? »

Alexéï commençait à s'énerver.

« Quelle ampoule ? Le lampadaire, le hall ?

— Non, la voiture. Un feu arrière était claqué. Et l'ampoule de la plaque aussi, je crois bien. »

Le cœur d'Alexéï se mit à battre plus fort.

« Tu es sûr ?

— Ben... oui.

— Fais un effort. Est-ce que le type, là, celui que tu as vu, est-ce qu'il boitait ?

— J'en sais rien. Il n'a pas bougé. Je l'ai juste vu pousser le Français et monter derrière lui dans la bagnole.

— Ça te faisait penser à quoi ?

— A rien. J'étais crevé.

— Réfléchis. Le type l'a poussé violemment ? Il était brutal ? »

Le portier ôta sa casquette et découvrit une calvitie circulaire. Il remit soigneusement en place une longue mèche de cheveux filasse et secoua la tête.

« Non, pas vraiment brutal. Pressé, plutôt.

— Pressé comment ? Comme un flic, comme un voyou ?

— Dans le genre copains qui vont faire une virée et qui sont à la bourre.

— Quel genre de virée ? Aux putes ?

— Non. Comme s'ils avaient un rencart urgent, voyez, genre livraison ou partie de cartes.

— Tu pourrais reconnaître un des types ? »

Le portier agita une petite main dodue.

« Même pas si c'était mon père. »

Machinalement, Alexéï tourna la tête vers l'ascenseur. Il était trop tard pour mettre Claire au courant. Le témoignage du portier et celui de Doubransky laissaient entrevoir au moins deux solutions. Si le type mystérieux qui avait téléphoné à Brunet était cet Anglais, ce Skinner, Brunet était parti avec lui, dans un clandé, dans un tripot ou ailleurs, et ils avaient eu un problème. Si, en revanche, la voiture grise aux feux éteints était la même que celle qu'avait aperçue la boulangère du pont

Lefort, le cadavre qu'on avait découvert au matin était sûrement celui de Brunet.

Il laissa un message à la réception, demandant à Claire de passer au QG le lendemain après-midi. Il faudrait bien qu'ils en aient le cœur net.

12

Ils étaient partis assez tôt, pour éviter les encombrements du centre. Piotr, mal réveillé, faisait la gueule dans son coin, non rasé, la bouche pâteuse. Il ne referait surface qu'au premier verre de vodka. Le ciel était de nouveau sombre et lourd. Ils n'en avaient pas fini avec la neige. Mira Prospekt prenait des allures irréelles de peinture officielle, perspective élancée, rectiligne et futuriste, dardant ses lignes de fuite vers le ciel noir comme une fusée vers l'espace

Ils traversèrent Medvekovo et ses microrayons avec l'impression d'avoir tourné en rond depuis une demi-heure. La ceinture de banlieue était partout la même, et il n'était pas jusqu'au nom des quartiers qui ne fût semblable. Que ce soit Iassenovo, Tchernatovo, Novoguireïevo, Birioulovo, Orokhevo, Bourissovo, Bibirevo, ou Golianovo, les immeubles étaient toujours aussi gris, aussi cubiques et aussi tristes. Des files d'ouvriers attendaient, engourdis, à demi vivants, l'autobus qui les conduirait jusqu'à la première station de métro. Des *limittchiki*, pour la plupart. Piotr les regarda avec un mélange de pitié et de dégoût. Pour les Moscovites du centre, les *limittchiki* étaient la source de leur misère, et les privilégiés de la ville n'avaient que mépris pour ces esclaves venus d'ailleurs. Piotr, lui, ne disait rien. Ses parents avaient été *limittchiki*.

Ils étaient arrivés à Moscou à la fin des années trente, avec des milliers d'autres, affluant de leur république lointaine pour travailler à la construction du métro. Leur statut faisait d'eux des sortes d'esclaves puisque leur contrat fixait une *limite*, environ trois ans, avant laquelle il leur était interdit de changer d'entreprise. Les parents de Piotr n'avaient pas trouvé d'appartement, même à la périphérie. La banlieue ne connaissait pas encore les microrayons qui avaient fleuri sous Khrouchtchev, trois étages, puis sous Brejnev, six étages, et s'épanouissaient à présent à une hauteur de dix ou vingt étages. Ils avaient logé dans un hangar à outils jusqu'à ce que le père de Piotr trouve enfin une solution. Avec un collègue, ils avaient soudoyé le gérant d'un immeuble et creusé une cave où ils avaient pu s'installer, à neuf dans deux pièces. Ils avaient dû attendre dix ans pour avoir un appartement décent. Alors, les microrayons, Piotr trouvait que ce n'était pas si mal, dans le fond.

L'Usine des savons de la liberté était en effervescence. Une cohorte de camions étaient alignés devant les entrepôts et les opérations de chargement s'effectuaient avec une efficacité peu coutumière. Alexéï confia à Piotr le soin de mener une petite enquête auprès des ouvriers, tandis qu'il se chargeait du directeur. Il avait décidé de vérifier le dernier lieu de passage de Brunet, par acquit de conscience et sans trop d'espoir. Il remettait l'instant pénible où il lui faudrait affronter la réalité, et l'annoncer à Claire surtout.

Roman Jigalov était en grande conversation avec un petit homme au teint jaunâtre qui écoutait sans frémir les torrents de protestations de Jigalov. Quand il aperçut Alexéï, il hurla littéralement :

« Dehors ! »

La secrétaire qui avait conduit Alexéï lui murmura quelque chose à l'oreille et Jigalov explosa :

« Rien à foutre ! Il serait du KGB que ça me serait égal ! Qu'il attende, comme tout le monde ! »

La secrétaire eut un geste d'impuissance à l'intention de Prigov et le pria d'attendre. Alexéï s'installa sur une chaise dont la paille commençait à s'effilocher et alluma une cigarette. Il attendit. C'était un art dans lequel les Russes excellaient. Sa mère citait Camus, pour parler de l'attente. *Éprouver le temps dans toute sa longueur.* Sa mère avait toujours une citation pour chaque circonstance. Française de préférence. Il attendit près d'une heure. La secrétaire passa le plus clair de son temps à bavarder avec une collègue des points de vente encore achalandés, et des rumeurs du jour. Leur conversation était ponctuée par les sempiternels *prodaïatsa*, on vend, et les *govoriat chto*, on dit que. A côté, les beuglements de Jigalov allaient décroissant. La cloison était si mince qu'Alexéï pouvait suivre la conversation comme s'il y était. Jigalov fulminait parce qu'on lui demandait d'augmenter sa production et qu'on lui refusait l'extension de ses bâtiments. La forte pénurie de savon poussait les autorités à des mesures d'urgence et tout le stock de l'usine était réquisitionné pour la ville de Moscou. Alexéï sentait que Jigalov s'épuisait, usé par le calme et l'inertie de son interlocuteur. Encore cinq minutes et il serait mûr.

De son côté, Piotr rôdait entre l'entrepôt et l'usine sans qu'on lui demande quoi que ce soit. Les ouvriers évoluaient au ralenti, comme dans un aquarium, avec une indifférence totale pour ce qui les entourait. Piotr, gagné par cet engourdissement général, finit par s'asseoir sur une caisse et observa le manège des employés d'un air morne. Une jeune femme, les cheveux serrés sous l'inévitable foulard, poussait un énorme chariot de cartons, tandis que les manutentionnaires, à l'extérieur, attendaient en fumant. Elle s'arrêta brusquement au milieu du hangar et se mit à les apostropher, les poings sur les hanches, les traitant de fainéants et de salopards. Les hommes éclatèrent de rire et lui renvoyèrent son compliment sous forme d'obscénités. Vexée, elle abandonna son chariot et alla s'asseoir sur une pile de cartons, les bras croisés, ostensiblement inactive. Un bon quart d'heure s'écoula avant que le contremaître n'apparaisse. Il se mit à brailler comme un forcené mais les hommes ne bougèrent pas d'un pouce. La jeune femme seule se leva et regagna timidement son chariot. Le contremaître lui saisit le bras au passage et la secoua brutalement. Piotr ne connaissait que trop ces méthodes. Dans la plupart des usines, les contremaîtres usaient de leur pouvoir pour brimer les *limittchiki*, surtout les femmes, dont ils s'entouraient parfois comme d'un harem. Piotr, comme à regret, déplaça enfin son énorme carcasse et s'interposa. Il emmena la jeune femme à l'écart, près d'une bouche d'aération d'où s'échappaient des bouffées d'air tiède qui sentaient la soude, et lui posa quelques questions anodines. D'où venait-elle? Et ses parents? Avait-elle trouvé un logement? Et son fiancé? Piotr sentit un petit pincement au cœur lorsqu'elle lui dit que son amoureux faisait son service militaire. Deux ans, c'était très long. Piotr hocha la tête. Oui, deux ans, c'était très long. Il murmura, oubliant la jeune fille :

« Je défendrai ma patrie de toutes mes forces et dans l'honneur, sans épargner mon sang et sans égard pour ma vie. »

Le serment des jeunes recrues.

« Il t'embête souvent, le gros? »

La jeune fille haussa les épaules. Elle se sentait mal à l'aise avec ce policier. Elle avait peur des représailles, visiblement.

« On s'habitue. Et puis, si ce n'était pas lui, ce serait les autres. Lui, au moins, il me protège. »

Dans un an, songea Piotr, elle sera mûre pour le trottoir.

« Le travail est dur, ici? »

Elle eut un petit rire enfantin.

« J'ai connu pire. Ils font semblant de nous payer. On fait semblant de travailler. »

Piotr l'interrogea encore un quart d'heure, en questions circulaires. Sans qu'elle s'en aperçoive, il revenait sur les gens qui visitaient l'usine, les étrangers, essayant de percer le mur de silence qui entourait les trafics du personnel. Mais, à part les habituels échanges de produits, et les larcins inévitables, il n'y avait rien qui pût ressembler à un coup aussi important qu'un enlèvement. Piotr finit par la laisser repartir. Il fit le tour des entrepôts qu'on était en train de vider, ne constata rien d'anormal et sortit. L'air vif et poivré sentait la neige prochaine. Il contempla la clôture de barbelés, de l'autre côté de la route, et se tourna vers un des manutentionnaires.

« Qu'est-ce que c'est, là-bas?

— L'ancien incinérateur. C'est fermé. »

Piotr longea les grilles, observant la masse noire, dense et close comme un bunker. Une poulie rouillée grinçait au vent. Il fit le tour et les cris des ouvriers s'estompèrent peu à peu, gommés par la neige, l'espace et la forêt toute proche. La grille arrière était fermée par des cadenas. Un panneau *Danger* et un autre *Entrée interdite* pendaient de travers, attachés avec du fil de fer. Sous la neige fraîche qui était tombée la veille, on pouvait deviner la trace parallèle de roues de camion.

Comme l'avait prévu Alexéï, Jigalov finit par céder parce qu'il ne pouvait rien faire d'autre. Alexéï se demandait pourquoi il ne démissionnait pas. Sans doute y avait-il des héros civils prêts à tout sacrifier pour une cause perdue. Lorsqu'il reçut Alexéï dans son bureau, Jigalov était en nage, le nœud de cravate défait et l'air abattu. Le col de sa chemise était sale. Il devait porter la même depuis trois jours. Il alluma une cigarette et s'effondra littéralement dans son fauteuil. Il désigna un siège à Alexéï qui remarqua qu'une cigarette fumait déjà dans le cendrier. Si Jigalov se mettait à fumer deux cigarettes à la fois, la dépression n'était plus très loin.

Alexéï fit d'abord quelques assauts d'amabilité, pour détendre son interlocuteur :

« Excusez-moi de vous déranger, Roman Klimontovitch. Je tombe en plein dans les grandes manœuvres.

— Les *prodoukty* sont vides. Les réserves des fournisseurs sont vides. Les porte-monnaie sont vides. Les bureaux officiels sont vides. Il n'y a plus de matière première. Et on voudrait que je double ma production. De qui se moque-t-on ? Bientôt, mon usine aussi sera vide. Que voulez-vous ?

— Vous connaissez André Brunet ?

— Le Français ? Oui, bien sûr. Nous nous sommes rencontrés hier. Nous devons signer un contrat de coopération. »

Brusquement, Jigalov fronça les sourcils.

« Il y a un problème ? »

Ce qui sous-entendait qu'il se méfiait tout à coup de Prigov. Cela sentait les renseignements de sécurité.

« Pour lui, oui. Il a disparu. »

Jigalov ouvrit des yeux ronds.

« Disparu ?

— Depuis hier soir, en effet. Avez-vous eu une visite de lui, ou un appel, enfin un contact quelconque ?

« — Non. Nous devions nous revoir demain pour les détails techniques.

— Ici?

— Non. Dans un salon de son hôtel.

— De quel genre de contrat s'agissait-il?

— Eh bien, c'était un contrat classique d'entreprises associées. Avec deux volets. Le premier prévoyait l'installation d'une unité de production de détergents en poudre. Brunet fournissait le savoir-faire et, dans un premier temps, l'assistance technique.

— Et le deuxième volet? »

Jigalov fit un geste évasif.

« Nous n'en étions qu'aux premiers pourparlers. Il prévoyait la cession d'un brevet pour un procédé de purification.

— C'est-à-dire?

— Pour le traitement des eaux. Nous en étions à la phase des négociations techniques. C'est l'ingénieur français qui devait régler ces derniers détails.

— Quel ingénieur? »

Jigalov, surpris, eut un sourire candide.

« Mais sa fille, bien sûr. Mlle Brunet. »

Alexéï resta un instant interloqué mais se reprit aussitôt :

« Et Skinner, ça vous dit quelque chose? Dan Skinner? »

Jigalov fit une moue d'ignorance.

« Il est dans le papier. »

L'œil de Jigalov s'éclaira.

« Peut-être bien, oui. Regardez! »

Il ouvrit un tiroir et jeta sur le bureau des dizaines de cartes de visite.

« Voilà ce qu'ils me proposent! Du papier! Des téléphones! Des roulements! Des tapis! Des ordinateurs! Des capotes! Et qu'est-ce que je peux en faire si je n'ai même pas de quoi faire mon savon, hein, je vous le demande? »

Alexéï éparpilla les cartes de visite et trouva celle de Skinner. Carton de qualité. Lettres en relief. En deux langues.

97

Dan Skinner.
Scott Paper Company
& Enthuziastov Zhakod
17, Kazakova Ulitsa
Moskva

Il faudrait peut-être faire un tour chez ce monsieur, avant de terroriser Mlle Brunet, songea Alexéï. On ne savait jamais.

13

Rue Petrovka, le premier étage bourdonnait comme une ruche. Une nouvelle rumeur venait de traverser la ville. On parlait d'un attentat au Tsoum, près du Bolchoï. On disait que les Baltes avaient posé une bombe. Alexéï se joignit un moment au groupe, pour se détendre, car neuf fois sur dix les rumeurs n'étaient pas fondées. Elles étaient simplement le reflet des angoisses sourdes des Moscovites. Ses collègues s'excitaient à la perspective d'une vague terroriste. Là, enfin, la Russie commençait vraiment à ressembler à l'Occident. Curieusement, aucun de ces hommes rompus à l'enquête et à la vérification des faits n'avait encore pris la peine de téléphoner au Tsoum pour confirmation. Quand finalement Anatoli l'impassible se décida, l'animation retomba, comme à regret. Il n'y avait même pas eu le moindre pétard ni le plus petit coup de téléphone anonyme. Mais, Alexéï en était sûr, dans les heures qui allaient suivre, tout Moscou ne parlerait que de cet attentat. Avec un peu de chance, on annoncerait même un début de guerre civile.

Quand il rejoignit son bureau, Claire Brunet l'y attendait déjà et dut se méprendre sur le sourire qui flottait encore sur les lèvres d'Alexéï.

« Vous avez du nouveau ? »

Alexéï jeta un coup d'œil gêné à Piotr qui s'éclipsa lâchement.

« Eh bien, non. Enfin, rien de décisif. »

La lueur d'espoir s'éteignit dans les yeux de Claire et fit place progressivement à la colère. Elle toisa Alexéï avec ce qu'il prit pour un mépris infini. Instinctivement, il resserra le nœud de sa cravate et tira sur le col de sa chemise neuve. Elle était un peu trop petite pour son tour de cou, mais il n'avait pas trouvé sa taille. Il avait mis sa veste de laine peignée, celle qu'il gardait généralement pour les cérémonies. Il s'assit derrière son bureau pour dissimuler son pantalon trop étroit et ses chaussures éculées.

« Vous n'allez pas me dire que, depuis hier, vous n'avez pas réussi à trouver le début d'un indice ? Le moindre soupçon de piste ? Je vous préviens, inspecteur, cela ne se passera pas comme ça. Je me plaindrai à l'ambassade, je... je demande à voir quelqu'un de compétent, si cela existe dans ce pays. »

Alexéï rougit violemment, comme si on l'avait giflé, mais il se maîtrisa et conserva son calme.

« Mademoiselle Brunet, j'ignore si la police de votre pays est plus compétente que la nôtre, mais je puis vous assurer que nous avons fait, que nous faisons, tout ce qui est en notre pouvoir pour...

— Quoi ? Dites-le-moi donc ? Qu'avez-vous donc fait depuis hier ? »

L'indignation colorait ses pommettes et des larmes de colère brillaient dans ses yeux. Elle s'était redressée à demi, les mains posées à plat sur le bureau, penchée vers lui, toute proche. Il sentait son souffle sur son front. Dans le duvet délicat qui ourlait sa lèvre supérieure, il remarqua un minuscule grain de beauté qu'il n'avait pas vu, jusque-là. Troublé, Alexéï se leva à son tour et lui tourna le dos.

« Je vais vous le dire, ce que nous avons fait. Mon collègue a joint l'Intourist qui possède un centre de recherches et de centralisation des informations, il a téléphoné à tous les hôpitaux de Moscou, contacté la direction centrale du métro, et lancé un message à tous les postes de milice. J'ai moi-même enquêté auprès de l'aéroport, des gares, de l'hôtel et de l'usine de savons. Cela vous suffit-il pour les premières vingt-quatre heures ou faut-il que je continue ?

— Je me moque de qui vous avez contacté, je veux qu'on retrouve mon père ! Vous pouvez comprendre ça, mon père ! »

Elle criait à présent, en larmes, et des collègues passèrent la tête dans le bureau, alarmés par le tapage.

« Il n'y a qu'un seul endroit que je n'aie pas encore visité, mademoiselle Brunet ! »

Alexéï s'emportait aussi, à présent.

« Un seul ! Et j'attendais que vous veniez pour vous y emmener, précisément. »

Sans un mot d'explication, il la prit par le poignet et l'entraîna vers l'escalier. Il courait presque en arrivant dans la cour et Claire tenta vainement de dégager sa main. Elle se tordit les pieds sur les pavés inégaux et retint un gémissement de douleur. Alexéï marchait toujours aussi vite. Un milicien de faction à l'entrée du bâtiment de briques brunes le salua et lança un regard amusé à la jeune femme. La lourde porte de fer et de verre glissa péniblement sur ses gonds énormes et leurs pas résonnèrent sous le haut plafond de béton. Ils franchirent deux autres portes qui ressemblaient à des sas, et furent saisis à la gorge par une forte odeur de désinfectant. L'endroit était désert et glacial. Claire ne se débattait plus à présent et suivait en silence Alexéï qui ralentit le pas, comme si la lugubre solennité des lieux imposait le respect. Il lâcha son poignet devant une porte de fer à double battant dont la partie inférieure était rayée par le passage des chariots. Leurs regards se croisèrent, longuement. On entendait le bruit léger d'un robinet qui coulait et un grincement régulier, très lent, comme celui d'une chaise à bascule. Alexéï poussa enfin la porte du laboratoire de médecine légale et attendit que Claire entre la première.

La salle était fortement éclairée. Les murs de ciment gris étaient carrelés jusqu'à hauteur d'homme d'une faïence jaune citron. Une série de rigoles parallèles striaient le sol en béton nu, rejoignant un canal d'évacuation, le long du mur, où glougloutait un robinet dans une citerne de zinc. Une vaste baignoire rouillée semblait s'être égarée dans le coin opposé. Au milieu de la pièce, quatre tables de béton se dressaient sous un éclairage vif, comme des autels. Sur l'une d'elles, il y avait un corps dont l'abdomen était ouvert. Les bras pendaient de chaque côté de la table et des taches de sang maculaient le sol, près d'une bassine en plastique où flottaient des choses rougeâtres. Un gros tuyau de caoutchouc sortait de l'abdomen et s'abouchait, à l'autre extrémité, à une pompe électrique qui grinçait, avec des soubresauts réguliers. Sur une petite table en acier inoxydable, des instruments de dissection brillaient. La pièce sentait le formol et l'odeur légèrement sucrée de la mort.

Claire vacilla un instant et Alexéï la prit par le bras. Son visage était blanc. De la pièce voisine apparut en sifflotant un jeune homme élancé, dont l'épaisse tignasse blonde flamboyait sous les lumières éclatantes. Il tenait une scie électrique à la main et s'arrêta net en apercevant Alexéï. Anton Ivanovitch Agnitsiev était le médecin légiste le plus jeune qu'Alexéï ait jamais connu. Il s'était toujours demandé comment on pouvait choisir cette voie quand on était jeune, beau et en bonne santé. Anton disait qu'il aimait l'humilité définitive des cadavres et leurs aveux sans pudeur.

« Alexéï! Vieux brigand! Ça fait des siècles que je n'ai pas eu l'honneur de te voir! Tu n'as plus de clients ou tu as ton propre congélateur? »

Il se mit à rire et Alexéï lui fit les gros yeux. Anton réalisa que la jeune femme se sentait mal. Il jeta un drap gris sur le corps qu'il était en train de dépecer et s'essuya les mains à un chiffon douteux. Il se campa devant eux, les poings sur les hanches, secouant la tête à intervalles réguliers pour rejeter en arrière une mèche de cheveux rebelle. Son grand tablier de toile cirée était barbouillé de traces de doigts et de larges éclaboussures brunâtres. Il fronça les sourcils.

« Que puis-je pour vous? » demanda-t-il en dévisageant Claire. Il devina à ses vêtements, à sa coupe de cheveux, à son parfum même, qu'elle était étrangère.

« Ne te fatigue pas, elle ne comprend pas le russe, coupa Alexéï, que l'odeur commençait à incommoder sérieusement.

— Qui est-ce? interrogea Anton.

— Une Française qui a perdu son père. Je voudrais que tu me montres le corps du client que tu as reçu hier matin.

— Tu plaisantes? J'en ai reçu trois.

— Trois égorgés?

— Non. Un gosse mort d'overdose. Une femme battue. Et l'égorgé du pont Lefort.

— C'est tout? »

— Désolé ! Je n'ai que ça en rayon en ce moment.

— L'égorgé, tu l'as déjà charcuté ?

— J'ai juste terminé le travail. Découpé, vidé, haché menu et reconstitué.

— Il est présentable au moins ?

— Comme un nouveau-né. »

Anton les conduisit dans la pièce voisine qui lui servait de bureau. Trois lavabos sales étaient alignés le long du mur. Un miroir brisé pendait de travers au-dessus du premier. Un petit bureau de chêne sombre semblait curieusement déplacé dans ces lieux glacés. Un fichier métallique était surmonté d'un radiateur de fonte, inexplicablement fixé à deux mètres du sol. Ils traversèrent la pièce et Anton ouvrit une porte étanche, armée d'une poignée énorme. Une bouffée d'air froid s'engouffra dans la pièce. Un large couloir faiblement éclairé était tapissé de tiroirs métalliques. Anton se dirigea sans hésiter vers le bout du couloir et fit glisser le dernier tiroir. Il s'écarta et Alexéï poussa doucement Claire pour qu'elle examine le corps. Elle se mit à trembler devant le casier où reposait un homme d'une cinquantaine d'années, enveloppé d'une sorte de filet de charpie jusqu'au menton. Sur les tempes, on pouvait deviner le départ des incisions qu'avait pratiquées Anton. Elle avança comme un automate, baissa les yeux sur le corps et recula d'un pas. Sa voix était sifflante, méconnaissable, enfantine.

« Dan ! s'écria-t-elle, et elle s'écroula sur elle-même, comme un tas de chiffons.

— Bon Dieu, mais donne-moi un coup de main ! » jura Alexéï en essayant de relever Claire.

Il la prit sous les aisselles tandis qu'Anton la portait par les pieds et ils la ramenèrent, cahin-caha, jusqu'à la salle d'autopsie où ils l'allongèrent sur une des tables de béton.

« Petite nature, ces Françaises, si tu veux mon avis.

— Arrête de dire des conneries, Anton, et fais quelque chose. »

Agnitsiev s'était armé d'une paire de cisailles.

« Voyons voir, que dirais-tu d'un petit souvenir ? Tu

103

préfères le petit doigt ou l'oreille gauche ? Elle a de ravissantes petites oreilles, tu ne trouves pas ?

— Anton ! gronda Alexéï.

— Bon, ça va. Ne te fâche pas. Si toi aussi tu perds le sens de l'humour, la Russie est bien mal en point. »

Il fouilla son armoire, entrechoquant fioles et seringues jusqu'à ce qu'il trouve un semblant de tonique.

« C'est que je n'ai pas grand-chose, ici. Mes clients habituels n'ont plus tellement besoin de médicaments. »

Alexéï redressa Claire pour lui ôter son manteau. Sa tête roula sur son épaule et elle gémit doucement. Ses cheveux frôlèrent la joue d'Alexéï. Elle s'abandonnait dans ses bras, languide et tiède. Il sentait la forme de ses seins contre sa poitrine et le parfum lourd de sa peau. Il la reposa délicatement sur la surface dure. Anton releva la manche de son chandail et lui injecta une dose de calcium. Il palpa sa carotide, l'air de s'ennuyer prodigieusement, et soupira :

« Quel dommage ! Voilà une cliente que j'aurais bien aimé examiner de plus près.

— Anton, tu es répugnant. Comment te supportes-tu encore ?

— En pensant à mes cadavres. Elle connaît mon client ?

— On dirait. Tu as déjà fait ton rapport ?

— Oui, mais je ne l'ai pas encore transmis à Agatov.

— Qu'est-ce que tu as trouvé sur ce type ? »

Agnitsiev fit la grimace. Tout en parlant, il avait débranché la pompe, ôté le tube de l'abdomen du cadavre et transporté le récipient jusqu'à son bureau. Il plaça aussitôt le flacon dans une chambre froide. Le sang des cadavres était utilisé couramment pour les transfusions. Il ouvrit un tiroir de son bureau et en sortit une chemise qu'il parcourut des yeux et tendit à Alexéï. Pendant qu'Alexéï lisait, Anton poursuivit son examen du cadavre.

Le rapport commençait par indiquer la date et la durée de l'autopsie. Puis, trois feuillets donnaient une description détaillée et ordonnée des examens externe et interne. Le regard d'Alexéï papillonna rapidement et sauta les détails techniques et les indications chiffrées pour repérer les renseignements qui l'intéressaient.

Coloration du corps violacée... Extrémités rougeâtres... Ensemble du corps maculé de boue séchée...

Membres gelés... Luxation de l'épaule gauche... Fracture de la clavicule.

Cheveux blonds rares collés par la boue et le gel... Trace rouge sur l'occiput... Sang coagulé... Marque de coup...

Peau des joues grêlée... Nez tuméfié... fracturé...

Cils blond-roux... Iris bleu pâle...

Dents saines... Deux plombages aux molaires...

Ouverture de vingt centimètres de longueur, de deux centimètres de largeur et de cinq centimètres de profondeur dans le cou. Trajectoire oblique commençant sous le condyle gauche du maxillaire et s'achevant au niveau de la carotide droite.

Mains fines au dos maculé de terre... peau en bon état sauf à l'extrémité des doigts... pulpe des dix doigts tranchée... coupures nettes et droites... Ongles en bon état... soignés et relativement propres...

Ecchymoses sur le dos au niveau des lombaires. Éraflures sur les épaules... Sang séché sur les parties génitales... Anus ouvert et déchiré... Sang coagulé...

Alexéï releva la tête et interrogea Agnitsiev :

« Ça veut dire quoi, ça, " anus ouvert et déchiré " ? »

Anton posa le pancréas du cadavre sur une balance, nota le poids de l'organe puis le jeta dans la bassine en plastique.

« Viol. »

Alexéï fit une grimace et tourna les pages du rapport, cherchant le compte rendu d'examen interne. Il passa rapidement sur les descriptifs négatifs du crâne, du cerveau, du pharynx et du larynx pour étudier les viscères. Les poumons étaient visiblement ceux d'un grand fumeur et le foie cyrrhosé celui d'un grand buveur. Mais le contenu de l'estomac était surprenant pour un prétendu clochard.

100 centimètres cubes d'un liquide brunâtre avec des particules non digérées de jambon et de caviar.

« On en mangerait ! murmura Alexéï. C'est normal qu'on retrouve le souper des gens dans leur estomac ?

— Ça arrive. Ça prouve qu'ils n'ont pas eu le temps de digérer. Qu'ils ont été refroidis avant. »

Agnitsiev brandit l'estomac qu'il venait d'extraire.

« Tu veux voir ?

— Non, merci. »

Un cri strident les fit sursauter. Claire venait de reprendre conscience. Allongée sur une table de dissection, elle découvrait un cadavre à ses côtés et un médecin fou au-dessus d'elle, un organe sanguinolent dans la main gauche et un scalpel brandi dans la main droite. On aurait été effrayé à moins.

Elle se redressa, grelottant de froid et de peur. Anton recouvrit de nouveau le cadavre et posa l'estomac sur la balance. Alexéï se précipita vers Claire, jeta son manteau sur ses épaules et la soutint jusqu'à la porte. Avant de sortir, il se tourna vers Agnitsiev.

« Merci de la visite guidée. Tu ne dis pas à Agatov que je suis passé, hein ! Il me crèverait les yeux, c'est son client. Nous, on cherchait quelqu'un d'autre. »

Alexéï dut soutenir Claire jusque dans la cour où elle se cassa en deux et vomit près de la gouttière, tandis qu'Alexéï, gêné, allumait une cigarette pour chasser l'odeur de putréfaction. La sentinelle riait en silence, comme un crétin.

« Qu'est-ce qui te fait rire, imbécile ? »

Le milicien se figea brutalement et remonta le col de son manteau, vexé.

« Vous voulez un médecin ? »

Elle fit non de la tête et s'appuya à son bras. Elle était pâle et vacillait.

« Pouvez-vous... pouvez-vous me ramener à l'hôtel ? »

Alexéï hocha la tête mais décida de passer d'abord chez lui. Il ne pouvait pas la laisser dans cet état. Sa mère connaissait sûrement un bon remontant. Elle avait toujours une tisane et une citation en réserve.

Dans la voiture, il ne posa qu'une seule question :

« C'était Skinner, n'est-ce pas ? »

Claire regardait les chasse-neige faire place nette, sur la rue Sadovaïa-Triomphalnaïa. Elle pleurait.

14

« Ma chère petite, vous avez une tête à faire peur. Comment dit-on ? Décomposée, c'est bien cela ? Asseyez-vous sur cette chauffeuse. »

Anna Fedorovna avait des accents de comédienne et le goût des expressions démodées. Ses cheveux gris étaient tirés en un chignon soigné, serré dans un filet. Elle avait croisé sur sa poitrine un grand châle de laine noire et dévisageait Claire d'un air sévère, la bouche pincée, caricaturant son propre rôle de professeur en retraite. Claire se laissa choir sur la chaise basse et regarda avec reconnaissance la vieille femme qui préparait du thé.

« Tu aurais pu me prévenir, Lyocha, je n'ai rien de décent à offrir à mademoiselle. Cette maison est une étable et je n'ai même pas de gâteaux secs. Je vous prie d'excuser l'insouciance de mon fils, mademoiselle. Son éducation, je le crains, a souffert de l'absence d'un père.

— Maman ! » grommela Alexéï, tandis que sa mère s'éclipsait un instant vers la cuisine commune pour y faire chauffer de l'eau.

La maison où vivait Alexéï était une vieille bicoque toute de guingois, perdue au fond d'un passage obscur, dans une forêt d'immeubles en béton. Deux arbres cachaient la misère de ses pierres disjointes. Leurs ramures s'étendaient au-dessus de la toiture en zinc et voilaient pudiquement les fenêtres de bois ciselé, mais pourri.

Alexéï partageait la maison avec une autre famille, les Morozov, qui s'entassaient à six dans les trois pièces qui leur étaient dévolues. En comparaison, Alexéï et sa mère, qui

107

avaient chacun leur pièce, faisaient figure de privilégiés. La cuisine et les toilettes étaient, naturellement, communes.

Par la porte entrouverte, Claire pouvait apercevoir une partie de la cuisine mal équipée. Le long d'un mur peint en vert, s'alignaient deux antiques fourneaux à gaz séparés par un banc. Dans un coin, sous une table, s'entassaient pots et casseroles. Une petite fille passa le bout de son nez et observa Claire avec curiosité. Anna la renvoya comme on chasse un chaton audacieux :

« Olga ! Veux-tu te sauver, petite curieuse ! »

La gamine ne broncha pas d'un pouce et ne s'éloigna que lorsque Alexéï referma la porte.

« Ces gens-là n'ont aucune éducation. Le père travaille au Goum et se prend pour le directeur. Des ignorants et des prétentieux. Sa femme passe le plus clair de son temps à des trafics répréhensibles. Au fait, as-tu échangé mes saucissons, Lyocha ? »

Alexéï leva les yeux au ciel en passant une tasse à Claire.

« Ce service à thé date encore du temps de mon mari. Il l'avait ramené de Zagorsk. Non, de Leningrad... Enfin, c'était au début de notre mariage. Il travaillait à la gare de Zagorsk, en ce temps-là. Il était professeur, comme moi, mais on lui avait interdit d'enseigner, parce qu'il avait publié quelques poèmes jugés subversifs à l'époque. Vous aimez la poésie ? Ronsard ? Verlaine ? »

Claire semblait absente. Elle souriait en guise de réponse, réflexe de politesse, mais elle était encore sous le choc. Alexéï ne la quittait pas des yeux. Elle semblait si vulnérable, si perdue.

Son regard est pareil aux regards des statues,
Et, pour sa voix, lointaine, et calme, et grave, elle a
L'inflexion des voix chères qui se sont tues.

Alexéï vit briller des larmes dans les yeux de Claire et se leva brusquement, ne sachant que faire.

« Maman, je t'en prie. »

Anna Fedorovna se tut et débarrassa les tasses. Elle sortit discrètement dans la cuisine où le ronflement du chauffe-eau se

108

mêla au tintement de la vaisselle. Elle chantait à voix basse. Alexéï approcha sa chaise.

« Je sais que c'est pénible mais il faut que je vous pose quelques questions. »

Elle hocha la tête.

« Vous connaissiez bien Skinner ?

— Nous nous étions un peu liés, depuis le début de notre séjour.

— Vous l'aviez rencontré avant ?

— Non.

— Et votre père ?

— Non plus, il me l'aurait dit.

— Parlez-moi de lui. »

Claire resta un long moment silencieux, essayant de rassembler ses souvenirs. Cet homme qu'avant-hier encore elle prenait pour un ami de longue date, elle s'apercevait tout à coup qu'elle ne savait quasiment rien de lui.

« Il n'y a pas grand-chose à en dire. Il était sympathique. Attentionné, gentil. Un sens de l'humour très britannique. Curieux. Essayait de vendre son papier comme on refile des calendriers à la nouvelle année. Maladroit. Il buvait beaucoup aussi.

— Était-il en affaires avec votre père ?

— Non. D'ailleurs, il était un peu à part dans le groupe. C'était un membre extérieur. Il ne logeait pas à l'hôtel. Il nous y rejoignait parfois, pour le petit déjeuner, mais il avait son bureau et sa chambre en ville.

— Est-ce qu'il paraissait avoir peur ?

— Non... Quoique... Le soir où mon père a disparu, il avait quitté précipitamment la réception de l'ambassadeur.

— Vous aussi, non ?

— Oui, mais... mon père m'avait dit qu'il ne se sentait pas très bien.

— Vous êtes partis en même temps ?

— Non. Je n'ai pas vu sortir Skinner.

— A-t-il parlé à votre père, ce soir-là ?

— Oui, je suppose. Il y avait tellement de monde, vous savez... Ça me revient maintenant. Il a renversé son verre sur la chemise de mon père et l'a accompagné aux toilettes. Nous sommes partis juste après... »

Claire leva vers lui des yeux angoissés.

« Vous croyez que... que c'est lié ?

— Dans mon métier, mademoiselle Brunet, on ne croit pas aux coïncidences. La disparition de votre père peut s'expliquer de plusieurs façons, mais elle a certainement un rapport avec la mort de Skinner.

— Vous voulez dire que...

— Je ne sais pas. Mais puisqu'on a retrouvé le corps de Skinner et pas celui de votre père, excusez-moi, c'est peut-être bon signe. »

Il savait qu'elle ne croyait qu'à demi son mensonge, mais elle avait besoin qu'on lui mente, en ce moment, et qu'on entretienne une lueur d'espoir. Les chances pour qu'on retrouve Brunet vivant s'amenuisaient d'heure en heure. Il n'y avait pas eu de demande de rançon et ceux qui avaient tué Skinner avaient sans doute également enlevé Brunet. Si seulement il avait le mobile !

De grands cris stridents et le rire perlé d'Anna Fedorovna rompirent le silence pesant. Aleko apparut sur le seuil, poussé, pincé, malmené par Anna. Il avait les bras chargés de cadeaux.

« Regardez-moi ce grand benêt qui vient faire sa cour à la vieille femme ! s'exclama Anna en dépliant les bas qu'il lui avait amenés. Pour qui veux-tu que je mette ces bêtises ?

— Pour moi, Anna Fedorovna. »

Anna le bousculait de nouveau, lui tirait les joues, l'ébouriffait. Aleko déballa encore un rôti de porc, un kilo de sucre et une livre de café.

« Qu'est-ce que tu vas me demander, pour ce prix-là, garnement ? De commettre un attentat ? »

Alexéï entraîna le jeune homme dans la cuisine, tandis que sa mère essayait de convaincre Claire de partager leur repas.

« Tu as du nouveau sur le Français dont je t'ai parlé ? »

Aleko secoua la tête et fit un clin d'œil en direction de la porte.

« C'est son père ?

110

— Oui.

— Pas mal. Tu mélanges le boulot et la vie privée maintenant ? Ça ne te ressemble pas, Lyocha.

— Enquête de routine, plaisanta Alexéï. C'est pour mieux comprendre la psychologie du témoin.

— Et voir les dessous de l'affaire ? »

Alexéï fit mine de gifler le jeune homme et reprit son sérieux.

« Voilà. Ça se précise. Tu enregistres ?

— Prêt, chef.

— Le Français a été enlevé par quatre hommes qui roulaient en Volga grise. Feu arrière grillé, mais ça se répare. Un des hommes, un grand maigre, boitait. L'un d'eux était sûrement un pédé et devait jouer du rasoir. Ils ont déjà refroidi un Anglais.

— Pour le fric ? »

Alexéï grimaça.

« C'est justement ce que j'aimerais bien savoir. Je n'arrive pas à saisir les mobiles du crime.

— Un peu maigres, tes indices.

— Tu ne voudrais pas leur photo et leur identité, par hasard ?

— Ça m'arrangerait bien. »

Alexéï se frappa le front du plat de la main.

« Imbécile ! J'ai oublié d'aller chercher les clichés. »

Lorsqu'ils revinrent, Anna était en train de faire admirer son album de photos :

— Regardez comme il est mignon en uniforme. Il avait quatorze ans. Et déjà plus grand que son âge.

— Quinze ans, maman, et tu ennuies Mlle Brunet avec tes souvenirs. »

C'était une photo de lui à l'Académie Suvorov, une des plus prestigieuses écoles militaires de Moscou, réservée à l'élite intellectuelle, et qui formait les futurs officiers. Les cadets portaient un uniforme bleu marine dont les ornements étaient sang et or. Le rouge du liseré sur la manche, du col, de l'écusson et des épaulettes. Les dorures des boutons et des inscriptions, sur le blason et l'épaulette. *CBY*.

111

Claire leva les yeux vers lui, interrogative.

« C'est une école de police ?

— Non. Militaire. »

Il y avait aussi la photo d'une jeune femme qui riait aux éclats, les cheveux au vent, devant une église aux coupoles étoilées. Plus loin, elle s'accrochait au cou d'Alexéï, le dévorant des yeux. Claire dit, par politesse plus que par curiosité :

« C'est votre femme ?

— C'était.

— Pardon.

— Il y a déjà quinze ans. Vous dînez avec nous, bien sûr ? »

Claire s'en voulut d'avoir gaffé. Elle eut un sourire embarrassé.

« Je vous remercie, mais je préférerais rentrer à l'hôtel. »

Anna Fedorovna eut le tact de ne pas insister, et embrassa Claire en la serrant dans ses bras.

Dans la voiture, Alexéï pria Claire d'excuser sa mère. Elle était toujours un peu excessive. Claire sourit. La chaleur d'Anna lui avait fait du bien.

« Pourquoi n'avez-vous pas suivi la carrière militaire ? »

La question lui avait échappé. Elle ne comprenait pas pourquoi elle l'avait posée. Parce qu'elle sentait que c'était important peut-être, et qu'elle voulait d'une façon ou d'une autre rattraper sa gaffe.

Alexéï se tortilla sur son siège et finit par répondre d'un ton faussement indifférent :

« J'ai été renvoyé. Pour fraude. »

Il y eut un long silence. Alexéï ricana.

« Mon voisin avait copié sur moi. Il était fils de général, moi fils de rien. C'est moi qu'on a chassé. »

Ils coupèrent la perspective Kalinine, où un réverbère sur trois seulement fonctionnait, par mesure d'économie. Les Moscovites avaient surnommé ce nouvel Arbat le « Dentier », parce que les travaux de rénovation lui donnaient un air artificiel.

« Le directeur m'a quand même recommandé pour l'école de police. Voilà. »

Il la questionna à son tour sur son travail, et elle ne fut guère plus bavarde que lui. Elle répondit qu'elle était ingénieur chimiste et qu'elle s'occupait plus particulièrement du traitement des eaux. C'est elle qui devait négocier la cession d'un nouveau brevet avec les techniciens russes. Elle resta évasive, comme par modestie, ou ennui. Alexéï, de son côté, n'osa pas poser d'autres questions, de peur de paraître ignorant. Il entra dans l'hôtel avec elle, au cas où il y aurait des éléments nouveaux. Dès qu'il les aperçut, le réceptionniste se précipita vers eux.

« Monsieur l'administrateur désire vous voir, mademoiselle. Nous avons un petit problème. »

Alexéï sentit les ongles de Claire s'enfoncer dans son bras. Il l'accompagna.

15

« Un regrettable incident! C'est la première fois que cela se produit dans mon établissement. »

Platonov se confondait en excuses et frottait nerveusement ses lunettes dorées embuées par l'anxiété. Cet « incident », il le savait, risquait de lui coûter son poste de directeur.

Il marchait devant eux, d'un pas curieusement léger pour un homme de sa corpulence. Il paraissait rebondir sur les marches. Dans l'ascenseur, il s'épongea le front en marmonnant tout bas. Claire serrait toujours le bras d'Alexéï.

« Je ne comprends pas comment cela a pu se produire. Je ne comprends pas... », répétait Platonov.

Au troisième étage, il se mit à hurler comme un garde-chiourme et la femme d'étage se précipita à sa rencontre, escortée de la femme de ménage et d'un homme à tout faire en bleu de travail. Ce fut une cavalcade au long du couloir. Platonov menaçait son personnel des pires sanctions. La chambre de Claire et celle de son père avaient été forcées. Alexéï se pencha sur les serrures, d'un modèle assez simple, qu'un cambrioleur moyennement doué aurait crochetées sans mal. Ils entrèrent dans la chambre de Claire et restèrent sans voix. C'était un véritable carnage. Une tornade semblait avoir dévasté la pièce. La penderie avait été vidée et les vêtements jonchaient le sol. Le matelas avait été retourné, lacéré, et les doublures de la valise arrachées. On avait également déféqué sur ses robes. La chambre de son père était dans un état comparable et les feuillets des dossiers jonchaient le plancher comme des confettis.

Après un premier et rapide inventaire, il semblait qu'on n'ait rien dérobé dans la chambre d'André Brunet. En revanche, le PC portable et l'appareil photo de Claire avaient disparu. Alexéï décrocha le téléphone et demanda le QG. Ils eraient des relevés d'empreintes, mais Alexéï n'y croyait pas. C'était la procédure légale, cela rassurait les gens, mais ne servait à rien, neuf fois sur dix. Les empreintes étaient illisibles, ou trop nombreuses, ou brouillées. On avait même retrouvé les siennes, une fois, sur une bouteille qu'il n'avait pas touchée.

« Alors ? » interrogea le directeur, la mâchoire crispée.

Il regardait Alexéï comme un malade qui attend le pronostic du médecin.

Alexéï eut un petit sourire triste.

« A mon avis, monsieur l'administrateur, il s'agit d'un cambriolage. »

Le directeur hocha la tête avec conviction, insensible à l'humour d'Alexéï.

« Vous avez prévu une autre chambre pour Mlle Brunet, naturellement ? »

Platonov prit un air soucieux puis finit par céder :

« Mademoiselle peut occuper la suite *présidentielle*, mais...

— Mais ?

— Mais elle ne sera plus libre après-demain.

— Vous trouverez bien quelque chose d'ici là ?

— Je... Je suis confus. Nos chambres sont réservées des mois à l'avance et une autre délégation doit arriver. L'hôtel est complet pour deux semaines. Il faudrait que Mlle Brunet voie la question directement avec l'Intourist. »

Alexéï expliqua la situation à Claire et lui demanda de l'attendre au bar, le temps qu'il interroge le personnel. La *dejournaya*, matrone à la face lisse et rougeaude, se mit à entonner une plainte presque chantée, continue, miaulante et pleurnicharde, ses petites mains grasses croisées sur son ventre, rythmant sa litanie du malheur comme le font les *babouchkas*, en oscillant lentement d'arrière en avant. Alexéï contempla sans émoi ses larmes de crocodile. Elle était coupable de faute professionnelle, et risquait de se retrouver à l'entretien, ce qui équivalait à une dégradation. Elle s'était absentée, reconnaissait-elle, mais quelques instants seulement, guère plus de cinq minutes. Ce n'était pas sa faute, des raisons de santé, avec ce qu'on leur donnait à manger à l'hôtel, c'était bien normal. Alexéï n'en crut pas un mot. Le personnel des hôtels était privilégié. Placé au centre d'un tourbillon permanent d'étrangers, donc de devises, il était le pivot de tous les trafics. La femme devait être en train de se livrer à une de ses coupables transactions, à moins, pire encore, qu'elle n'ait accepté elle-même un dédommagement du cambrioleur en échange de son silence. Alexéï essaya en vain de l'interroger dans ce sens. Même sous la torture, cette femme nierait. Il abandonna et se heurta au même silence honteux de la part du portier. Il était courant que les portiers laissent passer des non-résidents, trafiquants ou prostituées en quête de clients, moyennant un modeste droit d'entrée. Il ne put rien en tirer et rejoignit Claire au bar luxueux de l'hôtel où un barman à demi ivre somnolait sur une chaise, derrière son comptoir.

« Voulez-vous passer la nuit chez ma mère ? »

Claire secoua la tête en avalant une gorgée de cognac.

« J'essaierai de vous trouver quelque chose pour demain. Il est préférable qu'on ne sache pas où vous êtes.

— Vous pensez que ce cambriolage a un rapport avec mon père ?

— C'est possible. On n'a visité que vos chambres. De toute évidence, on y cherchait quelque chose. Vous êtes sûre que vous ne me cachez rien ? »

Claire haussa les épaules.

« Si, j'oubliais. Je fais de l'espionnage industriel pour le compte du gouvernement français et nous sommes très intéressés par vos secrets de fabrication de savonnettes. Nous essayons de savoir aussi comment vous faites pour attirer autant de clients devant des magasins vides. Ça va comme ça ou je continue ? »

Alexéï baissa la tête et chercha une page vierge dans son carnet.

« Inutile d'être cruelle, mademoiselle Brunet.

— Pardonnez-moi, c'est nerveux.

— Quelle est la marque des appareils qu'on vous a volés ?

— Toshiba pour le PC, et Canon.

— Y avait-il des documents avec ces appareils ?

— Deux disquettes sans intérêt particulier. L'appareil photo était vide. Je vous ai remis la pellicule hier. Vous avez eu les photos ? »

Alexéï se sentit gêné.

« Pas encore. Le labo est un peu lent, chez nous, vous savez... Il faudra faire une déclaration de vol. Le directeur vous donnera les formulaires. Il doit bien y en avoir une dizaine, en trois exemplaires. Ça vous occupera pendant les vingt-quatre heures à venir », plaisanta-t-il, parvenant à arracher un sourire à Claire.

Avant de partir, il insista :

« Soyez prudente. Ne sortez pas. N'ouvrez à personne. Les gens qui ont fait ça n'ont pas... comment dit-on ? Pas froid à l'œil. »

Elle éclata de rire, le soupçonnant de l'avoir fait exprès.

« Pas froid aux yeux. »

Il sourit.

« C'est ça. Ouvrez l'œil. Ils n'ont pas froid aux yeux. On dit ça aussi pour les borgnes ? »

Il aimait beaucoup sa façon de rire, la tête penchée de côté, et les petits plis qui fronçaient son nez. Il se demanda pourquoi il commençait à avoir peur pour elle.

16

Piotr n'aimait pas le samedi matin, parce que c'était le jour des rapports. Il séchait lamentablement devant sa machine comme un cancre devant sa copie. Aussi ne s'était-il pas fait prier quand Alexéï lui avait confié une mission délicate. Du doigté et de la discrétion! Il était sur le territoire officiel d'Agatov.

Le 17, rue Kazakov, était un immeuble décrépit au fond d'une cour mal cimentée. Une allée avait été dégagée dans la neige sale et une double porte ouvrait sur un porche sombre.

Lorsque Piotr franchit le seuil, une voix rauque l'interpella. L'immeuble, anachronisme rare à Moscou, bénéficiait d'une concierge, femme acariâtre et menaçante, que les cent vingt kilos de Piotr ne semblaient pas impressionner le moins du monde.

« Qu'est-ce que vous voulez?

— Scott Paper Company. C'est bien ici?

— Et vous, l'homme, qui vous êtes? »

Piotr sortit sa carte.

« Milice. Où est le bureau de Skinner?

— Ça suffit comme ça. Vous êtes déjà venu hier. »

Piotr se demanda si l'alcool ne commençait pas à lui jouer des tours. S'il se mettait à oublier ce qu'il avait fait la veille, son cas devenait inquiétant.

« Moi, je suis venu hier?

— Des collègues à vous.

— Comment ils étaient?

— Un grand blond, plutôt jeune, qui boitait, et un petit costaud brun, plus âgé. Avec une cicatrice sur la joue, là. »

La femme désigna sa joue gauche. Piotr prit aussitôt des notes.

« Ils vous ont montré leur carte ? »

La concierge haussa les épaules.

« Pour quoi faire ? Je ne sais pas lire.

— Alors, c'est où ?

— Qu'est-ce que vous voulez encore à cet Anglais ? De toute façon, il est pas là. Il y a trois jours que je l'ai pas vu. »

Piotr, las d'attendre, se dirigea vers l'escalier. La femme cria derrière lui :

« Y a personne, je vous dis. C'est au deuxième. »

L'escalier était sombre et humide. Ici, comme ailleurs, on avait renoncé à entretenir les peintures des parties communes et l'escalier, autrefois élégant, prenait des allures de pigeonnier. Un écriteau pendait de travers, sur la porte du bureau. *ZAKRYTO*. Fermé. La porte était entrouverte. Piotr nota les éclats de bois à hauteur du pêne, signes d'effraction. Pied-de-biche. On n'avait même pas pris la peine de crocheter la serrure. Prudent, Piotr dégaina son arme, ce qu'il n'avait plus fait depuis des années, et poussa lentement la porte.

Le bureau de Skinner était une petite pièce de trois mètres sur deux où s'entassaient une table à tiroirs, un classeur métallique, une commode en chêne et une armoire délabrée. Tous ces meubles avaient été vidés de leur contenu. Des liasses de paperasses jonchaient le sol, que Piotr piétina pour traverser la pièce, ramassant au hasard un feuillet. Factures. Bons de commande. Échantillons. Courrier commercial. Formulaires et fiches clients. Tout le fatras habituel des maisons commerciales. Le fichier clients avait été relativement épargné et Piotr y jeta un coup d'œil rapide. Assez maigre, jugea-t-il, et sans intérêt particulier.

Il passa dans la chambre voisine, minuscule réduit tout juste suffisant pour le lit de fer et le coin cuisine. La pièce était imprégnée de l'odeur de tabac froid. Au mur, la photo d'un château anglais, fenêtres à meneaux et cheminées torsadées, dans le Somerset. Un cendrier plein. Des vêtements accrochés à une tringle, et une bouteille de scotch presque vide. Une caisse qui servait sans doute de fourre-tout était renversée sur

119

le plancher et des objets divers étaient éparpillés sous le lit. Briquets, enveloppes, mouchoirs, peigne, ciseaux, crayon, livre de poche, menue monnaie, dés, jeux de cartes. Piotr s'age-nouilla et examina ces objets un par un, sans hâte. Il savait que si ces lieux avaient contenu un indice intéressant, il avait déjà dû disparaître, mais il faisait son travail méthodiquement, consciencieusement, parce qu'on lui avait appris qu'il ne fallait rien négliger. Il secoua les enveloppes et feuilleta le livre, fit fonctionner les briquets et déplia les mouchoirs. Enfin, il ouvrit les paquets de cartes. Les deux premiers contenaient des cartes neuves, lisses, de luxe. Dans le troisième paquet, il en manquait la moitié, un jeu usagé. Piotr le vida. Une feuille pliée en quatre tomba de dessous les cartes. C'était une liste de noms. Devant chaque nom, il y avait un chiffre qui semblait correspondre à une somme. Piotr ne comprenait pas l'alphabet romain mais pouvait deviner sans mal qu'il s'agis-sait d'un relevé de dettes et de créances de jeu. L'ami Skinner semblait être un joueur acharné, à en juger par le nombre de partenaires qui lui devaient de l'argent. Il empocha la liste et les jeux de cartes et but le reste de scotch avant de quitter le bureau. De toute façon, Skinner n'en aurait plus besoin.

17

Après réflexion, Alexéï s'était contenté d'un rapport de routine où il faisait état de ses investigations mais passait sous silence un certain nombre d'éléments. L'affaire ne semblait pas encore suffisamment mûre pour faire l'objet d'une hypothèse cohérente et il ne voulait pas d'ennuis. Ainsi, il ne mentionnait ni le cadavre de Skinner, ni l'enquête qu'il avait confiée à Piotr. En revanche, il signalait le cambriolage à l'hôtel et suggérait la possibilité d'un lien avec la disparition de Brunet.

Vers onze heures, Alexéï fut convoqué au bureau de Syssoïev. Piotr n'était toujours pas rentré. Vladimir Serguéïevitch Syssoïev lissait son crâne luisant de sa main gauche manucurée en feuilletant le rapport d'Alexéï. La lampe de son bureau allumait des reflets de miroir sur la peau tendue et légèrement bosselée de sa tête. Il avait posé de petites lunettes de métal au bout de son nez pointu. Alexéï toussota pour manifester sa présence mais Syssoïev parut ne pas l'entendre et poursuivit sa lecture, absorbé, concentré. Dans le silence feutré du bureau, on n'entendait que le gargouillis d'un radiateur mal purgé. Alexéï contempla distraitement, sur le mur du fond, la reproduction d'un tableau d'Ilia Glazounov, peintre officiel. Le tableau s'intitulait *Mille ans d'histoire de la Russie,* et l'on y voyait Lénine serrer la main de la Grande Catherine.

Tout à coup, Syssoïev parut découvrir la présence d'Alexéï et son visage s'illumina.

« Mais asseyez-vous donc, Prigov, asseyez-vous donc. Je lisais votre rapport, là... »

Il se leva et se mit à arpenter la pièce. Ses bottes de cuir crissaient à chaque pas.

« Pas grand-chose de neuf, on dirait.

— Ce genre d'affaire est toujours très long, vous le savez. Nous manquons d'indices.

— Avez-vous cherché du côté des putes ?

— Eh bien, j'ai interrogé le personnel et les collègues du Cosmos.

— C'est tout ?

— La fille prétend que ce n'était pas le genre de son père.

— La fille ! Qu'est-ce que les filles savent de leur père ? Écoutez, Prigov, je vais être franc. »

Il tira une chaise près d'Alexéï et s'assit à ses côtés, informel brusquement, presque amical. Cela ne lui ressemblait pas.

« J'ai des contacts avec l'ambassade de France. On m'a laissé entendre que Brunet était un cavaleur. Il se serait mis dans de sales draps que ça ne m'étonnerait pas.

— Par exemple ?

— Je ne sais pas, moi. Un proxénète, qui flaire la bonne aubaine, le séquestre en attendant la rançon.

— Sauf qu'il n'y a pas eu de demande de rançon. Et qu'il y a eu cambriolage. Ça ne colle pas. »

Syssoïev se leva pour ramasser le rapport d'Alexéï.

« J'ai lu ça. Qu'est-ce qui vous permet d'affirmer que cette effraction a un quelconque rapport avec la disparition de Brunet ? On a volé des appareils de prix, c'est tout. N'importe quel voyou aurait pu faire ça.

— Exact. Mais les autres chambres n'ont pas été visitées. Juste ces deux-là. On y cherchait quelque chose, j'en ai l'intuition.

— Quoi ?

— Je l'ignore.

— Vous avez trop d'imagination, Prigov. Et pas de zèle, voulez-vous. Des faits. Tenez-vous-en aux faits. »

Alexéï hésita une seconde puis décida de couvrir ses arrières. Si on apprenait qu'il faisait de la rétention d'informations, Syssoïev aurait sa tête.

« Justement, Vladimir Serguéïevitch. Les faits me semblent inquiétants. Mlle Brunet a reconnu le cadavre du pont Lefort. Ce n'était pas un clochard. Il s'agit d'un Anglais qui suivait la délégation. Dan Skinner, représentant à Moscou d'une entreprise associée. »

Syssoïev s'était immobilisé. Il parut réfléchir intensément quelques secondes et finit par se rasseoir à son bureau.

« Quel lien avec notre affaire ? grommela Syssoïev.

— Aucun pour l'instant, mentit Alexéï, sans très bien savoir pourquoi. Mais ça commence à faire beaucoup de coïncidences.

— Ce que vous m'apprenez est très ennuyeux, Alexéï Alexéïevitch. »

Il avait pris un air renfrogné, presque comique.

« Je vais être contraint d'en informer la Sécurité d'État. Faites un rapport circonstancié, Prigov... mais prenez votre temps, vous me comprenez ? Je ne veux pas d'histoires. Quelle est votre hypothèse ?

— Je n'en ai pas encore. Mais je crains le pire pour Brunet.

— Tenez-moi au courant. »

En sortant du bureau de Syssoïev, Alexéï ressentit un étrange malaise. Il était entré, sans l'avoir vraiment voulu, une fois de plus, dans le règne du mensonge. Cela le ramenait brutalement dix ans en arrière. Que se passait-il ? Pourquoi avait-il caché à Syssoïev que les hommes qui avaient tué Skinner étaient probablement les mêmes qui avaient enlevé Brunet ? Parce qu'il ne voulait pas qu'Agatov lui mette des bâtons dans les roues ? Allons donc ! Il se moquait éperdument d'Agatov. La vérité, c'est qu'il sentait confusément qu'il ne fallait pas tout dire à Syssoïev, tant qu'il n'avait pas de piste sérieuse. L'expérience du risque et de la duplicité, ce qu'on appelle le flair, lui dictait la prudence. Syssoïev ne lui disait pas tout, lui non plus, il en était persuadé. C'était une partie de cartes. Ils cachaient tous les deux leurs atouts.

En redescendant, Alexéï trouva les développements de la pellicule de Claire sur son bureau, accompagnés d'un billet de Piotr. Il s'excusait de la qualité médiocre des tirages qu'il avait dû faire lui-même, Leonid ayant une fois de plus prouvé son incompétence. Leonid Sannikov, le chef de service, était le prototype du tire-au-flanc. Il passait le plus clair de ses journées à téléphoner à ses amis et maîtresses, et transformait le service en centre d'échange de marchandises. Il écoulait en douce la moitié du matériel qui lui était fourni par l'État et tout le monde fermait les yeux parce que tout le monde faisait de même, ou presque. Lassés de se battre contre son inertie et sa mauvaise foi, la plupart des inspecteurs développaient eux-mêmes leurs rouleaux de pellicule à leurs moments perdus. Sannikov, qui disposait ainsi de tout son temps pour trafiquer, n'y trouvait que des avantages.

Les photos avaient été tirées sur un mauvais papier mais elles étaient néanmoins utilisables. Alexéï examina les clichés dans son bureau. Beaucoup de photos de Claire, les cheveux au vent, devant un monument public, ou dans un jardin, quelques-unes d'un petit homme bedonnant, souriant et moustachu, qui devait être son père. Puis des photos de groupe. La délégation européenne, sans doute. Enfin trois clichés incongrus, pris en plongée à travers une fenêtre poussiéreuse, où l'on voyait une limousine Tchaïka, et deux hommes en grande conversation. L'un des deux était assez jeune, et blond, à en juger par la mèche de cheveux qui dépassait de son chapeau. Élégant, riche, sûr de lui. L'autre était plus âgé, un profil acéré, les yeux plissés, le teint gris. Sur le dernier cliché, il levait les yeux vers l'objectif, comme s'il avait vu le photographe. Alexéï plaça le cliché sous sa lampe, pour mieux distinguer les traits de l'homme, que la distance estompait. Il avait du mal à distinguer les détails, mais il aurait mis sa main au feu qu'il connaissait ce visage. Il était certain de l'avoir déjà vu quelque part. Récemment, il en était sûr. Mais où ?

Il jeta un coup d'œil à sa montre. Midi. Piotr avait dû découvrir un gisement de vodka. Alexéï se résigna à déjeuner sans lui et, après une seconde de réflexion, décrocha le téléphone pour appeler Claire, au Cosmos. Avait-elle déjà déjeuné ? Non ? Alors, il l'invitait à découvrir la fine cuisine des restaurants coopératifs.

« Na Skorouïov Roukov. Vous connaissez ? »

Comment aurait-elle pu connaître ?

« C'est rue Markhlevski, pas très loin de la Loubianka. Vous avez quand même entendu parler du KGB ?... Dans les livres de Soljenitsyne? Qui est-ce? Un agent de la Sécurité? Je vous prends dans une demi-heure. Si, si, j'insiste. Ah! au fait, j'ai vos photos. Elles sont très réussies. »

Il laissa un mot sur le bureau de Piotr, lui indiquant où il devait le rejoindre. Il pouvait amener sa vodka, ajouta-t-il en post-scriptum. On ne servait pas d'alcool, dans les restaurants coopératifs.

18

Na Skorouïov Roukov, « Vite fait bien fait », était un restaurant coopératif rapide, ruelle Markhlevski, ce qui signifiait qu'on pouvait y venir manger sans réservation et que la file d'attente moyenne n'était que de dix minutes. Les tables à nappes empesées cachaient mal une décoration sinistre, et des murs d'un marron lugubre. L'éclairage y était chichement mesuré, l'établissement donnant dans la lampe tamisée, et des serveurs aussi peu aimables que dans les restaurants d'État attendaient imperturbables à proximité des cuisines. Mais la musique y était originale. On pouvait y entendre le dernier enregistrement du groupe heavy-metal *Peut-être,* aussi bien que la célèbre et tonitruante Alla Pougatcheva. L'unique menu, à six roubles, se composait ce jour-là d'une soupe de légumes translucide, d'un plat de boulettes de viande accompagnées de pommes de terre et de blinis farcis au fromage blanc sucré. Un serveur neurasthénique apporta tous les plats en même temps et disparut comme un fantôme.

Claire n'avait pas prononcé trois mots depuis qu'ils étaient arrivés. Elle prit un peu de potage, tritura ses boulettes de viande par politesse et alluma une cigarette.

« Vous n'avez pas faim ? »

Elle secoua la tête, parcourant la salle d'un regard distrait, comme si les gens qui l'entouraient n'existaient pas. Elle ne remarqua même pas qu'elle était le centre d'intérêt. Alexéï en ressentit une fierté puérile.

« Tout le monde vous regarde », dit-il.

Claire parut s'éveiller.

« Comment ? Mon Dieu, j'ai fait une gaffe ? On n'a pas le droit de fumer ? »

Alexéï se mit à rire. Il avait un rire profond, chaud, généreux. Il le savait et eut conscience d'en user, comme d'un numéro de charme. Cela ne lui était pas arrivé depuis longtemps et il s'en étonna lui-même.

« Non, dit-il. On admire votre élégance et... votre beauté. »

Claire parut déconcertée par cet assaut inattendu de galanterie et baissa les yeux vers son assiette.

« Le groupe part demain, dit-elle. Et le directeur doit reprendre sa chambre.

— Qu'avez-vous décidé ?

— Je reste, naturellement. Pouvez-vous me trouver un logement ?

— Bien sûr. J'en parlerai à des amis tout à l'heure. J'ai eu les photos. »

Il posa la pochette de papier kraft sur la table, à côté de son assiette, et Claire la regarda sans la toucher, comme si elle avait peur de l'ouvrir. Ce fut Alexéï qui sortit les clichés, les uns après les autres, et les montra à Claire. Il lui demanda qui était son père. Il s'attarda sur la photo de groupe et Claire détailla les membres de la délégation.

« Skinner n'est pas sur la photo ? s'étonna-t-il.

— C'est lui qui avait eu l'idée de prendre la photo.

— Celles-ci également ? »

Il montra les photos des deux hommes à côté de la limousine noire. Claire fronça les sourcils et scruta les clichés.

« Je ne savais pas qu'il les avait prises. Je ne connais pas ces hommes.

— Et l'endroit ?

— Oui, je pense. C'était à l'usine de savons. Il a dû prendre ces clichés du haut de la salle de réception, dans le nouveau bâtiment. Oui, je me souviens, on apercevait la rue par la baie vitrée.

— Votre père l'avait-il remarqué ?

— Non, je ne crois pas. Jigalov, enfin, le directeur, était en train de nous expliquer ses projets d'extension.

— Skinner et votre père avaient-ils un comportement normal ?

— Je ne comprends pas votre question.

127

— Avaient-ils peur? Étaient-ils excités?

— Je n'ai rien remarqué de particulier.

— Montrez-moi la photo la plus ressemblante de votre père. Je vais en faire tirer des portraits pour les postes de milice. »

Alexéï traça une croix au dos du cliché et aperçut, en vision marginale, la silhouette de Claude Zory qui entrait dans le restaurant. Il rangea aussitôt les photos et prévint Claire :

« Je crois que nous avons de la visite. Votre ami de l'ambassade.

— Oh! »

Claire baissa la tête, éteignant nerveusement sa cigarette et marmonnant rapidement, à voix basse :

« Je vous en prie, aidez-moi. Il veut que je loge chez lui. »

Elle n'eut pas le temps d'en dire plus et Alexéï resta une seconde interdit, tandis que Zory pratiquait le baisemain en souriant et jetait sur la salle un regard de conquérant.

« J'ai fait aussi vite que j'ai pu, ma chère. Ça n'a pas été facile, vous savez ce que c'est. L'administration... »

Il s'interrompit en regardant Alexéï qui, hospitalité oblige, lui proposa de partager leur table.

« Merci, vous êtes fort aimable mais j'ai déjà déjeuné. »

Alexéï devina qu'il mentait et trouvait ce restaurant minable mais, curieusement, il n'en éprouva aucune humiliation. Zory sortit des papiers de sa poche et les tendit à Claire.

« Naturellement, il faudra que vous passiez à l'ambassade pour régulariser. Bien. Quant à l'hébergement, je vais faire prendre vos bagages à l'hôtel dès ce soir...

— C'est inutile, je... On m'a trouvé une chambre au Cosmos. »

Zory se raidit.

« Vraiment?

— Oui. M. Prigov est intervenu auprès de la direction. »

Zory observa Alexéï, les paupières mi-closes.

« Dans ce cas... Espérons que l'enquête sera aussi efficace. Ma porte vous reste ouverte, en tout cas, vous le savez. Chère amie... »

Zory repartit, avec une lenteur délibérée, comme après une tournée d'inspection.

« Merci », murmura Claire.

Elle roula les yeux d'un air comique. Alexéï sourit et appela le serveur pour la dixième fois.

« Je n'ai rien fait.

— Si. Vous êtes coupable de complicité tacite.

— Pourquoi n'avez-vous pas accepté son invitation ?

— Tout ce qu'il veut, c'est me sauter. »

Elle dut se rendre compte de l'air ahuri d'Alexéï car elle ajouta :

« Excusez-moi. Je vous ai choqué ? »

Alexéï se mit à rire.

« Non. Mais je n'étais pas sûr d'avoir bien compris le terme. »

Quand le serveur daigna enfin approcher de leur table, Alexéï lui glissa discrètement un billet dans la main et un mot dans l'oreille. Lorsqu'ils passèrent au vestiaire, que les Russes appelaient *garderob,* héritage du français, le serveur lui tendit un sachet plastique contenant deux boîtes de caviar.

« C'est la seule manière d'en obtenir », expliqua Alexéï.

Ils croisèrent Piotr au moment où ils sortaient du restaurant. Il était essoufflé, débraillé, et ses paupières étaient rougies. Il s'excusa de son retard. Il avait dû passer chez lui. Son fils avait encore une fois essayé de se jeter par la fenêtre. Il fit à Alexéï un bref compte rendu de son enquête au bureau de Skinner et confia à Alexéï la liste qu'il avait trouvée dans le jeu de cartes. Alexéï nota la description des deux hommes et renvoya Piotr chez lui, avec une boîte de caviar pour son fils.

Il contemplait la liste, immobile devant sa voiture. Claire remonta le col de sa veste. La neige avait cédé la place à une brume glacée.

« Une piste ? demanda-t-elle.

— Peut-être. »

La liste était composée de noms de code, exclusivement, suivis d'un chiffre qui devait représenter la dette.

Le Rouquin. 5 000.
La Petite-Douceur. 800.
Le Capitaine. 350.
Le Français. 12 000.
Le Sévère. 2 800.
L'Ours. 2 000.

Les surnoms étaient l'usage dans les salles de jeu clandestines, les *katranes*. Apparemment, on y jouait gros. Alexéï fit un rapide calcul. S'il s'agissait de roubles, le « Français » avait perdu six mois de son salaire. S'il s'agissait de dollars ou de livres, cela devenait vraiment une grosse somme. Dans les deux cas, tous ces gens-là avaient une excellente raison de se débarrasser de Skinner, mais le mobile paraissait trop évident à Alexéï. Ce n'était pas le style des joueurs. Lorsqu'un joueur était dans l'incapacité de payer, il se contentait de s'évanouir dans la nature. C'était une des raisons des noms de code. Alexéï se demandait simplement si le « Français » était une piste valable. Pour le savoir, il faudrait qu'il trouve dans quel *katrane* jouait Skinner.

19

Alexéï savait où trouver Aleko le samedi après-midi. Il fréquentait un des nombreux *kommissiony* de Moscou, sortes de salles des ventes où les Moscovites pouvaient venir vendre et acheter des objets aux enchères. Malgré la part croissante des vendeurs officiels qui voyaient là une occasion de faire monter les prix du neuf, un bon nombre de trafiquants et de voleurs s'en servaient aussi pour écouler leur butin.

Le *kommissiony* que préférait Aleko était situé quai Krasno-presnenskaïa, au sommet de la boucle que formait la Moskova, au nord, face à la masse imposante de l'hôtel Oukraïna, sur l'autre rive, si massif qu'on a l'impression que le fleuve a dû détourner son cours pour l'éviter. On y vendait surtout du matériel photo, des radios et des téléviseurs, des vêtements et des chaussures, des tableaux aussi, de qualité médiocre. Alexéï n'avait jamais su, et ne voulait pas savoir, si Aleko venait pour vendre ou acheter.

Il le trouva derrière un des piliers du vaste hangar où, dans une heure, se presseraient trois cents personnes. Pour l'instant, les premiers amateurs autorisés faisaient le tour des tables où s'entassaient les marchandises. Les objets les plus intéressants partaient avant la vente officielle. Là encore, Alexéï ne cherchait pas à savoir comment Aleko avait eu ce privilège. Tout en parlant, ils longèrent un étalage de transistors de marque japonaise et de téléviseurs antiques, de fabrication soviétique. Alexéï s'arrêta devant une énorme radiocassette à enceintes détachables.

« C'est quoi, ça ? Un téléviseur sans écran ? Tu pourrais loger la Française quelque temps ? Ça s'ouvre comment ?

— Minichaîne hi-fi. Enceintes double voie. Lecteur double

131

cassette. Il y a de la place chez ma grand-mère. Ou chez moi, s' elle préfère. Tu l'amènes quand? Tu appuies là.

— Demain, ça ira? Et je préférerais chez ta grand-mère. Les petites chenilles, là, ça sert à quoi?

— C'est un égaliseur. Ça sert à régler le son. Alors, tu manges avec nous, cette fois?

— Je n'ai pas le choix, on dirait. C'est vieux, comme appareil? »

Aleko eut un large sourire qui dévoilait toutes ses dents, jusqu'aux gencives.

« Dernier cri. Japonais. »

Alexéï se pencha sur un vieil électrophone orange qui semblait n'avoir jamais servi. Il n'y avait qu'un seul bouton, pour le volume.

« Et c'est ça le dernier cri? Plus c'est moderne, plus c'est encombrant et plus il y a de boutons. Regarde ce truc, là! Ça, c'était du progrès!

— Tu ne comprends rien à la technique, Lyocha. Tu parles comme ma grand-mère.

— Eh bien, ta grand-mère a raison. Au fait, si tu vois un ordinateur japonais, Toshiba, et un appareil photo Canon, tu me préviens. On les a volés à Claire.

— Claire?

— Je veux dire Mlle Brunet. Tu as du nouveau sur les types?

— J'en ai parlé autour de moi, mais c'est un peu vague.

— J'ai plus précis. Le grand qui boite est blond. Il y a un brun plus petit avec lui. Costaud, une cicatrice à la joue droite. Et pour Brunet, rien de neuf?

— J'ai cherché du côté des putes. Rien. »

Alexéï sortit ses photos.

« Voici un portrait de lui. Cherche encore. Ces deux gars-là, ça ne te dit rien? »

Aleko scruta les deux hommes à la limousine et fit la moue.

« Tu te moques de moi, Lyocha. Je ne fréquente pas les apparatchiks, moi. Je suis honnête.

— Pourquoi dis-tu que ce sont des apparatchiks?

132

« — Ça crève les yeux, non? Qui d'autre a les moyens de se payer des chapkas en zibeline et une Tchaïka?

— Tu connais les *katranes?* poursuivit Alexéï, changeant brusquement de sujet, comme si l'hypothèse d'Aleko le dérangeait.

— Un peu. »

Aleko avait l'air gêné, lui aussi.

« Je croyais que tu étais un champion aux cartes.

— Avec des pigeons. Les *katranes,* c'est autre chose. Des professionnels. Je ne tiendrais pas une demi-heure.

— On peut y entrer comment?

— Très difficile. Faut avoir fait ses preuves.

— Tu pourrais m'y introduire, s'il le fallait?

— Ça dépend lequel. Faut voir. Tu es devenu millionnaire ou tu fais de la dépression nerveuse?

— Pourquoi?

— Parce qu'il faut être plein aux as ou avoir envie de se suicider pour aller dans un *katrane.* Ces mecs sont cinglés. Ils ne jouent pas par plaisir. C'est un job, tu comprends?

— Je comprends. Tes professionnels, là, ils jouent toujours au même endroit?

— Ça dépend. Il y a des habitués. Mais les vrais pros tournent. Par sécurité et par intérêt. Des vedettes, quoi! Des fois, ils appâtent un futur pigeon, le font gagner un moment pour le mettre en confiance et quand il se croit un dur, ils le plument.

— Je vois. Ils ont bien un métier, ces gens-là? »

L'ancienne obligation de justifier d'un travail légal avait la vie dure, même si ce métier devenait le plus souvent une façade pour d'autres activités, moins licites et plus lucratives.

Aleko haussa les épaules en surveillant la porte d'entrée du coin de l'œil. Les acheteurs se pressaient contre la porte vitrée, prêts à bondir.

« Un peu de tout, tu sais. Des médecins, des professeurs d'université, des officiers en retraite, des directeurs d'usine, tu vois le genre... »

Alexéï laissa échapper un petit sifflement d'admiration.

133

« La crème, en somme ! C'est quoi les endroits les plus réputés ?

— Tous et aucun. Ils ont généralement une spécialité. Le poker, le backgammon, la *boukha,* ou les dés. A quoi tu joues ?

— A rien. Je sais à peine reconnaître un roi d'un valet.

— Et tu veux entrer dans un *katrane* ?

— Comme spectateur. C'est possible ? »

Aleko se gratta le nez.

« C'est possible, mais il faut payer.

— Combien ?

— Cher. Les places sont limitées. Et puis, ça dépend des patronnes. Où tu veux aller ?

— Je ne sais pas encore au juste mais renseigne-toi sur les prix. C'est combien, ton téléviseur sans écran ?

— Quatre cents. Mais si ça t'intéresse, je peux te l'avoir à deux cents.

— Finalement, je crois que je préfère la télévision. »

Alexéï s'échappa du *kommissiony* avant que la foule n'envahisse la salle des ventes. Aleko promit de venir les chercher le lendemain matin et disparut derrière la tribune où se faisaient les enchères. Alexéï le vit serrer la main au commissaire-priseur, qui n'était autre qu'un ancien acteur qui avait eu son heure de gloire et s'était reconverti. Aleko prépara le premier lot et le posa sur une estrade. Les enchères commencèrent.

20

Ce soir-là, Alexéï prétexta un travail urgent pour ne pas dîner chez sa mère et essaya en vain de joindre Claire de son bureau. Il ne restait plus, dans l'immeuble, que le service de garde et la radio nasillarde qui diffusait les communications entre le central et les voitures. Alexéï ferma la porte et étala les photographies de Claire sur son bureau. Il avait l'intuition que tout cela était lié, et que ces deux hommes en conversation, là, près de l'usine, étaient la clef de l'affaire. On avait liquidé Skinner parce qu'il en savait trop sur ces deux hommes. On l'avait déguisé en clochard pour brouiller les pistes. Skinner avait sans doute mis Brunet au courant. C'était la raison pour laquelle on l'avait enlevé, tué peut-être, lui aussi. Puis on avait fouillé sa chambre, et celle de Claire, pour retrouver l'appareil photo. C'était ces clichés qu'on recherchait. Il avait donc la solution sous les yeux. Pourtant, Alexéï avait beau s'user les prunelles à scruter les trois dernières photos, il ne parvenait pas à se rappeler où il avait vu le petit homme à face de chouette. Et pourquoi s'étaient-ils rencontrés devant l'usine de savons ? Il faudrait qu'il aille interroger de nouveau Jigalov, dès lundi.

Alexéï erra un moment dans les rues, s'arrêta devant une cabine téléphonique, introduisit une *dvouchka*, une pièce de deux kopecks, et appela encore une fois le Cosmos. Au bout d'un délai qui lui parut interminable, il eut enfin la chambre de Claire. Elle allait bien. Elle préparait sa valise. Le directeur venait de lui confirmer que la chambre devait être libérée le lendemain. Alexéï la rassura. Elle pourrait loger chez un ami sûr. Il passerait la prendre tôt. Il voulut ajouter quelque chose de gentil, mais ne trouva pas les mots. Il se contenta de dire :

« A demain », trois fois, bêtement. Claire, à l'autre bout du fil, éclata de rire, et ce rire, étrangement, lui parut doux comme une caresse.

Il marcha pour calmer le bouillonnement confus de ses pensées et de ses émotions, et se retrouva sur la place du théâtre Bolchoï, au bout de la rue Petrovka. Il constata la présence de plusieurs cars de la milice. Des miliciens battaient la semelle aux quatre coins de la place. Une des mesures d'Agatov, songea Alexéï. Il veut rassurer les spectateurs et en profiter pour procéder à quelques rafles discrètes et salutaires. Hier, il avait fait vider la place de sa faune homosexuelle habituelle et s'en prenait à présent aux peintres ringards de l'Arbat. Par association d'idées, autant que par nervosité, Alexéï prit la direction de la place Rouge. Il était tard déjà et les rues se vidaient. Quand le dernier théâtre aurait fermé ses portes, la ville retomberait dans les ténèbres et le silence de l'hiver.

Quelques touristes s'étaient attardés pour voir la relève de la garde devant le mausolée de Lénine. Alexéï, bien sûr, y était allé, autrefois, avec les enfants de son école. Cette visite macabre avait toujours autant de succès que le pèlerinage de La Mecque. Il avait fait la queue deux heures pour voir trente secondes le corps embaumé, étrangement ratatiné, dans une irréelle lueur violette. Par certains côtés, ça lui rappelait les messes orthodoxes où l'avait emmené sa mère, quelquefois.

Les pavés de la place Rouge luisaient doucement dans la lumière lointaine des réverbères. Ici, point trace de neige. Les chasse-neige balayaient sans relâche. Alexéï longea les remparts du Kremlin, contourna la cathédrale de Basile-le-Bienheureux, plantée comme un gâteau au milieu d'une table nue, et, tournant le dos à l'énorme hôtel Rossia, se dirigea vers les toilettes publiques que dissimulait une haie d'arbres, non loin de la tour Saint-Sauveur. Pour cette raison, les habitués de ces lieux l'avaient surnommé le « Rendez-Vous sous les étoiles ». C'était au printemps surtout et en été que ces toilettes connaissaient l'affluence. D'abord, parce que Moscou ne disposait que d'un W.-C. public pour vingt mille habitants.

136

Ensuite, parce que les homosexuels moscovites venaient y chercher bonne fortune.

Le Rendez-Vous sous les étoiles semblait assez peu fréquenté, ce soir. Alexéï resta posté un instant en retrait pour observer de loin les allées et venues. Quelques voitures étaient garées près du magasin Goum. On devinait, dans l'ombre, la présence des occupants, au rougeoiement de leurs cigarettes. Des proxénètes, sans doute, qui surveillaient leurs filles. Guère de monde, en vérité. Deux ou trois prostituées, près du Rossia, attendaient d'emmener un client vers leur voiture. Un jeune homme en manteau de cuir, à l'entrée des toilettes, faisait le guet, prêt à donner l'alerte en cas de descente de la milice. Alexéï alluma une cigarette, une Bielomov au goût de carton brûlé. Il songea qu'il se mettait en infraction puisqu'il était interdit de fumer sur la place Rouge, et s'avança vers l'entrée du W.-C.

Le jeune homme le dévisagea au passage, arrogant, sûr de sa beauté. Un lumignon éclairait à peine l'escalier où l'on avait à dessein dévissé la plupart des ampoules. Dès les premières marches, Alexéï fut saisi à la gorge par une puanteur âcre, mélange d'urine, d'ammoniaque et de chlorure de chaux dont on aspergeait le sol, sans prendre la peine de le nettoyer. En bas, trois hommes discutaient à voix basse près des lavabos et ne se retournèrent même pas lorsque Alexéï se fraya un passage vers les urinoirs.

Il y avait deux rangées opposées d'urinoirs sales, où de longues traînées jaunâtres indiquaient clairement qu'on n'y utilisait plus l'eau depuis des années. La grille d'écoulement était bouchée par des mégots et des déchets non identifiables, et l'urine avait débordé de la rigole. Alexéï coinça sa cigarette entre les dents pour tromper l'odeur infecte, se planta face à l'urinoir du bout, le menton levé vers le plafond moisi, et attendit. Bientôt, un des hommes qu'il avait aperçus à l'entrée le rejoignit et s'installa à sa gauche. Il lui adressa un large sourire, découvrant une dent en or, et baissa ostensiblement les yeux vers la braguette d'Alexéï. Celui-ci tourna sa main en cache-sexe et souffla une bouffée de fumée dans les yeux de son voisin.

« Je cherche un petit brun avec une cicatrice sur la joue gauche, et un grand blond qui boite. Ça te dit quelque chose ? »

L'homme toussa et reboutonna son manteau. Il s'éloigna sans un mot et Alexéï se demanda s'il n'était pas en train de perdre son temps. Il referma sa braguette et retourna se poster au bas de l'escalier, cherchant un peu d'air. Le jeune homme au manteau de cuir apparut à la porte, jeta un coup d'œil dans les toilettes et, constatant qu'Alexéï était seul, siffla entre ses doigts. Trois gaillards en veste et casquette de cuir s'engouffrèrent aussitôt dans l'escalier. Alexéï n'eut pas le temps de réagir qu'ils étaient déjà sur lui. Deux d'entre eux l'immobilisèrent tandis que le troisième fouillait ses poches. Il ouvrit son portefeuille, prit les quelques billets qui s'y trouvaient et découvrit sa carte de la milice.

« Un flic, les gars ! Une saloperie de flic ! On lui apprend à nous aimer ? »

Alexéï sentit les mains qui serraient ses bras affermir leur prise et, presque aussitôt, un coup énorme au creux de l'estomac. Il chercha en vain son souffle tandis que la douleur lui tordait le ventre et qu'un flot de bile remontait son œsophage. Au deuxième coup, il se mit à vomir et les types le lâchèrent. Il tomba à genoux sur le sol trempé par l'urine. Un voile flou embrumait sa vue mais il devina, au lent mouvement de recul du cogneur, qu'il s'apprêtait à lui décocher un coup de pied. Alexéï leva les bras pour se protéger et banda ses muscles en prévision du coup mais rien ne se passa. Un cri coléreux, là-haut, et des bruits de pas, cotonneux, lointains. Une querelle, des voix âpres et une bousculade, puis, tout à coup, le silence. Le vide. Un bras glissa sous son aisselle et l'aida à se relever. Alexéï, le cœur au bord des lèvres, dut s'appuyer au lavabo pour ne pas tomber. Les jambes flageolantes, il tâtonna en vain vers le robinet qu'on avait coupé pour éviter le gel. C'est alors seulement qu'il reconnut, dans le miroir brisé, le visage compatissant et la chevelure de paille d'Anton Ivanovitch Agnitsiev, le médecin légiste.

« Anton ! Ma petite colombe ! Sans toi j'étais mort. »

Anton ne répondit pas et prit Alexéï par le bras, le soutenant dans l'escalier, vers l'air pur. Dehors, les cogneurs avaient disparu. Alexéï inspira longuement l'air glacé de la nuit et tira une cigarette de son paquet froissé. Son pantalon mouillé commençait à geler. Il tremblait à présent, contrecoup de l'agression.

« Comment as-tu su que j'étais là ? »

Anton remonta le col de son manteau et tourna son regard vers les bulbes de la cathédrale.

« Je ne le savais pas. »

Alors seulement, Alexéï remarqua l'élégance un peu voyante de son collègue, et la courbe fragile de sa mâchoire, tournée de trois quarts. Anton eut un petit geste énigmatique, papillon ganté qui s'envole dans la nuit.

« Maintenant, tu es au courant. »

Alexéï ne savait que dire. La fumée réveillait ses nausées et il jeta sa cigarette.

« Et toi ? Qu'est-ce que tu fabriquais ici ? On ne t'a jamais appris à l'école de police qu'un flic ne doit jamais s'exposer seul ?

— Je ne me doutais pas qu'ils étaient aussi susceptibles, tes petits copains.

— C'est depuis qu'Agatov les persécute. Qu'est-ce que tu voulais ? Te rincer l'œil ou tenter une expérience ? »

Alexéï eut un rire contraint. Ils traversèrent la place Rouge déserte. Les deux soldats se tenaient immobiles comme des statues, à l'entrée du mausolée.

« Je cherche les types qui ont tué Skinner. »

Alexéï donna leur signalement et fut à peine surpris lorsqu'Anton, froidement, d'un ton détaché, laissa tomber :

« Le petit brun, je connais. »

Ils se dirigèrent vers la station de métro Plochtchad Revolioutsii.

« C'est une sale petite brute, genre sado. Plus personne ne veut sortir avec lui. La cicatrice sur la joue, il se l'est faite lui-même, avec une cigarette. Cinglé, ce type, on l'appelle Lada, Petite Douceur. Tout un programme. On dit qu'il a des appuis depuis qu'il est au Pamiat. Ce qui est sûr, c'est qu'il bouffe du juif.

139

« Où peut-on le trouver, ce charmant jeune homme?

— Je ne sais pas. Un moment, il travaillait comme videur chez Bakastov, rue Zemlyachki. C'est près du musée du théâtre Bakrouchkine, tu vois?

— Je vois. C'est quoi, chez Bakastov?

— Un *katrane*. Le haut de gamme... Mais arrête! Tu es fou, Alexéï! M'embrasser en pleine rue, moi... Lyocha! Non! »

21

Aleko avait insisté pour faire le chauffeur lui-même. Il se pavanait au volant de sa superbe Jigouli neuve, d'un rouge flamboyant, comme un jeune paon. Accroché au rétroviseur, un chapelet d'ambre brut se balançait doucement. Sur la plage arrière, il y avait deux coussins brodés de couleurs vives, cadeau d'une tante, et le plancher était garni de fourrure synthétique. La voiture sentait le caoutchouc neuf et le tanin, mais le parfum musqué dont s'était aspergé Aleko dominait. Il avait poussé le volume de l'autoradio au maximum, pour être sûr qu'on le remarque, et les trémolos d'un violon tsigane faisaient vibrer les carreaux. Le ton de la journée était donné.

Lorsqu'ils arrivèrent au Cosmos, pour prendre Claire, le hall ressemblait davantage à la gare de Kiev qu'à un hôtel de classe internationale. Deux autocars venaient de décharger leur cargaison de touristes tandis qu'un autre attendait de conduire ses passagers à l'aéroport de Cheremetievo. Dans la cohue, Alexéï eut quelque peine à retrouver Claire. Elle attendait, un peu perdue, l'air étourdi et absent, près d'une des portes de service, plantée au milieu de ses valises comme une écolière qui part en pension. Alexéï l'observa un instant avant de se frayer un passage dans la foule excitée. Décoiffée par la bousculade, à peine maquillée, elle semblait fatiguée. Pourtant, malgré ses traits tirés, son visage ne lui avait jamais paru aussi beau, aussi rayonnant de vie, peut-être parce qu'il était sans masque. Sa fragilité attendrissait Alexéï. Elle l'aperçut et son regard s'anima tout à coup. Il lui fit signe et souleva aussitôt les valises.

« Vous comprenez pourquoi les Russes font un complexe

d'encerclement maintenant ? Il suffit de deux autocars pour nous envahir. »

Aleko, la cigarette au bec, jouait les élégants près du coffre ouvert. Blue-jeans américains, bottes à hauts talons, blouson de cuir fourré, foulard vert noué à la diable, il affichait avec ostentation tous les signes extérieurs de richesse possibles. Alexéï fit les présentations et Aleko s'excusa pour ses piètres connaissances en français.

« Mais Tatiana parler bien.

— Tatiana est sa sœur, expliqua Alexéï. Elle s'occupe de la grand-mère. Vous verrez, c'est une grande famille. »

Le soleil était revenu sur Moscou, perçant tant bien que mal le nuage de pollution un peu moins dense le dimanche. Aleko remonta Mira Prospekt vers le nord et, après avoir traversé l'inévitable ceinture de banlieues, jalonnée d'usines et de terrains vagues, ils longèrent les derniers dépôts de chemin de fer et s'engagèrent dans la forêt de bouleaux. Ils roulèrent près d'une demi-heure et Claire, de nouveau, eut ce sentiment irréel de voyager dans le temps plus que dans l'espace. Tout, dans ce pays, paraissait s'étirer en longueur. Les distances, les attentes, les cités nouvelles, les délais, les formalités, les transports, les journées même, n'en finissaient plus. Mais peut-être n'était-ce qu'une impression subjective. Peut-être que la disparition de son père faussait tous les repères.

Bientôt, ils quittèrent la route principale et s'enfoncèrent dans un chemin de terre défoncé bordé de cabanes. A quelques centaines de mètres à peine de la route, au fond d'un vallon éclatant de blancheur sous le soleil, le village apparut. Il n'y avait guère plus d'une vingtaine de maisons de bois groupées autour d'une petite église aux coupoles blanches. Une fumée de carte postale montait des cheminées. De nouveau, ce sentiment d'irréel, de voyage dans le temps. Ce village était d'une autre époque et Claire s'attendait presque à trouver des sols en terre battue où s'ébattaient des volailles, dans une odeur de foin et d'étable.

Aleko klaxonna et gara sa voiture près de la plus grande maison. Les portes, aussitôt, s'ouvrirent un peu partout, et les rideaux des fenêtres s'écartèrent sur les regards curieux. Une volée d'enfants, sortis d'on ne savait où, accourut vers eux, tirant Aleko par la manche, touchant le pantalon de Claire, furetant du côté de ses valises, fouillant les poches d'Alexéï. Aleko leur lança un paquet de cigarettes anglaises et une bordée de jurons. Les gamins se partagèrent le butin et allumèrent aussitôt une cigarette, la morve au nez, en observant Claire du coin de l'œil. Ils avaient tous des cheveux de jais et des yeux noirs, brillant de malice. L'un d'eux cria quelque chose et ils s'enfuirent dans la ruelle bourbeuse comme une volée de moineaux. Les hommes, vêtus de noir, l'air digne et grave, apparurent à leur tour sur le pas de la porte. Ils contemplèrent la Française entre leurs cils, silencieusement, les lèvres serrées.

Aleko dit quelque chose à Claire en désignant les hommes de la main. Alexéï traduisit.

« Il vous présente ses frères et ses cousins. Toute la tribu est réunie aujourd'hui. C'est l'anniversaire de la grand-mère.

— Pourquoi ne m'avez-vous rien dit ? Je n'ai rien apporté.

— Aucune importance. Vous avez des trésors dans vos valises, je suis sûr. Ils vont vous dévaliser si vous vous laissez faire. »

Aleko et Alexéï portèrent les bagages de Claire jusqu'à la maison et elle serra la main des hommes alignés comme pour des condoléances. Lorsqu'elle pénétra dans la maison, Claire n'en crut pas ses yeux. La salle à manger n'avait rien d'une écurie. Une immense table était dressée pour les convives avec nappe brodée et verres de cristal. Un immense lustre de cristal pendait du plafond, tendu, ainsi que les murs, de soieries grises. Sur le parquet marqueté, d'épais tapis aux couleurs vives absorbaient les pas, et le mobilier était du plus pur style Louis XV. Claire se sentait étourdie par le dépaysement.

« C'est magnifique ! » ne put-elle s'empêcher de s'écrier.

Alexéï se pencha vers elle :

« Attention de ne pas trop admirer un objet en particulier, ils se sentiraient obligés de vous l'offrir. »

Les femmes, qui étaient restées à l'intérieur, se précipitèrent alors à sa rencontre et l'entraînèrent à la cuisine pour lui présenter le reste de la famille. Là aussi, Claire se demanda si elle était encore en Russie. La cuisine était équipée des appareils ménagers les plus modernes et les meubles de Formica étaient neufs. Des plats de zakouski s'alignaient sur les tables et l'odeur de viande rôtie se mêlait à celle des pâtisseries. Tatiana, les joues rougies par la chaleur des fourneaux, prit Claire par le bras et lui présenta les sœurs, les tantes et la grand-mère. Claire souriait, saluait, et peu à peu se laissait gagner par ce tourbillon de chaleur humaine. La grand-mère, assise près de la fenêtre, très droite et très digne, surveillait les préparatifs comme une reine. Lorsque Claire la salua, elle lui palpa les hanches en marmonnant quelque chose et Tatiana la gronda.

« Que dit-elle ?

— Elle trouve que vous êtes trop maigre et qu'il faut vous engraisser un peu si vous voulez plaire aux hommes. »

Claire éclata de rire, mais, devant l'air sérieux des deux femmes, s'aperçut que ce n'était pas une plaisanterie. Tatiana lui montra enfin sa chambre. Il n'y avait qu'un grand lit surmonté d'un édredon volumineux.

« Ça ne vous dérange pas de partager mon lit ? » dit-elle.

Claire se confondit en excuses que Tatiana interrompit :

« Pas d'excuses. C'est normal. Pour vous et pour Lyocha. Vous pouvez ranger vos vêtements dans la commode. »

De la salle à manger leur parvinrent les accords d'une guitare et un homme se mit à chanter. La fête commençait. Claire ôta son manteau et remarqua que Tatiana évaluait ses formes.

« Quel âge avez-vous ? demanda-t-elle avec un soupçon d'animosité.

— Trente-quatre ans. Et toi ? »

Elle avait volontairement tutoyé Tatiana et regretta sa réaction de condescendance.

« Vingt-trois. Tu as connu beaucoup d'hommes ? »

Claire eut un sourire triste. Cela lui semblait si loin, si irréel aujourd'hui.

« Beaucoup trop.

— Moi, je suis vierge. Mon père me tuerait si je voyais des hommes. Tu n'es pas mariée ?

— Divorcée, sans enfants, ma mère est partie quand j'avais dix ans, mon père a disparu il y a trois jours, un de ses amis a été assassiné, on a cambriolé ma chambre, on a chié sur mon lit, je n'ai pas dormi trois heures depuis deux jours, et je suis en train de chialer comme une gosse. Ça suffit comme biographie ou tu veux aussi des photos ? »

Elle s'était effondrée sur le lit, les mains sur les yeux pour cacher ses larmes, et Tatiana restait immobile devant la porte. Le chant, à côté, avait cessé et on portait un toast en riant. Claire releva la tête et tendit la main.

« Pardonne-moi, je suis idiote. Tu ne m'en veux pas ? »

On frappa à la porte. La voix d'Aleko les appelait. Tatiana aboya quelque chose et s'approcha de Claire.

« C'est normal d'avoir du chagrin. Il ne faut pas avoir honte. Chez nous, on pleure souvent, tu sais. Tu verras, Lyocha va le retrouver, ton papa. Tu l'aimes, toi aussi ? »

Il fallut quelques secondes à Claire pour comprendre la question de Tatiana.

« Non. Enfin, je l'aime bien. Il m'a beaucoup aidée jusqu'à présent.

— Moi, je l'aime. Mais il ne voudra jamais m'épouser, je sais.

— Pourquoi ?

— A cause de sa femme. Il ne t'a pas parlé de Nastassia ? »

Claire secoua la tête en se mouchant.

« Il l'a rencontrée en rentrant de son service militaire. Elle était infirmière à l'hôpital militaire. Alexéï a fêté sa libération avec des camarades. Ils ont beaucoup bu. Il y a eu une bagarre et Alexéï a été blessé. Un coup de couteau. C'est Nastassia qui l'a soigné. Ils ont eu un enfant. Une fille. Elle est morte à la naissance. Nastassia quelques jours plus tard. Surinfection. Ça arrive souvent chez nous. Ça fait quinze ans, mais Lyocha y pense encore comme si c'était hier. »

Claire se taisait. Que pouvait-elle dire ? C'était une histoire triste, mais banale. Comment expliquer alors qu'elle était émue ? Est-ce que les Slaves avaient une aptitude particulière pour le tragique ? Étaient-ils doués pour souffrir ? Ou aimaient-ils cela ?

145

« Vous vous connaissez depuis longtemps ? demanda Claire, par politesse plus que par intérêt véritable.

— Il y a trois ans, mon frère a failli être tué par la Mafia. C'est Lyocha qui l'a tiré de là.

— La Mafia ?

— Ils trafiquaient des icônes. Ils les volaient dans les églises de campagne et les revendaient à l'étranger. A des Russes émigrés. Ils voulaient qu'Aleko vole pour eux. Dans les églises, tu te rends compte ! Il a refusé, bien sûr. »

Claire regarda le luxueux mobilier autour d'elle et ne demanda pas comment ils s'étaient procuré ces trésors.

Une jeune femme poussa la porte et appela Tatiana à la rescousse. On avait besoin d'elle pour le service. Claire rejoignit les hôtes, à la grande table. On lui avait ménagé une place à côté d'Alexéï. La vodka et le champagne coulaient à flots déjà et le père d'Aleko exécuta un numéro de claquettes au son de la guitare. Alexéï remarqua les yeux rougis de Claire et lui tendit une coupe de champagne russe, puis porta un toast à la grand-mère. Il se pencha ensuite vers la jeune femme et murmura :

« J'ai une piste. »

Le regard de Claire s'éclaira. Inconsciemment, elle posa sa main sur celle d'Alexéï.

« C'est vrai ?

— Je ne peux rien vous dire encore, mais nous avançons. »

Il exagérait ses certitudes mais il fallait la rassurer.

« Buvez et souriez. Ils vont croire que je vous fais des misères et ils vont me séquestrer. »

Ils mangèrent, burent, chantèrent et dansèrent jusque tard dans la nuit. Tous les hommes invitèrent Claire à danser. Quand, vers minuit, Alexéï demanda à Aleko de le raccompagner, Claire était assommée par l'alcool, le bruit et la fatigue. Tatiana promit à Alexéï de s'occuper d'elle comme d'une sœur.

Dans la voiture, Alexéï dit simplement :

« Chez Bakastov, tu connais ? Essaie de m'y faire entrer le plus vite possible. Comme spectateur. »

22

Il faisait un temps de cochon, un temps de lundi matin, hésitant entre la neige molle et le verglas. La nuit était épaisse et collante comme une gueule de bois quand Alexéï fit démarrer sa vieille Volga. Il n'avait pas eu le temps de se raser et l'alcool ingurgité la veille ne s'était pas encore tout à fait dissipé. Il alluma une Bielomov, toussa à s'en arracher les poumons et jeta sa cigarette par la fenêtre. Il faudrait qu'il arrête ça.

Il s'était levé tôt pour éviter les embouteillages et parce que la journée s'annonçait chargée. Il devait passer prendre Piotr, aller interroger de nouveau Jigalov à l'usine de savons et s'occuper des autres affaires qu'il avait négligées depuis trois jours. Aleko lui avait parlé d'un informateur potentiel, au marché de la gare de Riga, mais il n'avait pas encore réussi à mettre la main dessus. Ce serait idiot de laisser filer une telle occasion, depuis des mois qu'il travaillait sur cette histoire de drogue.

Ce fut Piotr lui-même qui ouvrit. Il était prêt, ou presque, c'est-à-dire qu'il avait enfilé un pantalon et que sa chemise était à demi boutonnée sur un tricot molletonné. Il tenait un bol de thé fumant à la main. Les poches, sous ses yeux, semblaient s'être dégonflées, mais s'étaient allongées, et lui donnaient l'air d'un cocker battu. Il eut un sourire las en voyant Alexéï.

« Entre deux minutes, dit-il à voix basse. Je ne retrouve plus ma cravate. »

Ses bretelles battaient son gros derrière et Alexéï entra sur la pointe des pieds. Par la porte entrouverte de la chambre, il aperçut la silhouette d'Igor, allongé sur le lit. La lampe de

147

chevet couverte d'un foulard bleu éclairait faiblement son visage. Il fit un signe à Alexéï qui hésita, jeta un regard inquiet en direction de la cuisine où il entendait un bruit de vaisselle. Igor agita de nouveau la main gauche et approcha du lit. La chambre était imprégnée d'une forte odeur de médicaments. Le jeune homme avait les yeux vitreux et sa peau était livide. Il parla d'une voix si faible qu'Alexéï dut se pencher pour entendre :

« Ils m'ont eu, les fumiers. Mais je les aurai la prochaine fois. »

Les lèvres d'Igor étaient ourlées d'un mince filet blanc et son haleine sentait la potion amère. Alexéï lui tapota la main.

« Ça va aller mieux, mon gars. Tu verras... »

Igor paraissait ne pas entendre. Il suivait le fil de ses pensées, comme des rails.

« Il faudra expliquer à mon père, Lyocha. Faut pas m'empêcher. Si je pouvais, j'irais jusqu'au Kremlin, je les collerais tous contre un mur et tacatacatac... Je recommencerai, Lyocha. Je réussirai... Il m'empêche de fumer de l'herbe, qu'est-ce que j'en ai à foutre... Je pourrais même pas me piquer... Comment tu ferais, toi ? Dis-lui... »

La porte grinça légèrement derrière lui et Alexéï se retourna Piotr l'attendait, les épaules voûtées, la tête enfoncée dans le col de sa vareuse.

« On y va ?

— On y va. »

Il se leva, la main encore emprisonnée par celle du jeune homme.

« Je t'apporterai de l'herbe si j'en trouve », dit-il à haute voix.

Igor lâcha sa main et esquissa un salut militaire en riant. C'était un rire mêlé de sanglots, qui déchirait le ventre. Alexéï sortit en serrant les dents. Piotr ne fit aucun commentaire.

Ils roulèrent en silence vers le nord, pris dans le flot des camions et des voitures qui s'épaississait déjà. Le trafic restait néanmoins fluide et le jour commençait à poindre derrière la nappe lourde de fumée qui couvrait l'horizon. Alexéï tira l'enveloppe de photographies de sa poche et la jeta sur les genoux de Piotr.

« Les deux types à côté de la Tchaïka, tu connais ? »

Piotr plissa les yeux et tourna le cliché vers le carreau pour mieux voir les visages dans la lumière grise du jour naissant. Il marqua un temps d'hésitation, et laissa tomber sèchement :

« Ça ne me dit rien. Pourquoi ?

— Skinner a pris ces photos-là avec l'appareil des Brunet. Juste à côté de l'usine de savons. »

Piotr détailla encore une fois les photographies et reconnut la grille de l'usine chimique qu'il avait contournée l'autre jour.

« Alors ?

— Alors on y retourne pour demander des explications à Monsieur le Directeur.

— Attends une seconde et dis-moi si je me trompe. On est bien chargés d'enquêter sur la disparition d'André Brunet ?

— Tout à fait correct, camarade inspecteur adjoint Uksuskinov.

— Alors tu ne crois pas qu'on s'éloigne vraiment de notre sujet, camarade inspecteur de mes fesses ?

— C'est Agatov qui te fait peur ? »

Piotr haussa les épaules.

« Ça sent le coup fourré, si tu veux mon avis. Trop tordu comme truc. Débarrasse-toi de l'affaire, c'est un conseil d'ami.

— Quoi ! »

Alexéï était sincèrement outré. C'était la première fois qu'il voyait Piotr se dégonfler. Que se passait-il ? Les soucis que lui donnait son fils l'avaient-ils amolli à ce point ?

« C'est toi qui me dis ça ? »

Piotr grommela en se tournant vers la fenêtre.

« Oui. C'est moi qui te conseille ça. Je suis plus vieux que toi et j'ai connu des choses qu'il vaut mieux ne pas raconter. »

Alexéï se tut. « Se débarrasser de l'affaire », dans la bouche de Piotr, ne pouvait avoir que deux significations. Classer le dossier ou le refiler au KGB. Pendant des années, ils avaient dû se plier aux exigences tyranniques de la Sécurité de l'État, et toute affaire au moindre relent politique devait être immédiatement transmise au KGB. La plupart du temps, afin d'éviter les ennuis, les inspecteurs de la milice se *débarrassaient* des dossiers suspects. Les choses n'avaient commencé à changer qu'avec les débuts de la *glasnost*. La milice retrouvait progressivement une certaine autonomie, même si elle était théoriquement toujours sous le contrôle de la Sécurité d'État. Seules les affaires graves, menaçant *effectivement* la sécurité de l'État, remontaient au KGB. Pour proposer une telle démission, Piotr avait sans doute de bonnes raisons.

« Alors accouche. Qu'est-ce que tu sais ?

— Je sais que tu mets les pieds dans la merde. Si tu veux un bon conseil, fais le mort.

— Et Brunet ? Je vais dire à sa fille : " Désolé, chère petite madame, il vaut mieux ne pas chercher à savoir ce qu'est devenu votre père. Ça pourrait nous attirer des ennuis, surtout à moi " ? »

Piotr ne répondit pas tout de suite. Il regardait obstinément l'horizon où les nuages s'étageaient en dégradés de gris avec, tout au fond, une ligne de mauve.

« Elle te plaît, la petite, hein ?

— Arrête de dire des conneries, Piotr.

— Ça crèverait les yeux d'un aveugle que tu es mordu, jeune con.

— Tu es déjà soûl, Piotr ?

— Non. Mais je vais pas tarder à arranger ça si tu continues à t'entêter. Il y a bien d'autres pistes, non ?

— Exact. On s'en occupe aussi. Il y a le portable et l'appareil photo. Si on arrive à les retrouver, on pourra peut-être remonter à la source... dans dix ans.

— Et mes deux lascars ? Le grand boiteux et le balafré ?

— Le petit brun était videur dans un *katrane,* chez Bakastov.

— Tu crois qu'il connaissait Skinner ?

— Il y a des chances. Peut-être qu'il y avait aussi emmené Brunet, va savoir. Ils ont peut-être perdu gros et on a voulu les faire payer. »

Alexéï mentait délibérément pour rassurer Piotr. Quelle que soit la direction qu'il prenne, les pistes le ramenaient toujours à Skinner et à ces fichues photographies. Piotr n'était pas un imbécile.

« Et les photos ? Qu'est-ce que tu en fais, des photos ? »

Alexéï haussa les épaules et donna un brusque coup de volant à droite. Il avait failli manquer la bretelle de sortie.

« Des joueurs qui lui devaient de l'argent, peut-être », dit-il d'un ton détaché.

Piotr éclata de rire. Alexéï poursuivit, imperturbable :

« De toute façon, je le saurai bientôt. Aleko va me faire entrer chez Bakastov. »

Piotr sursauta.

« Tu es cinglé ! S'ils s'aperçoivent que tu es flic, tu vas y laisser tes couilles ! »

Alexéï se mit à rire à son tour.

« Pour ce qu'elles me servent ces temps-ci !

— Laisse-moi t'accompagner.

— Mais c'est qu'il devient une vraie mère poule, mon petit Piotr ! Allons, Piotr, soyons sérieux ! A huit heures du soir, tu es déjà soûl comme trois Polonais. »

Piotr ne répondit rien parce qu'il n'y avait rien à répondre. C'était vrai et Alexéï était en train de se demander s'il ne l'avait pas blessé quand brusquement il écrasa le frein. Cent mètres à peine devant eux, les feux jaunes d'un barrage clignotaient. Ils étaient à un kilomètre environ de l'usine de savons. Alexéï arrêta sa voiture à proximité de la frise de pointes que les soldats avaient dépliée sur la chaussée et descendit de voiture. La circulation était rare dans le secteur. Trois soldats, mitraillette en bandoulière, battaient la semelle devant leur camionnette. Alexéï brandit sa carte.

« Milice. Nous allons à l'Usine des savons de la liberté. »

Le caporal agita sa main gantée et s'approcha d'Alexéï, cigarette entre les lèvres.

« Désolé, inspecteur. Périmètre de sécurité, on ne passe pas.

— Pourquoi ?

— On a signalé une fuite de toxiques à l'usine chimique. On vérifie. La zone a été évacuée. Personne ne passe. »

Piotr était descendu à son tour. Un vent coupant comme un rasoir sifflait entre les bouleaux qui bordaient la route.

« Quelle usine chimique ? Celle qui est à côté de l'usine de savons ? »

151

Le caporal hocha la tête.

« Mais elle était fermée la semaine dernière encore !

— Justement. Il paraît que c'est en rouvrant. Il y avait des vannes pourries, à ce qu'on dit.

— Et l'usine de savon ?

— Fermée aussi. Toute la zone est en quarantaine.

— Pour combien de temps ? »

Le soldat eut un geste d'ignorance et frappa ses mains l'une dans l'autre. Alexéï nota le masque à gaz qui battait sa hanche.

« Qui est votre commandant ?

— Ça, inspecteur, on n'a pas le droit de vous le dire. Secret militaire. »

Alexéï et Piotr regagnèrent la voiture et firent demi-tour. Ce n'était pas la première fois que les militaires étaient responsables d'une pollution. Cela avait commencé avec le complexe militaire de Tcheliabinsk 40, dans les années cinquante. Le site, où l'on fabriquait des bombes atomiques à l'époque de la guerre froide, était devenu l'endroit le plus pollué du monde. Au début, on avait tout simplement rejeté les déchets radioactifs dans la rivière Techa pour s'apercevoir bientôt que l'océan Arctique, à seize cents kilomètres de là, montrait des signes de contamination. On avait bâti des réservoirs pour contenir les parties les plus contaminées de la rivière et, à partir de 1951, on avait utilisé le lac Karachay, tout proche, comme poubelle. A ce jour, la radioactivité totale y dépassait les cent vingt millions de curies, soit deux fois et demie le total libéré par Tchernobyl. La dose de soixante rœntgens par heure qu'on y recevait tuait un homme en moins d'une heure. Ce n'était qu'aujourd'hui, près de quarante ans après, qu'on apprenait ces catastrophes, mais combien d'autres étaient encore ignorées du grand public ?

Alexéï se tourna vers Piotr.

« Qu'est-ce que tu en penses ? »

Piotr sortit une fiole de vodka de sa poche et but au goulot.

« Quand il s'agit de l'armée, je ne pense rien », dit-il en rotant.

23

« C'est une situation intolérable et je proteste vigoureusement, camarade commissaire. »

Syssoïev écoutait d'un air faussement attentif les récriminations de Iouri Semionovitch Agatov. Il avait joint les mains devant son visage, dans une position d'intense concentration, mais Alexéï devinait, au flou de son regard, qu'il s'en foutait éperdument. Piotr et lui avaient été convoqués à son bureau dès qu'ils étaient arrivés rue Petrovka. Tout le service était en émoi. Agatov avait, paraît-il, piqué une crise d'hystérie quand il avait appris qu'Alexéï avait tripoté *son* cadavre.

« Il était convenu que je devais centraliser *toutes* les informations susceptibles de nous éclairer sur l'affaire de l'égorgeur. Or, je viens d'apprendre que le camarade inspecteur Prigov non seulement s'est dispensé de me transmettre ses données, mais qu'il mène une enquête parallèle à la mienne sans m'en tenir au courant. »

Alexéï se demanda qui avait bien pu cafarder. Anton Agnitsiev ? Impossible ! Il gardait les secrets aussi bien que sa morgue. Les gardes ? Ils s'en foutaient. Syssoïev lui-même ? Ça n'avait pas de sens. A moins que... Piotr baissa les yeux. Ce vieil ivrogne avait dû bavarder. Restait à savoir jusqu'à quel point. Alexéï évita de regarder Agatov et calqua son attitude sur celle de Syssoïev. Celui-ci attendit qu'Agatov ait terminé puis se tourna vers Alexéï, jouant distraitement avec son coupe-papier en forme de glaive. Alexéï nota qu'il ne levait pas les yeux vers lui. Cela signifiait-il qu'il ne le couvrait pas et qu'il ne dirait rien de leur dernier entretien ?

« Voyons ce qu'en dit l'inspecteur Prigov », soupira Syssoïev.

Alexéï répondit à son chef, ignorant toujours la présence d'Agatov :

« Je ne vois pas de quelles informations parle l'inspecteur Agatov, commissaire. »

Agatov n'y tint plus. Il se leva d'un bond et fit un pas vers Alexéï, menaçant. Il hurlait d'une voix haut perchée qui devait s'entendre jusqu'au rez-de-chaussée :

« Quel culot ! La Française a identifié le cadavre du pont Lefort, vous le savez parfaitement, et vous ne m'en avez rien dit !

— C'est tout ?

— Comment, c'est tout ! Vous dissimulez l'identité d'une victime dans une affaire dont vous n'êtes même pas chargé et vous me répondez que c'est tout ! »

Alexéï respira. Il ne savait donc rien sur Skinner. Syssoïev ne lui avait rien dit.

« J'allais adresser un rapport circonstancié, commissaire, mais je ne puis avancer des affirmations non vérifiées. Mlle Brunet a déclaré ensuite ne pas être sûre. L'émotion, n'est-ce pas... et l'état du corps. Il avait été autopsié. Elle avait cru reconnaître un ami mais elle s'était trompée.

— Je veux un rapport, Prigov, vous entendez ! Et pas d'entourloupes ! Et ne vous mêlez plus de mes affaires, compris ? »

Syssoïev se cala dans son fauteuil et dit d'une voix basse, à peine audible :

« Ça va, Agatov, ça va ! Vous l'aurez, ce rapport, mais cessez de hurler comme ça ! Je vous remercie. Vous aussi, inspecteur Uksuskinov. Non, pas vous, Prigov, j'ai deux mots à vous dire. »

Alexéï surprit le sourire d'intense satisfaction d'Agatov tandis qu'il sortait. Il devait savourer cet instant, le salaud, à l'idée que Syssoïev allait lui faire passer un mauvais quart d'heure. Alexéï s'apprêta à essuyer un savon mais ce qui suivit fut pire encore. Syssoïev s'assit lourdement, comme épuisé par cette séance, et soupira de nouveau.

« Cet Agatov est un imbécile. Un imbécile zélé, mais un

imbécile quand même. Le genre indispensable mais insupportable, n'est-ce pas. »

Alexéï se garda bien de répondre, ce n'était pas une question.

« Vous avez bien fait de ne rien lui dire. Préparez-lui un rapport en pointillés... Tant que nous ne sommes pas sûrs, n'est-ce pas ? »

Syssoïev fit mine de chercher des papiers dans un tiroir et lâcha sur un ton anodin .

« Vous connaissez Sergueï Romanovitch Chibaïev, naturellement ?

— Le procureur ?

— Le procureur, en effet. Eh bien, il vous attend à son bureau dans une demi-heure. C'est à lui que vous ferez votre rapport. Un rapport *complet,* vous me comprenez ?

— Bien, commissaire. »

Piotr l'attendait dans le couloir et se méprit sur l'air préoccupé d'Alexéï.

« Pardonne-moi, Lyocha ! Il faudrait me couper la langue quand j'ai bu.

— Ça va, ça va. Il s'agit bien de ça. Je crois que tu avais raison, Piotr.

— Raison ?

— J'aurais dû me débarrasser de l'affaire plus tôt. »

Le bureau du procureur se trouvait dans la rue Novokuzneskaya, sur la rive droite de la Moskova, dans un quartier relativement chic faisant pendant au Kremlin, au nord. L'immeuble, d'un jaune canari délavé, comme la plupart des bâtiments publics, donnait sur un petit parc tranquille, désert, et mal entretenu.

Bien qu'il fût ponctuel, on fit attendre Alexéï dans un couloir sombre où l'on entendait, derrière les portes de chêne massif, le crépitement des machines à écrire et les bourdonnements des conversations téléphoniques. Parfois, une secrétaire passait d'une pièce à l'autre, les bras chargés de dossiers monstrueux. Il reconnut un collègue qui sortait d'un bureau, étudiant l'air soucieux les feuillets dactylographiés qu'on venait de lui remettre.

« Tiens! Alexéï Alexéïevitch! Qu'est-ce que tu fais ici? Un mandat d'arrêt?

— Non, rapport d'enquête. Et toi?

— Je suis à l'Industrie maintenant, tu ne savais pas? Figure-toi que je regrette la Criminelle. Il y a plus de crapules ici que chez vous. »

Alexéï eut un rire poli tandis que le collègue s'éloignait vers l'étage supérieur. Les services du procureur rassemblaient d'énormes pouvoirs. Outre les enquêtes criminelles, le procureur contrôlait les échanges industriels et réglait les litiges, décidait du bien-fondé des arrestations, des verdicts, des pourvois en appel, et même des décisions des maires. Pourtant, Chibaïev, l'homme qui incarnait ce pouvoir, était un personnage falot et apparemment sans consistance. Alexéï avait eu affaire à lui à deux reprises, pour des compléments d'enquête, et l'homme lui avait paru timoré, irrésolu, étonnamment influençable pour une fonction d'une telle importance. Mais peut-être cela avait-il été voulu en haut lieu. On gardait un souvenir assez désagréable de son prédécesseur, le terrible Roublev, qui avait sévi sous l'ère brejnevienne. Sans doute souhaitait-on quelqu'un d'un peu plus souple, plus en accord avec le vent de démocratisation qui soufflait depuis plusieurs années.

Chibaïev vint lui-même chercher Alexéï dans le couloir et marmonna quelques excuses pour l'avoir fait attendre si longtemps. L'uniforme bleu orné de l'étoile d'or de général qu'il portait paraissait trop grand pour lui et il marchait un peu courbé, comme s'il avait peur de trébucher sur un obstacle imprévu. Ce n'était donc pas tant le personnage qui inquiétait Alexéï que la procédure. Habituellement, les rapports sur les affaires criminelles en cours étaient transmis au procureur par la voie hiérarchique, c'est-à-dire par Syssoïev lui-même. Si Chibaïev voulait voir Alexéï en personne, c'était mauvais signe. Signe que Syssoïev le lâchait ou qu'il avait fait un faux pas.

Chibaïev toussota et resta debout dans le couloir. Il croisa les bras d'un air faussement décontracté.

« Alors, Alexéï Alexéïevitch, cette affaire, ça avance ? »

Alexéï ne savait que répondre. Cela tournait à la plaisanterie.

« Nous explorons quelques pistes prometteuses mais c'est l'hypothèse de l'enlèvement qui paraît la plus vraisemblable...

— Bien. Très bien. »

Alexéï s'était apprêté à un rapport détaillé et voilà que le procureur le recevait à la sauvette, entre deux portes, et le stoppait en plein élan, comme s'il ne voulait rien savoir. Il toussota de nouveau et prit Alexéï par le coude, l'entraînant vers la porte du bureau, confidentiel tout à coup, presque amical.

« Voilà, Alexéï Alexéïevitch, je vous ai fait venir ici pour que cette entrevue respecte les formes légales, vous comprenez. N'y voyez aucune sorte de pression mais plutôt, comment dirais-je, un complément d'enquête, ou une coopération, n'est-ce pas ? »

Alexéï regarda le procureur avec des yeux ronds. Il ne comprenait pas un traître mot de ce qu'il lui disait. Où voulait-il en venir ?

« Entrez, Alexéï Alexéïevitch, entrez. »

Alexéï pénétra dans le bureau austère du procureur. Une table était encombrée de dossiers et une lampe de travail était allumée au-dessus du bureau. Derrière cette zone de lumière intense, il devina la présence d'un homme, dans l'angle de la pièce.

« Le commissaire Syssoïev nous a fait part de vos récentes... découvertes et il nous a semblé que ces éléments nouveaux pouvaient intéresser le colonel Sukhomlinov, de la Sécurité d'État. Asseyez-vous donc, Prigov ! Ce n'est pas un interrogatoire. »

Alexéï sentit son estomac se contracter. Le KGB ! Piotr avait vu juste. Comme il s'y attendait, Chibaïev prétexta un rendez-vous urgent et les laissa en tête à tête. Il y avait des choses qu'il valait mieux ne pas entendre, ou ne pas voir. Sukhomlinov ! Ce nom ne lui était pas inconnu.

Sans bouger de sa place où l'ombre dissimulait toujours son visage, Sukhomlinov posa sa première question :

« Je lis dans votre rapport que Mlle Claire Brunet a identifié la victime du pont Lefort comme étant Dan Skinner. Que savez-vous de lui ? »

La voix était éraillée, doucereuse, comme la voix d'un fumeur ou d'un alcoolique. C'était la première fois qu'il l'entendait. Au moins, il ne tournait pas autour du pot.

« Pas grand-chose. Britannique. Travaillait pour la Scott Paper Company en association avec l'Usine des enthousiastes. Buvait beaucoup. Avait un bureau au 17 de la rue Kazakov. Devait jouer aux cartes. On lui devait pas mal d'argent.

— C'est tout ?

— On l'a sodomisé avant de l'égorger et on l'a maquillé en clochard pour faire croire au geste d'un cinglé.

— Pourquoi vous intéressez-vous tant à ce Skinner ? Cette affaire était bien du ressort de l'inspecteur Agatov, n'est-ce pas ?

— En effet. »

Brusquement, Alexéï se souvint. Il savait où il avait entendu le nom du colonel. C'était lors du conseil de guerre qu'avait tenu Syssoïev le jour du meurtre, lorsqu'il avait investi Agatov de ses nouveaux pouvoirs. Sukhomlinov était là, à droite, silhouette recroquevillée, insignifiante et osseuse, représentant le KGB. Son cœur se mit à battre. Il avait peur de deviner... Il plissa les yeux pour tenter de discerner ses traits, dans la pénombre.

« Alors pourquoi ? » insista Sukhomlinov d'une voix plus forte, habituée à commander.

Alexéï sentit que ces questions étaient simplement des pièges destinés à tester sa bonne foi. Si le KGB s'intéressait lui aussi à cette affaire, Sukhomlinov devait déjà connaître les réponses.

« Pour deux raisons, dit Alexéï. D'abord, parce que Skinner semblait assez proche des Brunet. Ensuite, parce qu'il semblerait que les assassins de Skinner soient également les auteurs de l'enlèvement de Brunet.

— Qu'est-ce qui vous permet d'affirmer cela ?

158

« — Les témoignages concordent. Dans les deux cas, on a vu les mêmes hommes et la même voiture.

— Le grand blond boiteux et le petit brun balafré, c'est ça ? » dit Sukhomlinov sur un ton d'ironie calculée.

Alexéï sursauta. Comment savait-il ? Ce n'était pas dans le rapport. Il n'avait rien dit à Syssoïev.

« C'est cela, mais comment...

— Comment nous savons ? Nous avons, nous aussi, interrogé la concierge de Skinner. Et la voiture ?

— Une Volga grise, avec le feu arrière gauche éteint.

— Numéro ?

— Les témoins n'ont pas réussi à voir.

— Alors, inutilisable. Quelle est votre hypothèse ? »

Alexéï hésita une fraction de seconde. Il était hors de question de servir à Sukhomlinov la théorie du règlement de comptes entre joueurs. S'il était là, c'est qu'il avait en sa possession des éléments que lui, Prigov, ne connaissait pas. En outre, il n'avait pas encore posé de questions sur le cambriolage à l'hôtel Cosmos. Ce détail était pourtant mentionné dans le rapport.

« Je pense que Skinner a été liquidé parce qu'il détenait des informations gênantes et que Brunet a été enlevé pour des raisons similaires.

— Qu'est-ce qui vous fait penser qu'ils détenaient des informations ?

— Le cambriolage. On cherchait quelque chose dans la chambre de Brunet.

— Soyez plus précis, Alexéï Alexéïevitch. Que cherchait-on ? »

Sukhomlinov avait pris un ton insidieux, qui mit Alexéï en alerte. Il n'aimait pas les implications de cette question. Son instinct autant que son expérience lui disaient qu'il était entré dans la zone dangereuse. Si Chibaïev lui-même préférait ignorer certaines choses, il n'était pas souhaitable d'en savoir trop. Il opta pour une réponse à plusieurs entrées :

« On y a volé un appareil photo et un ordinateur portable. Les cambrioleurs cherchaient peut-être des documents. »

Tandis qu'il parlait, Sukhomlinov s'était levé et était entré progressivement dans la zone de lumière. Il vint s'appuyer au bureau, juste devant Alexéï.

« Des photos, par exemple ? »

Alexéï eut l'impression tout à coup qu'on lui serrait le cou avec un lacet. Il soutint sans ciller le regard de Sukhomlinov et affecta du mieux qu'il pouvait un air de totale candeur. L'homme de la photographie, c'était lui. Le type aux tempes dégarnies, au visage de rapace, aux yeux bridés, qui fixait l'objectif tandis que Skinner prenait son dernier cliché, c'était Sukhomlinov. Voilà pourquoi il était resté dans l'ombre jusqu'à présent. Voilà pourquoi il avait attendu le moment où il parlerait des photos pour se montrer. C'était sa réaction à ce moment précis qu'il guettait. Le piège qu'Alexéï pressentait depuis le début, c'était donc ça ! Les pensées se bousculaient à la vitesse de l'éclair dans son cerveau. Si Sukhomlinov avait voulu tester sa réaction, c'est qu'il n'était pas sûr qu'il connaissait l'existence de ces clichés, encore moins qu'ils étaient en sa possession. Une chance que Piotr ait fait les tirages lui-même. Donc, c'était ce qu'Alexéï devait absolument ignorer.

« Des photos, oui... », commença Alexéï sans quitter Sukhomlinov des yeux. Il laissa le silence se prolonger juste assez pour lire l'inquiétude dans son regard, « ou des disquettes, ou des microfilms, ou des papiers... »

Sukhomlinov scruta longuement le visage d'Alexéï, cherchant à y déceler le moindre signe de mensonge. Mais Alexéï avait appris l'usage du masque, depuis son plus jeune âge. Il attendait, imperturbable en apparence.

« Et... ils ont trouvé, à votre avis ? »

Alexéï sentit qu'un deuxième piège était en train de se tendre.

« Je ne sais pas.

— Mais la fille doit savoir, elle ?

— A part l'appareil photo et le portable, elle affirme qu'il ne manquait rien.

— Et vous la croyez ?

— Pourquoi ? Je ne devrais pas ? »

C'était la première fois qu'Alexéï manifestait une réaction

d'humeur aux questions. Délibérément. Si Sukhomlinov était si bien renseigné, il devait déjà savoir qu'il lui avait trouvé un pied-à-terre et qu'il n'était pas indifférent à son charme.

« Non, vous ne devriez pas, Alexéï Alexéïevitch. Et je vais vous dire pourquoi. »

Il se mit à tourner autour d'Alexéï tout en débitant son discours d'un ton régulier, monotone, et terriblement convaincant :

« Je vais vous dire pourquoi la Sécurité d'État s'intéresse à cette affaire, très cher Alexéï Alexéïevitch. Skinner était un agent double qui travaillait pour nous. Son correspondant russe a été liquidé dans les mêmes circonstances que lui le 14 novembre. »

Alexéï haussa les sourcils d'étonnement.

« Eh oui, le clochard du quai Pouchkine, c'était lui. Seule la première victime était un vrai sans-abri. L'égorgeur est donc notre ennemi. Qui ? me demanderez-vous. »

Il eut un petit rire rauque.

« Nous croyons déjà le savoir, mais il serait prématuré d'agir maintenant. Tant qu'ils croient que nous cherchons, nous pouvons nous protéger et les désinformer. Mais ceci ne vous concerne pas. Sachez simplement que pour répondre à cette question, il suffit de se demander, très simplement, qui a intérêt à nuire à l'URSS chancelante. Qui a intérêt à nous mettre à genoux ? Qui fait de la provocation et de l'agit-prop dans les Républiques baltes ? Qui souhaite l'éclatement de l'Empire ? Pas les Russes, n'est-ce pas ? »

Il toussota. Alexéï se demandait plutôt, si ce que Sukhomlinov disait était vrai, pourquoi Skinner l'avait pris en photo, lui et cet autre homme.

« Que viennent faire les Brunet dans cette histoire, alors ? demanda-t-il.

— Judicieuse question, Alexéï Alexéïevitch. Vous auriez mérité de travailler pour nous. » Et toujours ce ton de supériorité infatuée. « C'est tout simple. Skinner était leur contact. Mlle Brunet ne vous a sans doute pas dit que sa formation de chimiste l'avait amenée à travailler sur des secrets militaires. Et que son père était en train de négocier avec nous la cession d'un brevet à application militaire. Top secret, naturellement, je ne puis vous en dire davantage. L'enlèvement de Brunet, vous le comprenez, compromet sérieusement ces négociations. »

Alexéï se sentait étourdi, comme après un coup de poing. Claire travaillait pour les militaires ! Il ne parvenait pas à y croire.

« Mais... dans ce cas, pourquoi m'avoir laissé cette affaire ?

— Cela me paraît pourtant évident. Tant que la Sécurité d'État semble se désintéresser de l'affaire, nos ennemis ne peuvent avoir confirmation de leurs soupçons. En outre, s'il arrivait un... accident à Brunet, nous tenons à éviter un incident diplomatique. Cela doit rester une affaire crapuleuse. Vous me comprenez ?

— Et si je demande à être déchargé de l'affaire ?

— Hors de question. Il fallait le faire avant. Vous avez appris trop de choses déjà. Dorénavant, vous êtes responsable devant moi. Vous continuerez votre enquête dans les formes qu'il vous plaira, en favorisant naturellement l'hypothèse criminelle, mais vous me rendrez compte personnellement de toute évolution. Est-ce clair ?

— Tout à fait clair. »

Il se leva, les jambes molles, et se dirigea vers la porte.

« Une dernière chose, Alexéï Alexéïevitch. Mlle Brunet ne doit naturellement pas savoir que vous savez. Au revoir, cher collègue. »

Dehors Alexéï dut s'adosser au mur et respirer lentement. La tête lui tournait. Piotr avait raison, il avait mis les pieds dans la merde.

24

Trahi. C'était le mot qui revenait sans cesse dans son esprit. Alexéï se sentait trahi, comme on peut se sentir trahi par sa femme, par son meilleur ami, par... ses idéaux. Cette impression torturante qu'une main vous tord les entrailles, s'accroche, serre plus fort chaque seconde, sans répit, jusqu'aux larmes, jusqu'au cri, Alexéï croyait l'avoir oubliée. Ce mélange de rage et d'humiliation le ramenait brusquement à son adolescence. L'incompréhension d'abord, lorsque le directeur le convoque dans son bureau, puis les mots qui s'infiltrent lentement dans son cerveau, se frayent un chemin jusqu'au cœur, et le broient, avec application. *Prigov, vous vous êtes rendu coupable de fraude.* Le tribunal, devant lui, des professeurs assemblés et leurs regards qui se dérobent, lâchement, tandis qu'il cherche leurs yeux, appelle à l'aide, hurle son innocence. Mais le pire est encore à venir, lorsque le directeur laisse tomber la sentence. *Prigov, vous êtes renvoyé.* Le gros Mamonov qui transpire comme aux bains et le vieux colonel Teplitski, les joues molles parcourues de frissons comme la surface d'une eau croupie, qui tremblote à n'en plus finir. Et la main de fer qui étreint son cœur et le broie. Trahi. Ils l'avaient tous trahi, comme ils avaient trahi son père et tous les autres.

Alexéï avait passé l'après-midi à ruminer ces sombres pensées. Il essayait vainement de travailler, de classer ses dossiers, de mettre de l'ordre dans ses fiches et dans ses pensées. Piotr était déjà soûl. Son sentiment de culpabilité lui avait fourni un prétexte idéal pour s'enivrer plus tôt et plus consciencieusement que de coutume. Alexéï songea qu'ils formaient un peuple de névrosés partagés entre le complexe de culpabilité et celui de persécution. Il l'avait envoyé faire la queue sur le quai Maurice-Thorez où, disait-on, il y aurait un arrivage de papier hygiénique. Depuis le temps que les Moscovites se torchaient avec la *Pravda*, ça leur changerait peut-être les idées d'utiliser du papier molletonné capitaliste.

Vers 17 heures, il n'y tint plus et décida de vider l'abcès. Il parvint à faire démarrer sa Volga à grands coups de clé à molette sur le démarreur et prit la direction du nord. A mesure qu'il approchait du village d'Aleko, ses certitudes s'effritaient et il se sentait ridicule. Que pouvait-il reprocher à Claire ? De lui avoir caché la vérité ? Si, comme l'affirmait Sukhomlinov, ce qui restait à prouver, elle travaillait effectivement pour eux, pouvait-il espérer qu'elle l'avoue au premier venu ? Mais une voix têtue, au fond de sa tête, lui répétait qu'elle l'avait trahi, qu'il n'était pas, précisément, le premier venu, et il croyait... Que croyait-il au juste ? Quels droits pensait-il avoir sur elle ? Celui de la gratitude ? A quel titre ? Celui de la confiance ? Quelle preuve lui avait-il donnée de la sienne ? Celui de l'amitié ou celui de... Alexéï refoula l'embryon de pensée qui se formait en lui. Il allait simplement lui demander des comptes parce qu'il s'était chargé de sa sécurité, et de celle de son père. Professionnellement, il ne pouvait accepter qu'elle lui cache des informations essentielles à son enquête. Voilà. Il devait se placer du strict point de vue professionnel.

Ce fut la grand-mère d'Aleko qui vint lui ouvrir, l'air digne et sévère ; elle fronça les sourcils pour exprimer sa surprise de voir Alexéï seul. Il sentit qu'elle s'interrogeait sur la bienséance de sa visite. Maintenant qu'il les avait chargés de veiller sur Claire, ils étaient bien capables de l'empêcher de la voir, ces gitans ! Les femmes étaient à la cuisine et la maison était envahie par la chaude odeur du *bortsch*, ce pot-au-feu à base de chou et de betteraves où la viande était souvent une curiosité. Il entendit des rires et Claire apparut, les joues enflammées par le feu du fourneau. Elle s'essuyait les mains sur un tablier à fleurs de couleurs vives que lui avait prêté Tatiana. Quand elle vit le visage grave d'Alexéï, son rire cessa net et elle s'immobilisa devant la commode de la salle à manger. Une légère buée s'était déposée sur le bois, voilant le vernis des meubles. Tatiana, alarmée par le silence brutal, apparut à son tour et releva du poignet une mèche de cheveux fous. Ils restèrent figés pendant d'interminables secondes, tableau vivant où il faisait figure de messager du malheur. Enfin, la voix de Claire, voilée, lointaine, brisa le silence :

« Mon père ? »

Alexéï commençait à transpirer. La chaleur était étouffante dans la maison. Il secoua la tête et bougonna en posant sa main sur la poignée de la porte :

« Mettez un manteau. J'ai à vous parler. »

Il était déjà dans la rue quand elle le rejoignit, haletante. Le temps était sec. La neige gelée, sur les pentes de la colline boisée, réverbérait les dernières lueurs du jour. On entendait les cris des gamins, plus loin, dans le bosquet.

« Qu'y a-t-il ? Expliquez-vous ? »

Alexéï reconnut l'angoisse dans la voix de Claire et en éprouva une satisfaction morbide.

« Pourquoi ne m'avez-vous pas dit que vous travailliez pour la Sécurité d'État ? »

Claire s'arrêta. De ses lèvres entrouvertes, légèrement humides, s'échappait un petit nuage de vapeur. Alexéï détourna les yeux.

« Comment ?

— Je vous en prie. Épargnez-moi le numéro de l'innocence. Sukhomlinov m'a appris que vous leur fournissiez des informations de nature militaire. Pourquoi ne me l'avez-vous pas dit tout de suite ?

— Sukhomlinov ?

— Ne me dites pas que vous ne connaissez personne du KGB, par-dessus le marché ! Je ne comprends d'ailleurs pas pourquoi vous ne vous êtes pas directement adressée à eux. On vous a donné des ordres ou c'était juste pour brouiller les pistes ? »

Le visage de Claire s'était durci. Il lui sembla qu'elle était sur le point de dire quelque chose mais elle se contenta de le dévisager de ses yeux durs, brillants de colère. Alexéï la secoua par les épaules.

« Mais répondez-moi donc ! Qu'est-ce que c'est que cette

165

histoire ? Vous m'avez pris pour un imbécile, mademoiselle Brunet.

— Lâchez-moi. Vous me faites mal.

— Pour un imbécile ! Vous saviez très bien ce qui était arrivé à votre père et vous avez lanterné pour ne pas être obligée d'en rendre compte à votre pays. Vous êtes remarquablement douée pour la trahison. Votre père, dans le fond, vous vous en moquez. Vous pourriez parfaitement négocier sa liberté contre vos secrets... »

Il fut coupé net par une gifle formidable. Claire s'était dégagée et l'avait frappé de toute la longueur du bras, en portant tout le poids de son corps dans sa main. Le coup avait été si violent qu'Alexéï en fut déséquilibré. Sans un mot, elle tourna les talons et repartit vers la maison. Alexéï courut derrière elle, la rattrapa, lui saisit le bras. Elle hurla, les larmes aux yeux :

« Ne me touchez pas ! Allez-vous-en ! Je vous hais ! Vous m'entendez ? Je vous hais ! Tous ! Vous n'êtes que des... des malades mentaux... des schizophrènes !

— Attendez ! Vous n'allez pas vous en sortir comme ça...

— J'avais confiance en vous...

— Moi aussi, j'avais confiance en vous, pourquoi ne m'avez-vous rien dit ?

— Parce qu'il n'y avait rien à dire ! »

Ils étaient face à face et se criaient au visage, dressés sur la pointe des pieds, comme un vieux couple qui se déchire. Des visages étaient apparus aux fenêtres, des mains écartaient les petits rideaux de dentelle, des enfants montraient le bout de leur nez, à l'angle des maisons et riaient en les montrant du doigt. Claire finit par se précipiter dans la maison. Elle sanglotait. Alexéï était désemparé, hors de lui. Qu'est-ce qui lui avait pris ? Il regarda autour de lui, vit les badauds et leur fit un grand geste menaçant.

« Vous n'avez jamais rien vu, tas de paysans ! »

Les rideaux se refermèrent. Il retourna lentement vers sa voiture. Le soir tombait à présent. Il alluma une cigarette et s'installa au volant, s'accordant quelques secondes de réflexion. Elle avait l'air sincère. Sukhomlinov l'avait donc intoxiqué dans les grandes largeurs. Que pouvait-il faire maintenant ? Les idées s'embrouillaient dans son esprit. Cette affaire le dépassait. Il y avait trop d'éléments qu'il ne maîtrisait pas, à commencer par lui-même. Il réalisa tout à coup qu'il venait de lui faire une scène, comme un mari jaloux. La nuit tombait et le froid commençait à enfoncer ses griffes dans ses muscles. Il décida d'aller présenter ses excuses.

La grand-mère était assise dans le noir, au bout de la grande table où se reflétait la lueur bleutée de la télévision. Il y avait de la lumière dans la cuisine et le chuintement de l'eau qui bout. Tatiana était seule. Quand elle aperçut Alexéï, elle lui lança un regard féroce.

« Qu'est-ce que tu lui as fait, Lyocha ? Elle veut partir. C'est un affront pour nous.

— Où est-elle ?

— Dans la chambre. »

Il frappa doucement à la porte et entra. Claire était assise au bord du lit, parmi ses vêtements éparpillés. Sa valise ouverte était à demi remplie. Elle pleurait, le visage dans ses mains. Alexéï toussota.

« Excusez-moi. »

Elle ne releva pas la tête mais son dos se raidit.

« Je suis confus. J'ai été odieux. C'est la faute de cet homme. Il m'a dit que vous travailliez pour Skinner. Skinner était, paraît-il, un agent double. Il aurait été éliminé par des services étrangers. »

Claire se moucha et lui jeta un regard inquiet. Elle plissa les paupières, les yeux rougis par les larmes. Des traces de fard avaient noirci ses joues. Elle paraissait si vulnérable qu'Alexéï dut lutter contre une irrépressible envie de la prendre dans ses bras. Cela ne lui était pas arrivé depuis... depuis si longtemps.

« Skinner, un espion ? Mais alors...

— Alors, il est possible qu'il ait communiqué des informations importantes à votre père, en effet. Ou l'inverse... »

Claire fronça les sourcils mais ne protesta pas devant cette suggestion. Elle réfléchissait. Alexéï sentit qu'elle avait entrevu de nouvelles perspectives.

« Vous avez une idée ?

167

— Pas vraiment mais... Il se peut que notre travail ici ait eu un rapport indirect avec... les Services secrets.

— Comment cela ?

— Voilà. Je vous l'ai dit, notre contrat était double. Une partie concernait la fabrication de détergents en poudre, et l'autre l'exploitation d'un brevet de décontamination.

— Décontamination ?

— Oui. Il y avait une forte demande de la part des autorités soviétiques. A cause des problèmes de pollution, je présume... ou des risques de pollution chimique.

— Y a-t-il des applications militaires possibles ? »

Claire eut l'air embarrassé. Il y avait donc une part de vrai dans les affirmations de Sukhomlinov.

« Oui, mais cela ne tombe pas sous le coup du secret militaire. Notre procédé est valable contre toutes les formes de contamination chimique, civile ou militaire. Dans ce dernier cas, il s'agit naturellement des armes chimiques. En cas d'agression chimique, par gaz toxiques organophosphorés de la transmission nerveuse, par exemple le Tabun ou le Sarin, le lavage des surfaces contaminées fournit des volumes considérables d'eaux de lavage dangereuses. Ces eaux, en s'infiltrant, risquent de contaminer à leur tour les réserves d'eau potable, les rivières, voire les nappes phréatiques. Nous avons mis au point un additif qui permet de neutraliser à soixante pour cent les neurotoxiques dilués dans les eaux de lavage.

— Et ce brevet n'est pas... *protégé* par votre gouvernement ?

— Au contraire. Il s'agit de nettoyer, de réparer les dégâts, pas de les empêcher. En outre, il ne s'agit pas d'armes. Notre pays, vous le savez, a signé les accords de Genève contre l'utilisation des armes chimiques.

— Et vous pensez que votre père aurait pu être enlevé à cause de ce brevet ?

— Je l'ignore. Mais, dans ce cas, pourquoi ne m'a-t-on pas enlevée, moi aussi ?

— Peut-être qu'en détenant votre père, cela suffit à vous faire chanter.

— Mais on ne m'a rien demandé, jusqu'à présent. Ni

168

rançon, ni informations... Comment pourraient-ils me joindre d'ailleurs, à présent ?

— Par l'hôtel. J'ai demandé qu'on me transmette tout message à votre nom. Ou par l'ambassade... »

Il ne termina pas sa phrase. On frappa bruyamment à la porte et Aleko apparut, titubant d'avant en arrière, comme un marin sur une mer démontée.

« Camarade milicien, c'était l'enfer. L'enfer ! Quatre heures de discussion acharnée pour négocier ton admission au *katrane*.

— Tu es ivre, Aleko.

— Tu n'as pas vu les autres ! Attends, Alexéï, que je t'explique. »

Il avait fait boire les deux videurs du *katrane*. Alexéï sursauta mais dut vite déchanter. Ils ne correspondaient pas à la description des deux brutes. Plus jeunes, moins pourris. Le genre avec qui on pouvait toujours s'arranger, moyennant un bon coup à boire ou un droit d'entrée convenable.

« Et c'est combien, un droit d'entrée " *convenable* " ? »

Aleko fit la grimace en étouffant un rot.

« Cent. J'ai pas pu faire moins.

— Cent roubles ! » s'exclama Alexéï.

Aleko avait le hoquet. Il secoua la tête comme un cheval qui a trop chaud.

« Cent... dollars ! Vingt pour l'entrée. Le reste en caution. »

Alexéï sentit ses derniers espoirs qui s'envolaient. Cent dollars. Autant dire un million, un milliard. Où pouvait-il trouver une somme pareille, lui qui gagnait à peine deux cents roubles par mois ?

« Où veux-tu que je pêche cent dollars, malheureux ? »

Aleko hoquetait de manière ridicule. Il tourna vers Claire un regard trouble.

« Pourquoi tu lui demandes pas, à elle ? Après tout, c'est son père, non ? »

Alexéï baissa la voix, malgré lui, bien qu'il sût que Claire ne comprenait pas leur conversation.

« Tu as trop bu, Aleko. Tu dis trop de conneries.

— Co... comment ? Monsieur le policier a des scrupules ! Monsieur le policier est am... hic !... amoureux de la dame !

169

« — Ta gueule, Aleko !

— Qu'est-ce qu'il a dit ?

— Rien. Il est ivre. Je le ramène chez lui. »

Cent dollars, se répétait Alexéï en soutenant le jeune homme. Où allait-il bien pouvoir trouver cent dollars ?

25

Ivanov se grattait furieusement l'entrejambe. Malgré le froid, les parasites avaient la vie dure. Ils étaient comme lui, dans le fond, ils cherchaient juste un peu de chaleur et de nourriture. La dernière fois qu'ils l'avaient ramassé pour l'emmener dans un centre d'accueil, ils l'avaient désinfecté et avaient ébouillanté ses vêtements mais ces bestioles-là savaient se planquer. Elles revenaient toujours. Ivanov s'était habitué à elles. Elles lui tenaient compagnie en quelque sorte, lui rappelaient qu'il était encore en vie. Cette année, les miliciens n'avaient pas encore réussi à lui mettre la main dessus. Ou pas voulu. Il était peut-être devenu trop répugnant. Il gloussa à cette idée et chantonna, la lèvre baveuse, un air ancien dont il ne savait plus les paroles. En un sens, il aurait bien aimé se faire embarquer pour les grands froids. On les hébergeait, on leur donnait à manger, il faisait chaud. Bien sûr, ils n'avaient plus rien à boire, et c'était dur, surtout au début, mais au moins, ils avaient la panse pleine. Peut-être qu'il y laisserait sa vieille carcasse, cet hiver. Ivanov pensait à sa mort comme à un accident de parcours, un événement sans avantages et sans inconvénients, à l'image de sa vie de chien.

Ivanov avait fait la manche jusqu'à la sortie des derniers spectacles de l'Arbat, bien au chaud à l'entrée du métro. Quand les derniers noctambules étaient rentrés chez eux, il avait pris le chemin de l'avenue Kalinine. Il avait trouvé une niche à peu près tranquille dans un *perekhod*, un de ces passages souterrains qui évitaient aux piétons de traverser les grandes artères encombrées. Ce passage plongeait sous l'avenue Kalinine et débouchait sur le boulevard Souvorov, face à la Maison des journalistes. C'était aussi un bon emplacement, à midi, pour faire la manche, mais la concurrence y était féroce. Le soir, il y avait les putes et les loubards, mais à cette heure-ci, il n'y avait plus guère de proies.

Ivanov fut pris d'une terrible quinte de toux tandis qu'il descendait avec précaution l'escalier glissant et raide qui menait au passage. « Ivanov rentre chez lui! Ivanov va retrouver la chaleur de son foyer! » dit-il à voix basse. Depuis des années, il parlait seul, pour meubler le silence, pour être sûr qu'il existait encore. Il ne s'appelait pas Ivanov, mais il y avait longtemps qu'il avait oublié son véritable nom. Tous les flics l'appelaient Ivanov et c'était aussi bien qu'un autre nom. Mieux peut-être, parce que des milliers de Russes portaient ce nom. C'était un genre de famille. La famille des Ivanov. Il gloussa et chantonna de nouveau, brodant sur le thème des Ivanov.

Le passage était obscur. Les trois quarts des lampes orangées, protégées par un grillage, étaient grillées ou cassées, et personne n'était jamais venu les remplacer. De l'eau suintait des parois au printemps, mais en hiver il faisait relativement chaud, à cause des canalisations qui passaient entre le plafond et la chaussée. Sur le côté droit, il y avait une petite porte métallique rouillée. Derrière, un réduit à peine plus grand qu'un placard, destiné au service de maintenance, et qui n'avait apparemment jamais été utilisé. Quand il avait découvert cet abri, la porte avait déjà été forcée. On s'en était servi quelque temps comme toilettes, puis la puanteur des excréments avait dissuadé les utilisateurs. Ivanov y avait vu une aubaine. Il avait balayé lui-même le local et y avait installé son quartier général. Une pile de cartons lui servait à la fois de table, d'oreiller et de couverture. Pour l'instant, grâce à la tiédeur des tuyaux qui le traversaient, l'abri était vivable. Mais Ivanov ne se faisait pas d'illusions. Si le froid s'intensifiait, on finirait par le retrouver gelé, un de ces matins. C'était bon pour la demi-saison. L'hiver, il fallait autre chose. Une cave ou un grenier. Mais les bonnes planques étaient devenues introuvables. Même les sous-sols étaient loués.

Ivanov s'installa dans sa niche et laissa la porte entrouverte, pour pouvoir respirer. L'odeur d'égout lui rappelait vaguement des souvenirs lointains, de l'époque où il était venu de son Ukraine natale et qu'il avait découvert la puanteur de Moscou, dans la gare de Kiev. Mais tout cela était si loin. Les années, comme l'eau des égouts, charriaient les mêmes immondices, et les mêmes miasmes. Il but une dernière lampée de vin aigre n° 5, éructa, et se coucha sur le flanc, sous sa tente de carton. Par la fente de la porte les lueurs glauques de la ville se reflétaient sur le ciment gelé.

Il flottait dans cette marge incertaine du sommeil où les réalités paraissent déformées, comme une introduction au rêve, quand les pas résonnèrent dans le passage. Des pas métalliques, sonores, qui faisaient vibrer le pont du navire où il avait embarqué comme moussaillon. Il était à quatre pattes, briquant le pont de toute l'énergie de ses dix-neuf ans, les mains glacées par l'eau et le vent, et les pas sonores du capitaine se rapprochaient de son visage, ébranlant les lames de bois et les bouteilles de vin stockées dans la cale. Puis les pas s'éloignèrent et gravirent lentement l'échelle de la dunette, et le capitaine se mit à crier, à crier, comme un porc qu'on égorge.

Ivanov s'éveilla en sursaut. Les cris résonnaient encore dans le passage souterrain et se répercutaient en échos jusqu'à son abri. Il sortit prudemment la tête, épia le bout du tunnel. Là-bas, près de l'escalier, deux hommes avaient agressé un passant. L'un d'eux le ceinturait tandis que l'autre tentait de le bâillonner pour l'empêcher de crier. Quand ce fut fait, le plus grand, un blond, lui empoigna les cheveux et lui tira la tête en arrière. Alors, d'un geste sûr et rapide, l'autre fit glisser la lame d'un couteau sur la gorge de la victime. Ivanov vit ses jambes s'agiter frénétiquement, dérapant sur le sol comme s'il courait sur place. Puis, brusquement, les muscles se relâchèrent et le corps de l'homme s'affaissa, aussi mou qu'un tas de chiffons. Le plus petit des deux agresseurs ouvrit un sac de toile et murmura quelque chose. Ils dévêtirent le cadavre, le traînèrent dans le tunnel et le barbouillèrent de poussière. Puis ils le rhabillèrent et le poussèrent contre la paroi. Quand Ivanov les vit faire demi-tour, et se diriger vers lui, il se recroquevilla au fond de son trou. Il était trop tard pour

173

refermer la porte, ils le verraient. Les pas se rapprochaient, irréguliers. Clip-clop. L'un des hommes boitait. Brusquement, les pas cessèrent, juste devant sa niche. Il y eut un bruit liquide, comme un robinet qu'on ouvre.

« Qu'est-ce tu fous, Lada ? Tu crois que c'est le moment de pisser ?

— Je t'emmerde. Je pisse quand je veux et où je veux. Je te chie sur la gueule, t'entends, fils de pute !

— T'es qu'un branleur de merde, Lada. J'en ai plein le cul de bosser avec un taré comme toi.

— Va te faire mettre, Oleg ! Tu me fais pas peur. »

L'odeur âcre de l'urine chaude envahit le local. Le type était en train de pisser sur les chaussures d'Ivanov.

« Putain, il m'a mordu, ce con ! T'as vu l'entaille ? Il m'a fait mal, cet enculé ! »

Les voix s'éloignèrent dans le tunnel. Ivanov resta prostré, tremblant de peur, jusqu'à ce qu'il entende un bruit de moteur et une voiture qui s'éloignait. Alors seulement, il sortit de son trou et, les jambes molles, tituba dans le passage, jusqu'au cadavre. C'était un homme d'âge mûr, les cheveux grisonnants. Du sang maculait sa figure et s'étalait en flaque sur plus de dix mètres. Ça sentait la merde. Le type avait dû faire dans son froc avant de mourir. Ivanov se pencha avec précaution, comme si le corps pouvait mordre, et recula, horrifié. L'espace d'une seconde, Ivanov avait cru voir sa propre image. Le type qui était là, vidé de son sang, la gorge béante, était habillé comme lui, de vêtements sales et troués. Comme un clochard.

Ivanov s'enfuit vers le boulevard Souvorov, pris de panique, et, au lieu d'emprunter l'autre passage souterrain, traversa le boulevard en courant. Il n'eut pas le temps de voir la Tchaïka noire qui arrivait à toute allure. Il fut tué sur le coup. La limousine ne s'arrêta même pas.

26

Le premier étage de la rue Petrovka était en effervescence. Depuis ce matin, Moscou était traversée par une nouvelle rumeur qui se propageait à la vitesse de l'incendie. Alexëi en avait d'abord entendu parler à l'entrée du Goum, sur la place Rouge, où il avait déposé sa mère aux aurores. Il ne faisait pas encore jour que la queue, devant les grilles ouvragées de ce temple de la consommation des temps passés, atteignait déjà trois cents mètres. Devant Anna Fedorovna, il y avait près de huit cents personnes. Alexëi fit rapidement le calcul. A peu près deux heures trente d'attente. Pour des chaussures de médiocre qualité. Avec de la chance. De toute façon, même s'il en restait quand ce serait son tour, elle ne trouverait pas sa taille et devrait passer encore une heure à chercher, dans le magasin, une autre cliente disposée à échanger sa paire trop petite contre la sienne trop grande. Elle ne serait rentrée que pour midi, dans le meilleur des cas, et recommencerait une autre queue, ailleurs, pour trouver un peu de viande, ou quelques fruits.

Les queues étaient un milieu idéal pour les rumeurs. Elles y naissaient, y croissaient, s'y propageaient et y mouraient. Ce matin, on disait que Mikhaïl Serguéïevitch était malade. Si Gorbatchev perdait le contrôle du pouvoir, on murmurait que Eltsine envisageait de proposer une refonte des lois électorales. Si le Président était élu au suffrage universel, il était à peu près sûr de l'emporter. D'aucuns prétendaient qu'on avait transporté Gorbatchev à l'hôpital. Pour d'autres, il avait déjà été opéré. Certains parlaient de cancer, d'autres d'empoisonnement.

Dans le couloir, Alexëi croisa Anastasia Alexandrovna, une

175

jolie blonde pulpeuse qui travaillait au fichier central et lui faisait de l'œil depuis plus d'un an. On disait que tout ce qui portait un pantalon dans la maison avait déjà eu droit à ses faveurs, mais Alexéï n'en croyait pas un mot. Il avait toujours ignoré les avances d'Anastasia, parce qu'il évitait les complications. Mais il l'aimait bien. Il émanait d'elle une impression de santé, de vie et d'énergie réconfortante.

« Alors, on l'a déjà enterré ou bien on lui a aussi trouvé une maladie vénérienne ? »

Anastasia prit un air faussement choqué.

« Alexéï, si on t'entendait !

— Quoi, il ne baise jamais, tu crois, notre grand chef ? »

Anastasia pouffa de rire et envoya un grand coup de coude dans les côtes d'Alexéï qui en eut le souffle coupé.

Alexéï poursuivit son chemin et tomba sur un autre groupe de collègues qui couraient en tous sens, en proie à une agitation peu ordinaire. Alexéï se demanda si, finalement, pour une fois, la rumeur n'était pas fondée. Mais Piotr accourut à sa rencontre.

« Qu'est-ce qui se passe ?

— Branle-bas de combat ! Syssoïev veut tous nous voir dans son bureau dans cinq minutes. L'égorgeur a encore frappé.

— Quoi ? Quand ? Où ?

— Hé ! Oh ! Du calme ! Une engueulade ne t'a pas suffi ? Tu veux vraiment t'attirer des emmerdes ? Écrase, Lyocha, c'est l'affaire d'Agatov. Laisse-le nettoyer sa merde tout seul.

— Quand ? » répéta Alexéï, les dents serrées.

Piotr soupira.

« Cette nuit, dans le *perekhod* de l'avenue Kalinine, près du boulevard Souvorov.

— Des témoins ?

— Peut-être qu'il y en a eu un, mais il ne dira rien. Il a été renversé par une bagnole. Deux clodos.

— Où sont les corps ?

— Lyocha, bordel de ta mère, touche pas à ça...

— Ils sont déjà au frigo ?

— Agatov a donné l'ordre de surveiller l'entrée. Tu ne passeras pas. Laisse tomber.

176

— C'est ce qu'on va voir.

— Et Syssoïev ? La réunion est dans cinq minutes.

— J'emmerde Syssoïev ! » cria Alexéï en se précipitant dans l'escalier.

Au rez-de-chaussée, Anastasia était toujours mêlée au petit groupe de collègues qui cherchaient vainement dans la presse la plus petite information sur l'état de santé du Président. Cela donna une idée à Alexéï :

« Nastasia, ma chérie, veux-tu me rendre heureux ? »

Elle lui lança un regard en biais.

« Toi, tu vas encore me demander quelque chose de pas régulier.

— Nastasia chérie, ce que je préfère en toi, juste après tes yeux de biche, tes seins de marbre et ton petit cul rebondi, c'est ta perspicacité. »

Elle lui décocha un coup de poing dans la poitrine mais se laissa faire quand il l'entraîna à l'écart pour lui expliquer son plan.

Cinq minutes plus tard, Anastasia traversait la cour, un énorme dossier sous le bras, en direction du laboratoire de médecine légale. Alexéï, de la porte latérale de l'immeuble, surveillait l'entrée de la morgue. Il y avait bien deux plantons, comme l'avait dit Piotr, et, comme il l'avait prévu, ils empêchèrent Anastasia d'entrer. Elle commença à parlementer, puis à s'énerver, et finalement retraversa la cour pavée à toute allure, l'air furieux, criant des injures à l'intention des deux plantons qui se mirent à rire. Tout à coup, elle se tordit la cheville sur un pavé disjoint avec un cri de douleur. Elle s'étala de tout son long dans la cour et lâcha son dossier qui s'éparpilla en une pluie de paperasses. Alexéï admira l'art consommé avec lequel elle avait réussi, dans sa chute, à remonter sa jupe jusqu'en haut de ses cuisses rondes. Elle poussa des petits cris plaintifs en se tenant la cheville et fit mine de vouloir se relever, mais ce geste lui arracha un gémissement et elle retomba, dévoilant davantage encore ses jambes en direction des deux gardes. Comme Alexéï s'y attendait, les deux plantons se précipitèrent à son aide. L'un d'eux tâtait consciencieusement sa cheville tandis que l'autre

177

voulait à tout prix masser son genou. Elle les pria de bien vouloir ramasser ses précieux documents et de la porter à l'infirmerie. Les deux miliciens oublièrent instantanément leur poste de garde et, dès qu'ils eurent disparu dans l'immeuble, Alexéï entra tranquillement dans la morgue.

Le laboratoire était encore désert à cette heure matinale. Alexéï inhala profondément l'odeur de désinfectant, pour s'en imprégner les narines avant de pousser la porte de la salle d'autopsie. A sa grande surprise, les lourds battants étaient fermés à clef. Alexéï jura à voix basse et tenta de se souvenir d'une autre issue. Il longea le couloir à la recherche d'une porte de secours et tomba nez à nez avec l'agent chargé du nettoyage. C'était un type sans âge, aux yeux tristes et à la peau grise, qui semblait avoir pris la couleur des lieux et des locataires. Alexéï s'efforça d'afficher la plus grande autorité. Il simula la colère, ce qui, généralement, marchait assez bien avec la plupart des employés de l'immeuble. Tous avaient inévitablement quelque chose à se reprocher.

« Est-ce que quelqu'un pourrait me dire où est passé ce qui fait office de médecin légiste dans cette boîte? »

L'employé ôta prestement le mégot qui collait à sa lèvre inférieure et plissa les yeux.

« Vous parlez du docteur Agnitsiev? Il n'est pas encore là. Généralement, il arrive vers dix heures, dix heures et demie.

— Alors, ça veut dire que jusqu'à dix heures et demie, il n'y a pas moyen d'entrer dans cette saloperie de frigo? Vous croyez que je n'ai que ça à faire peut-être, attendre les fainéants et les macchabées? Où est la clef?

— J'ai... je peux vous ouvrir avec mon passe, si vous voulez...

— Vous ne pouviez pas le dire plus tôt! »

Le petit homme trottina jusqu'à la porte et fit pivoter la lourde porte de fer.

« Est-ce que vous savez où se trouvent les dernières livraisons?

— Tant que le docteur ne les a pas étudiés, on les met dans les tiroirs d'attente.

— Montrez-moi ça. »

L'agent jeta un bref regard de suspicion à Alexéï puis, devant sa détermination, il s'exécuta. Les tiroirs d'attente se trouvaient à proximité de la salle d'autopsie, sur des chariots mobiles qui permettaient de les déplacer facilement jusqu'aux paillasses de ciment où ils étaient disséqués.

« Je vous préviens, on n'a pas encore eu le temps de les préparer. Ils ne sont pas beaux à voir. »

L'employé ouvrit les deux tiroirs simultanément et replaça le mégot entre ses lèvres. Alexéï se pencha sur les corps et ne put réprimer un haut-le-cœur.

On s'était en effet contenté de les dénuder, mais on n'avait pas encore nettoyé les corps. Le premier cadavre, celui du témoin présumé qui avait été renversé par une voiture, était le moins sale. La crasse qui couvrait sa peau était grisâtre et assez uniforme. La cage thoracique avait apparemment pris le choc de plein fouet et semblait défoncée. Une curieuse cavité déformait le plexus. Les bras et les jambes étaient couverts d'égratignures superficielles. Il avait dû être projeté violemment sur la chaussée. Quant au crâne, il n'avait plus forme humaine. Les roues l'avaient écrasé. Il devait s'agir d'une grosse voiture, lourde, ou d'un camion, car la tête était aplatie. Le visage n'était plus qu'une bouillie informe et rougeâtre où l'on avait peine à distinguer la forme d'un œil, éjecté de l'orbite. Seules quelques dents dévoilées en un rictus étrange émergeaient de la masse de chair broyée.

L'autre corps était couvert de boue, en vastes plaques noires et brunes, comme s'il avait été traîné dans son propre sang. Les cheveux étaient collés par les caillots et le gel. Une large plaie aux contours nets et lisses ouvrait la gorge comme un fruit rouge. Les traits étaient crispés dans un masque de douleur et une trace livide marquait les joues, prolongeant les lèvres blêmes. Alexéï reconnut l'empreinte d'un bâillon. Il se pencha plus près sur le visage dont les yeux ternes le fixaient, dans une ultime expression d'horreur. Alexéï s'efforça d'oublier la gorge tranchée et le regard hideux. Il connaissait cet homme. Il fallait qu'il se rappelle. Le regard, plein de haine et d'effroi, lui hurlait en silence son désespoir. Il tendit la main et ferma les paupières. L'une d'elles, récalcitrante, s'entrouvrit

179

dès qu'il ôta la main. Le cadavre semblait lui faire un clin d'œil obscène à présent. Alexéï détourna la tête. C'était ce genre de personnes qu'on a l'habitude de voir dans un cadre professionnel, un pompiste par exemple, ou un marchand, et qu'on est incapable de reconnaître dès qu'on les rencontre dans un lieu inattendu, au cinéma ou au restaurant.

« Je ne lave jamais les corps avant que le docteur ne les ait vus, vous comprenez, s'excusa, à tout hasard, l'employé.

— Je comprends. »

Brusquement, cela lui revint. Alexéï se souvenait à présent. Sous la gangue de boue et de sang séché, il reconnaissait les cheveux gris de l'homme et ces rides parallèles, sur le front.

« Merde ! » murmura Alexéï.

Il glissa un billet dans la main de l'employé et lui demanda de ne rien dire de sa visite. En sortant, il salua les deux plantons qui avaient repris leur service, et qui ne parurent pas étonnés de le voir. On leur avait demandé de surveiller les entrées, pas les sorties.

Alexéï traversa la cour d'un air nonchalant, comme s'il venait d'aller pisser, et se dirigea directement vers la salle de réunion. Il arrivait trop tard. Syssoïev venait d'achever sa mise au point. Il croisa le flot de ses collègues qui sortaient en bougonnant. Piotr fit la grimace.

« Qu'est-ce qui se passe ? On a la Sécurité aux fesses ? s'informa Alexéï, qui s'attendait au pire désormais.

— Même pas. Je n'y comprends plus rien. Agatov est maintenu dans ses fonctions. On s'est tous fait remonter les bretelles pour manque de collaboration. Va falloir mettre des gants, Lyocha, je te le dis, pour collaborer avec un paquet de merde pareil.

— Au fait, devine qui est la nouvelle viande froide ?

— Le sosie d'Agatov ?

— Je te le dirai si tu me trouves quelqu'un qui m'achète douze saucissons pour cent dollars.

— Tu aurais pas un peu la fièvre, Lyocha ? »

Alexéï s'interrompit. Au bout du couloir, le crâne poli de Syssoïev était apparu, luisant comme un obus neuf.

180

« Prigov, je voudrais vous voir à mon bureau. Tout de suite. »

Piotr roula les yeux, avec un air de profonde lassitude.

« Je te l'avais dit, Lyocha, qu'il te ferait avaler tes burnes.

— Trop tard. Je les ai déjà échangées contre des saucissons.

— Alors, c'est qui, ta viande ?

— Quatre saucissons, Piotr ! Pour quatre saucissons, et vingt roubles, je te le dis !

— Fils de ta mère ! »

Syssoïev paraissait plus nerveux qu'à l'accoutumée. Cela ne lui ressemblait pas. Alexëï s'attendait à ce qu'il lui reproche son absence à la réunion, ou qu'il lui demande un compte rendu de sa rencontre avec le procureur, mais il n'en dit pas un mot.

« Je suis ennuyé, Prigov. Très ennuyé. Je viens de recevoir un appel de l'ambassade de France, où l'on commence à se préoccuper du sort des Brunet. Pas seulement du père, si vous voyez ce que je veux dire. L'attaché a constaté que Mlle Brunet est injoignable depuis trois jours. Je lui ai répondu qu'elle était sous notre protection, naturellement, mais il veut la voir immédiatement, pour être sûr qu'elle est libre de ses mouvements. Faute de quoi, il menace de déposer une protestation officielle. Cela serait du plus fâcheux effet, vous vous en doutez, Prigov. »

Alexëï s'abstint de répondre et continua à regarder Syssoïev avec une extrême attention.

« Il serait donc souhaitable que vous fassiez en sorte que Mlle Brunet se présente à son ambassade sans délai. Je dis bien, sans délai. »

Alexëï se leva.

« Je m'en occupe. Mlle Brunet en sera informée sur-le-champ.

— Ce n'est pas tout, Prigov. On m'a fait entendre également qu'on verrait d'un œil assez favorable que je confie cette affaire à quelqu'un d'autre.

— On ?

— L'ambassade de France.

— Vous voulez dire M. Zory, sans doute ? »

Syssoïev toussota en guise de réponse.

« J'ai bien entendu répondu qu'il n'était pas du ressort de l'ambassade de France de choisir les enquêteurs sur le territoire soviétique. Toutefois...

— Toutefois ?

— Soyez prudent, Prigov. Du tact, n'est-ce pas ? Nous marchons sur des œufs.

— Je dirais plutôt sur un terrain miné, Vladimir Serguéïe-vitch.

— Enfin, nous nous comprenons, n'est-ce pas ? Ah ! A propos, vous ai-je parlé de votre promotion ? Vous êtes promu au grade d'inspecteur principal depuis hier.

— A qui dois-je cet honneur ? »

Syssoïev toussota de nouveau, fouillant dans ses papiers.

« Sur proposition du procureur, Serguéï Romanovitch Chi-baïev.

— Je vois. »

Alexéï songea que, décidément, il vivait dans un pays merveilleux où l'on récompensait les gens qui obtenaient le moins de résultats. Agatov était maintenu dans ses fonctions et Prigov avait de l'avancement. A moins que ce ne soit un encouragement discret à persévérer sur la voie de l'inefficacité.

Alexéï n'eut pas le temps de mettre de l'ordre dans le tourbillon de pensées qui déferlait dans son crâne depuis un quart d'heure. Piotr l'attendait, impatient, les mains au fond des poches.

« Alors ?

— Dorénavant, mon petit Piotr, tu ne m'adresseras plus la parole qu'en faisant précéder tes requêtes de : « S'il vous plaît, camarade inspecteur principal. »

— Je savais bien que Syssoïev devenait gâteux. Alors, qui c'est ?

— Trente roubles, cinq saucissons.

— Espèce d'enculé, tu crois pas...

— Inspecteur principal !

— Espèce d'enculé d'inspecteur principal de mes fesses, si tu me dis pas qui c'est, je te dirai pas qu'Aleko vient de téléphoner. »

Alexéï sursauta.

« Quoi! Et tu ne le disais pas! Qu'est-ce qu'il a trouvé? Accouche!

— Le nom, camarade inspecteur principal! »

Alexéï soupira.

« Deux saucissons, dix roubles. Pour ma mère!

— Pour ta mère, je t'en prends un. Cinq roubles. Alors?

— Tu te rappelles l'usine de savons?

— Oui, merde, tu commences à me gonfler, Lyocha.

— Eh bien, le nouveau macchabée, c'était son directeur. Roman Klimontovitch Jigalov. Alors tu vas me chercher son adresse et tu vas filer là-bas voir ce que tu peux apprendre. En douceur, hein, de la dentelle, Piotr! Bon, qu'est-ce qu'il raconte, Aleko?

— Il a retrouvé le Toshiba. Il t'attend au marché de la gare de Riga. La fille Brunet est avec lui. Elle a reconnu son ordinateur. »

Alexéï poussa un cri suraigu et se précipita dans l'escalier. Qui avait dit que l'Histoire était faite d'accélérations brutales?

27

Il n'était pas loin de midi lorsqu'il arriva au Rijskii Rynok, le marché bigarré de la gare de Riga, la plus au nord de Moscou, sur Mira Prospekt. La foule y était plus dense que jamais et les étals débordaient de marchandises hétéroclites comme une gigantesque caverne d'Ali Baba, entassements de jeans bulgares, de chandails faits main, de robes de mariée presque neuves, de T-shirts où l'on avait cousu de fausses étiquettes occidentales, de légumes, de fleurs, d'objets artisanaux et de stands à *chachlyk* dont l'odeur forte flottait sur le marché comme un drapeau. La masse des acheteurs excités et des vendeurs hautains échangeaient des insultes sous l'œil vigilant du service d'ordre géorgien. Dans un amoncellement de cabas, de sacs en plastique et de baluchons, Alexéï se fraya un chemin parmi les oies et les canards affolés qui encombraient les allées. Lorsque par mégarde il bousculait un kolkhozien ou un client excédé par les prix exorbitants, l'injure fusait, imparable :

« Fils de pute, va te faire mettre ailleurs ! »

Aux vendeurs habituels du marché, qui payaient leurs droits à la Mafia, se mêlait la horde des nouveaux venus débarqués de leurs provinces, mélange tourbillonnant d'Ukrainiens, de Tadjiks, d'Azéris, de Moldaves, de Kirghizes et de Géorgiens. Certains essaieraient de vendre leur production et repartiraient dès le lendemain. D'autres, plus démunis, tenteraient de rester à Moscou et viendraient grossir les rangs des *limittchiki* ou des sans-abri.

Il trouva Aleko et Claire devant l'étal d'une *babouchka* emmitouflée dans son châle, la peau fripée comme une vieille pomme, les yeux bridés, deux minces fentes qui les surveillaient avec méfiance. Alexéï jeta un coup d'œil à l'étalage. Des bijoux fantaisie artisanaux. Colliers de cuivre, bracelets de fer-blanc, bagues de verroterie fabriqués sans doute à la chaîne dans un atelier clandestin où étaient exploités quelques bougres sans *propiska*. Jusqu'à ce qu'Alexéï arrive, la vieille avait cru qu'Aleko et Claire étaient un couple de jeunes voyous en quête d'objets occidentaux dernier cri. L'apparition d'Alexéï l'inquiéta visiblement. Elle arracha le Toshiba des mains de Claire et le remballa dans la couverture qu'elle gardait sur ses genoux. Alexéï demanda à voir l'ordinateur.

« Tu veux acheter ?

— Bien sûr. Combien tu en veux ?

— Il n'est pas à vendre. »

La vieille se méfiait. Sa longue expérience lui avait fait sentir le milicien. Alexéï soupira et décida de changer de ton :

« Montre-moi ça, grand-mère, ou je t'embarque pour recel.

— Quoi ? Je suis une honnête travailleuse, moi, petit morveux, et je gagne ma vie honnêtement, pas en faisant des misères aux vieux.

— Allez, grand-mère ! Ou je dis aux Géorgiens que tu trafiques dans leur dos. »

La vieille tendit le portable d'un geste vif. Son visage s'était recroquevillé comme un gant de caoutchouc. Alexéï examina la machine et se tourna vers Claire.

« C'est bien le vôtre ?

— J'en suis sûre. Le coin est fendu, là. J'ai heurté la porte du car, la semaine dernière.

— Où as-tu trouvé ça, grand-mère ?

— Je l'ai acheté, pour rendre service.

— A qui ?

— A un Français. »

Alexéï fronça les sourcils. Il ne croyait qu'à demi ce que racontait la vieille rusée.

« A un Français ? Comment était-il ?

— Je ne l'ai pas vu. Ce sont les juifs qui m'ont dit que c'était un Français et qu'il avait besoin d'argent, alors qu'il revendait sa machine.

— Quels juifs ?

185

— Est-ce que je sais, moi ! Ils sont tous pareils. C'est comme les *limittchiki*, il n'y a plus que ça à Moscou. C'est leur faute si on crève de faim. C'est à cause de ces fils de pute qu'on manque de tout. »

Elle eut un geste large vers la foule cosmopolite.

« Regardez ! Mais regardez un peu cette racaille ! Comme des rats ! Ils ne peuvent pas rester dans leur trou de merde au lieu de venir nous empoisonner la vie ?

— Où tu l'as trouvé ?

— Ici ! Où veux-tu que je trouve une machine comme ça ? Dans un *prodoukty* ? »

Elle se mit à rire, contente de sa plaisanterie. Son rire était sifflant, emphysémateux. On ne voyait plus ses yeux.

« Et... tes fameux juifs, ils viennent souvent ici ?

— La première fois que je les voyais. Vous en voulez ou pas ? »

Alexéï tendit l'ordinateur à Claire.

« Bien sûr qu'on en veut, c'est le nôtre. »

La vieille se mit à hurler :

« Rien à foutre, espèce de fils de ta mère, tu vas me le payer ! Je l'ai acheté, moi, tu entends ! Je ne suis pas un de ces capitalistes pourris de fric, moi ! Je l'ai payé, vous m'entendez ! Cinquante dollars, je l'ai payé !

— Eh bien, tu n'aurais pas dû. C'est un objet volé.

— Au secours ! Au voleur ! » se mit à hurler la vieille, et Alexéï vit les silhouettes brunes des Géorgiens s'agiter, aux abords du marché. Ils étaient facilement reconnaissables à leur veste de cuir ou à leur imperméable noir.

Aleko tira Alexéï par la manche. Il était pâle.

« On ferait bien de ne pas moisir ici. On est tout seuls, Lyocha. Tu sais comment ils sont... »

Alexéï soupira et se tourna vers Claire.

« Donnez-lui cinquante dollars. On risque d'avoir des problèmes pour sortir d'ici autrement. »

Claire le regarda, stupéfaite. Elle n'en croyait pas ses oreilles. C'était lui, l'inspecteur, qui lui disait ça ! Elle ne put s'empêcher de rire en donnant les billets à la vieille qui les empocha promptement.

« Si je te prends encore une fois à faire du recel, grand-mère, je te jure que je te fais mettre au trou.

— Je te chie à la gueule, petit merdeux ! » hurla la *babouchka*, triomphante, tandis qu'ils s'éloignaient rapidement. Aleko rigolait doucement.

« Toi, cesse de te marrer ou je te fais avaler ta casquette !

— Vous voulez manger du *chachklyk* ?

— Tu veux nous empoisonner ou c'est juste pour prendre un laxatif ? »

Aleko les quitta sur l'avenue. Il avait une livraison importante à faire. Il rappela à Alexéï qu'il aurait besoin de cent dollars pour entrer au *katrane*, ce soir, et lui lança un clin d'œil moqueur.

Dans la voiture, Alexéï tambourina sur le volant.

« On n'est pas plus avancés.

— C'est quoi, cette histoire de Français ?

— Je ne sais pas. La vieille nous a raconté des conneries. Elle nous a entendus parler français, elle a dû sauter sur l'occasion pour embrouiller les pistes », mentit Alexéï.

Il réfléchit longuement, sans un mot. Il y avait tant d'éléments troubles dans cette affaire qu'il n'écartait a priori aucune possibilité. Y compris celle qu'André Brunet ait lui-même simulé son enlèvement et le cambriolage, à l'insu de Claire. Il ne pouvait tout de même pas lui dire ça.

« Mais peut-être qu'elle sait quelque chose ?

— Je ne crois pas. Ils n'auraient pas été cons au point de fourguer le matériel directement. Il y a eu sûrement plusieurs intermédiaires. »

Il lança un coup d'œil à Claire, dans le rétroviseur.

« Est-ce que le directeur de l'usine de savons était au courant pour votre histoire de brevet de décontamination ?

— Jigalov ? En partie, oui. C'est lui qui devait mettre en place la fabrication du neutralisant. Pourquoi ?

— Pour rien. Une idée, comme ça... à cause des photos. »

Il ne voulait pas non plus lui apprendre que Jigalov avait été égorgé. Inutile de l'alarmer davantage. Il s'aperçut avec étonnement qu'il partageait ses angoisses, qu'il les anticipait, en quelque sorte, pour la protéger. Il démarra sa voiture avec difficulté et prit la direction de la Moskova. Quelques flocons de neige annonçaient une nouvelle chute.

« Est-ce que vous saviez qu'on devait rouvrir l'usine chimique voisine de l'usine de savons ?

— Je croyais que c'était un incinérateur.

— Moi aussi. Il y a eu, paraît-il, une fuite de toxiques. La zone est bouclée et l'usine de savons évacuée.

— Je l'ignorais. On ne nous a rien dit de cette mise en service, je vous le jure. Nous devions simplement mettre en place la fabrication, c'est tout.

— Elle devait être opérationnelle d'ici combien de temps ?

— Le temps d'installer les machines et de former le personnel, disons deux mois. Vous pensez à un sabotage ?

— Je ne sais pas. Ça pourrait bien y ressembler. Le tout est de savoir qui y aurait eu intérêt. »

« Le jeune élégant qui parlait avec Sukhomlinov devant la Tchaïka, par exemple », lui murmura une voix qu'il s'efforçait de ne pas entendre, depuis sa rencontre avec l'officier du KGB. Il faudrait pourtant qu'il se décide à aller au fond du problème. Alexéï devait admettre que, sous l'apparente efficacité de son professionnalisme, il avait jusqu'à présent déplacé beaucoup d'air pour rien. Il donnait l'illusion d'enquêter avec sérieux, alors qu'il n'avait pas avancé d'un pouce. Il comprit brusquement pourquoi Sukhomlinov, car il ne doutait pas un seul instant que c'était lui, avait suggéré au procureur Chibaïev d'appuyer sa promotion. On récompensait ainsi sa totale incapacité et on l'encourageait à poursuivre dans cette voie. Alexéï découvrait pour la première fois qu'il avait inconsciemment refusé d'approfondir l'aspect politique de l'affaire et cette preuve de lâcheté lui sauta aux yeux. Il ne s'était jamais imaginé sous les traits d'un lâche, et voilà que l'intrusion de cette petite Française dans sa vie lui révélait ses faiblesses. Il eut honte, pour lui-même et pour son pays. Avait-elle déjà décelé ses mensonges et ses faux-fuyants ? Il eut envie de tout lui dire, tout de suite, mais n'en eut pas le courage. Un profond dégoût de lui-même le submergea. Il lança, sur un ton agressif qui fit sursauter Claire :

188

« Je vous dépose à l'ambassade, on s'y inquiète de votre sort.

— L'ambassade ? Ils ont appris quelque chose ?

— Je l'ignore. Tout ce que je sais, c'est que votre cher ami Zory m'a sommé de vous conduire à l'ambassade sur-le-champ et qu'il souhaite qu'on me retire l'enquête.

— Zory ? D'abord, ce n'est pas un ami. Il a proposé de servir d'interprète pendant notre séjour, c'est tout. Ensuite, tout le monde sait que c'est un jeune ambitieux qui cherche à attirer l'attention. Néanmoins, cela ne vous autorise nullement à me faire une scène de jalousie.

— Une scène de... Moi ? »

Alexéï était suffoqué par la remarque de Claire. Il freina si brutalement devant l'ambassade que Claire fut projetée sur le tableau de bord. Alexéï la prit par les épaules pour s'assurer qu'elle n'avait rien. Leurs visages étaient à quelques centimètres l'un de l'autre.

« Pardon ! Mille fois pardon ! Vous vous êtes blessée ? »

Elle le regardait au fond des yeux et son souffle effleurait ses lèvres. Elle semblait avoir des difficultés pour respirer.

« Non... Juste un peu mal à la poitrine.

— Je suis le dernier des imbéciles. Je...

— Ça ira, dit Claire, les joues roses, mais elle ne fit pas le moindre geste pour se dégager de son étreinte.

— Vous m'en voulez beaucoup, n'est-ce pas ? »

Elle ne souriait pas. La gravité de son visage avait quelque chose de bouleversant, et Alexéï se sentit plus seul et désespéré que jamais.

« Non, je ne vous en veux pas, Alexéï. De qui avez-vous donc peur ? »

Il s'aperçut qu'il transpirait. Il bafouilla :

« Je... Voulez-vous que je vous attende ?

— Non. Je prendrai un taxi. »

Alexéï la lâcha et chercha ses cigarettes au fond de sa poche. Claire ne bougeait toujours pas.

« Vous êtes sûr que vous n'avez rien à me dire ? insista-t-elle.

— Non, je vous assure... Je... »

Alexéï alluma une cigarette en tremblant, constata que la fumée emplissait l'habitacle et l'écrasa aussitôt.

« Si... j'ai besoin de cent dollars. C'est... Un des ravisseurs travaillait peut-être dans un cercle de jeu clandestin. Il y a un droit d'entrée... »

Claire ouvrit son sac sans un mot et lui tendit une liasse de billets. Alexéï les prit et les regarda fixement. Il cherchait ses mots.

« Il se peut que je les perde au jeu. Je... je ne pourrai pas vous les rembourser.

— C'est pour mon père, Alexéï, pas pour vous. Cela suffit à calmer votre conscience ?

— Vous me prenez pour un escroc, moi aussi ? »

Claire se tourna lentement vers lui et caressa sa joue, avec tendresse.

« S'il vous plaît, Alexéï... Cessez de vous torturer. Retrouvez mon père.

— J'ai honte. »

Claire sortit de la voiture. Il neigeait à gros flocons à présent.

« Il ne faut pas. Vous êtes un type très bien... pour un flic. »

Elle se força à sourire. Il démarra en trombe et faillit percuter un camion qui manœuvrait pour entrer dans la cour de l'ambassade. Sur le flanc du camion, on pouvait lire « Croix-Rouge Internationale ». Alexéï attendit patiemment que le camion recule. Il apportait sans doute des médicaments et des produits de première nécessité pour eux, les Russes. Un peuple de mendiants, voilà ce qu'ils étaient devenus. Alexéï klaxonna rageusement et monta sur le trottoir pour ne plus voir le camion.

28

Claude Zory fit attendre Claire plus d'un quart d'heure dans l'antichambre. C'était la première fois qu'elle mettait les pieds dans la partie administrative de l'ambassade et elle fut surprise par l'exiguïté des lieux. Les deux tiers de l'immeuble semblaient réservés à l'ambassadeur et à ses réceptions mondaines. Mais la diplomatie n'était-elle pas avant tout faite de mondanités ?

Elle se rappela, avec un pincement au cœur, la soirée d'adieu qui avait eu lieu dans les salons voisins, une semaine plus tôt. Une semaine que son père avait disparu, l'éternité. Une semaine qu'elle vivait dans un état d'angoisse et de tension permanentes. C'était pire, oui, pire que de le savoir mort. Elle essaya de concentrer son attention sur ce qui l'entourait.

Ici, la décoration se résumait au strict nécessaire et les lambris vernis cachaient mal une certaine indigence. Claire avait l'impression d'être tombée dans les locaux d'une sous-préfecture oubliée. La pièce où la secrétaire l'avait introduite était un ancien salon dont le plafond orné de moulures baroques était l'unique luxe. Une demi-douzaine de chaises étaient alignées contre le mur et un tapis élimé dissimulait le plancher disjoint qui craquait au moindre pas. En face, un portrait du président de la République française disparaissait à demi derrière une pile de cartons. Tous les locaux de l'ambassade étaient remplis de ces colis dont les employés ne savaient plus que faire. Depuis que le premier appel à l'aide internationale avait été lancé, les camions se succédaient presque chaque jour et l'on avait le plus grand mal à stocker

191

les vivres en attendant que les services municipaux les prennent en charge.

Zory finit par ouvrir la porte de son bureau d'un geste brusque, comme un médecin débordé ou un cadre surmené. Il se rua dans l'antichambre et vint s'incliner devant Claire avant qu'elle ait eu le temps de se lever.

« Très chère, je suis... impardonnable. C'est un crime que de faire attendre une jolie femme. »

Sa mèche de cheveux bruns balaya sa joue tandis qu'il se penchait vers la main de Claire. Il arborait un costume croisé prince-de-galles et semblait avoir répandu le contenu d'un flacon d'eau de toilette sur ses vêtements.

« Épargnez-moi vos mondanités, voulez-vous. Je pense que ce n'est ni l'endroit ni le moment pour jouer les chevaliers servants. »

Le sourire de Zory disparut et ses joues s'empourprèrent un bref instant, comme s'il venait d'être giflé.

« Veuillez passer dans mon bureau, mademoiselle Brunet », reprit-il sur un ton pincé.

Elle s'installa dans le fauteuil qu'il lui désignait et jeta un coup d'œil rapide autour d'elle. Des cartons encombraient la petite pièce. C'était à peine si on pouvait accéder aux fichiers. Zory soupira :

« Eh oui, l'aide peut être parfois encombrante, n'est-ce pas ? Mais il faut bien faire quelque chose. »

Il fouilla dans ses papiers, l'air préoccupé.

« Venons-en aux faits, monsieur Zory. Vous souhaitiez me voir d'urgence. J'en déduis donc que vous avez quelque chose à me dire.

— Hélas, oui, mademoiselle Brunet. »

Il laissa planer un doute horrible et Claire se rendit compte qu'elle le haïssait. Au bout d'une éternité, il finit par trouver la chemise qu'il cherchait et en tira une feuille de papier grisâtre, bon marché, chiffonnée, russe. Il parcourut la lettre, la tendit à Claire, sans un mot, et croisa les mains sous son menton, pendant qu'elle essayait de déchiffrer l'écriture.

Le message était inscrit avec une encre sale qui avait bavé sur le papier poreux. Les caractères étaient tracés par une

192

main malhabile, comme si on avait écrit de la main gauche, ou qu'un analphabète eût recopié le graphisme des lettres. Claire, la gorge serrée, lut :

Pour revoir André Brunet 300 000 dollars. Venir seul devant BAHX. Dernier délai : 29 novembre, 20 h. Si vous prévenir milice, Brunet mort.

« Qu'est-ce que c'est, BAHX ?

— VDNKh, en cyrillique. L'Exposition des réalisations économiques de l'URSS. Nous avons visité, vous vous souvenez ?

— Oui. Vous êtes sûr que cette lettre vient des ravisseurs ? »

Zory fit la moue. Il avait croisé les jambes et balançait son pied de façon décontractée.

« Impossible d'être sûr, naturellement. Mais ça m'a tout l'air d'être sérieux.

— Quand l'avez-vous reçue ?

— Ce matin. J'ai essayé de vous joindre à l'hôtel où l'on m'a appris que vous étiez partie. En désespoir de cause, j'ai appelé Syssoïev, rue Petrovka.

— Vous lui avez parlé de la demande de rançon ? »

Zory eut un sourire énigmatique.

« Non. Je ne pense pas, si vous voulez le fond de ma pensée, que la milice, russe en général, et moscovite en particulier, soit... fiable.

— Que voulez-vous dire ?

— Eh bien, non seulement elle est d'une incompétence et d'une impuissance rares, mais il n'est pas exclu qu'un de ses membres, voire plusieurs, soient impliqués dans l'enlèvement.

— Attendez, Zory. Vous êtes en train de suggérer que c'est peut-être la milice qui a enlevé mon père, pour toucher la rançon ?

— Je dis que ce n'est pas impossible. La corruption est assez courante dans la police, vous savez. Ils gagnent un salaire de misère. »

Claire essaya de se contrôler, de réfléchir, de raisonner.

« Je ne comprends pas pourquoi les ravisseurs ont attendu une semaine avant de se manifester. »

Zory hocha la tête.

« Je me suis moi-même posé la question. A mon avis, il y a

plusieurs explications possibles. Il se peut qu'ils n'aient pas pu réclamer de rançon plus tôt, pour des raisons de sécurité, ou pour brouiller les pistes, que sais-je encore ? Il est également possible qu'ils aient voulu faire monter la pression, donc les prix. Enfin...

— Enfin ?

— Non, rien.

— Dites !

— Eh bien... peut-être que votre père a des problèmes de santé et qu'il devient urgent de l'échanger.

— Que me conseillez-vous, dans ce cas ? »

Zory se mordit la lèvre inférieure. Il faisait durer cruellement le silence et paraissait évaluer les possibilités de résistance de Claire. Elle cria presque, à bout de nerfs :

« Si vous savez quelque chose, Zory, dites-le ! »

Il se pencha pour saisir la main de Claire, sur le bureau.

Elle se laissa faire, désemparée.

« Je suis là pour vous aider, Claire. Vous savez que vous pouvez compter sur moi. A votre place, je paierais.

— Mais je n'ai pas cette somme...

— Et l'entreprise de votre père ?

— Il a des liquidités, bien sûr, mais en France. Je ne pourrai jamais faire venir cette somme !

— Avez-vous une procuration ?

— Oui mais... le contrôle des changes... le délai...

— Ne vous inquiétez pas. Nous envoyons un fax sur-le-champ, vous confirmez et je préviens le Quai d'Orsay. Nous ramenons la somme par valise diplomatique et vol spécial. L'argent devrait être là demain dans la journée. »

Elle hésitait encore. Malgré elle, son regard revenait sans cesse à la lettre, comme si quelque indice pouvait lui dire où se trouvait son père. Elle se demanda ce qu'Alexéï lui aurait conseillé. Elle n'avait plus le temps de le joindre. Quand bien même l'aurait-elle eu qu'elle s'en serait abstenue. La menace était trop explicite. Elle n'avait pas le choix.

« Je vais envoyer un fax. Espérons qu'ils accepteront.

— Je leur donnerai la garantie du Quai d'Orsay. Cela devrait suffire. »

Claire suivit Zory jusqu'à la pièce voisine où était installé le matériel de communication : télex, fax, ordinateur, téléphone et radio. Tandis qu'elle composait le numéro du siège, Claire fit un rapide calcul. Trois cent mille dollars. Près d'un million et demi de francs.

29

Rue Zemlyachki, lui avait dit Aleko. Vers 22 heures. Le *katrane* était en principe ouvert vingt-quatre heures sur vingt-quatre, mais les joueurs professionnels se réunissaient de préférence le soir.

Alexéï connaissait bien ce quartier, non loin de la galerie Tetriakov, au sud de la Moskova. Il y flottait un parfum de richesse passée. Les maisons aux façades victoriennes avaient vieilli et certaines avaient été transformées pour y loger plusieurs familles, mais l'ensemble avait conservé une certaine dignité, comme les vêtements fanés d'une grande dame ruinée. L'obscurité cachait les rides.

La grande maison bourgeoise où Alexéï pénétra était plus délabrée qu'il n'y paraissait de l'extérieur. Dans l'escalier jadis imposant, les plâtres humides s'étaient détachés des murs par grandes croûtes squameuses. Les moulures disparaissaient sous une couche de suie venue d'on ne sait où, comme si l'on avait fait brûler un brasero dans le couloir. Les lambris vermoulus tombaient lentement en poussière sur les marches qui n'avaient pas vu la cire depuis des lustres.

Alexéï n'essaya même pas d'appeler l'ascenseur qui faisait figure de pièce de musée et monta prudemment, scrutant, sous la maigre lumière d'une ampoule jaune, les marches branlantes. Au troisième étage, la cage était bloquée derrière sa grille. On y avait fixé une pancarte. *Remont*. En réparation. L'encre de la pancarte était passée, et le papier jauni par le temps. Alexéï se demanda pourquoi ils avaient fixé cet écriteau au troisième étage. Face à la grille de l'ascenseur, une porte noire, vernie, sans la moindre inscription. C'était la seule porte de l'étage. Alexéï chercha la sonnette, ne la trouva pas et frappa trois fois, timidement. De longues minutes s'écoulèrent avant qu'on vienne lui ouvrir. Une lourde tenture vert olive, devant la porte, empêchait de voir l'intérieur de l'appartement. Une femme d'âge mûr, la cinquantaine, apparut, une cigarette entre les lèvres. Ses cheveux gris étaient tirés en chignon, et ses paupières soulignées d'un épais trait noir. Elle plissait les yeux pour se protéger de la fumée qui montait de sa cigarette et serrait la tenture autour de son corps comme une sortie de bain. Alexéï s'efforça de sourire et donna le mot de passe que lui avait appris Aleko.

« Je viens de la part de votre cousin. »

La femme le toisa du regard et marmonna. Ses lèvres remuaient à peine.

« Quel cousin ? »

Alexéï se sentit complètement idiot. Si ce petit crétin d'Aleko lui avait joué une farce de mauvais goût, il allait le payer cher. Alexéï se retourna et son regard chercha une autre porte. Mais il n'y avait qu'un appartement à cet étage. Il se racla la gorge, se pencha vers le chambranle et baissa la voix, comme un conspirateur :

« Ce n'est pas ici, chez Bakastov ?

— Bakastov est mort depuis dix ans. »

Alexéï déglutit difficilement. Quand il l'attraperait, il lui arracherait les yeux à mains nues.

« On m'appelle Natacha. Tu es vraiment puceau, fiston. Allez, entre, tu vas attraper une pneumonie dans l'escalier. C'est plein de courants d'air et de fantômes. »

La femme s'écarta et le laissa passer sous la tenture. D'abord, il ne distingua rien qu'un brouillard épais de fumée que les abat-jour semblaient diffuser sur les tables. La main de Natacha se tendit.

« *Valiouta*, l'homme !

— Vingt dollars, c'est ça ?

— Si on t'a dit que c'est vingt, alors c'est vingt. »

Alexéï porta la main à sa poche et compta maladroitement les billets.

« Et la vodka ? Tu as pensé à la vodka ? »

Alexéï plongea précipitamment la main dans son manteau

et tendit les cent grammes de vodka obligatoires pour réapprovisionner la buvette.

« Tu peux mettre tes affaires sur le tas, là-bas, près de la télévision. »

Alexéï avança. Dans la pénombre bleutée, il distingua une vingtaine de personnes, réparties autour de la pièce principale. L'appartement vaste était visiblement un vestige de la Sainte Russie. Seul un apparatchik haut placé avait pu préserver un tel joyau et éviter qu'il ne soit partagé en logements surpeuplés. Par réflexe, Alexéï compta les portes et repéra les issues. Outre la grande salle à manger, les invités disposaient d'un petit salon, de la cuisine et de la salle de bains. Il vit disparaître Natacha dans la pièce du fond, qui devait être sa chambre, et qu'elle conservait à usage personnel. Une douzaine de joueurs, tous des hommes, étaient assis autour des trois tables de jeu. Deux dans la salle à manger, une dans le salon. Ceux du salon jouaient à ce qu'Alexéï crut reconnaître comme étant la *préférence*, un jeu populaire à Moscou au cours des années soixante. Dans la salle à manger, on jouait au poker. On parlait peu. Et on fumait. On fumait avec tant de rage qu'Alexéï se dit qu'il n'était même plus nécessaire d'allumer une cigarette pour en fumer une. Il fit lentement le tour des tables et jeta un bref coup d'œil sur les tapis par-dessus l'épaule des spectateurs, mais surtout, il dévisagea les membres du *katrane*. Il n'avait pas encore réussi à repérer les videurs. La moyenne d'âge était relativement jeune. La quarantaine nantie, en général. Difficile de deviner les couvertures sociales des joueurs, mais certains détails vestimentaires laissaient deviner le directeur de magasin ou le professeur d'université. Parfois, lorsqu'une partie venait de s'achever, un joueur cédait sa place et les commandes étaient lancées d'une voix rauque.

« Hé ! le Pâle, apporte-moi une bière. Et une pour le Partisan aussi. On a la langue comme un paillasson. »

Ici, on ne se connaissait que par le surnom. Alexéï tendait l'oreille, guettant les noms de la liste. Aucun des hommes présents ne semblait avoir de cicatrice à la joue gauche. Pour autant qu'il avait pu en juger.

Il observa un moment la partie en cours. Les enjeux semblaient monter, à mesure que la soirée s'avançait. Déjà, certains joueurs lessivés cherchaient leur manteau et partaient discrètement, la tête basse, l'air d'avoir vieilli de dix ans. D'autres montraient les premiers signes de nervosité, et la transpiration commençait à mouiller les fronts et les chemises. Alexéï avait fini par reconnaître les vigiles, qui raccompagnaient les perdants, encaissant les mises ou enregistrant les dettes. Ils étaient jeunes, l'âge d'Aleko, et ne ressemblaient pas au portrait des tueurs. Indifférents au jeu, ils bavardaient à voix basse. Un vague sourire aux lèvres, ils s'ennuyaient avec la grâce naturelle que confère la jeunesse.

« Tu aimes, toi aussi, ces fantômes de vie, Dmitri ? »

Alexéï se retourna. L'homme qui lui parlait à l'oreille était plus grand que lui, osseux. De longs cheveux gris sales pendaient sur le revers de sa veste et se mêlaient à sa barbe de pope. On lui aurait donné la soixantaine.

« N'est-ce pas qu'ils ont l'air de fantômes, Dmitri ? »

Alexéï comprit que l'homme s'adressait à lui. Il était ivre et oscillait doucement, très raide, comme un mât sous le vent. Alexéï ne répondit pas. L'ivrogne parlait seul. Il lui suffisait d'un auditeur anonyme pour déverser son trop-plein d'amertume.

« Moi aussi, j'aime ces brumes qui précèdent le grand caveau. Tel que tu me vois, Dmitri, je suis déjà mort, mais personne ne le sait. Il n'y a que moi. »

Il but une longue rasade de vodka et plissa les yeux, puis colla ses lèvres à l'oreille d'Alexéï et poursuivit dans un murmure :

« Il y a très longtemps, du temps de mon vivant, j'étais artiste, Dmitri. Poète ! Tu entends, poète ! Et j'écrivais mes œuvres sur des feuilles arrachées au diable. Nous nous cachions. Il fallait la force de la terre pour insuffler la vie aux mots, Dmitri. La terre ! C'était le temps des morts vivants. On en voyait partout, tu te souviens, Dmitri, partout ! Tu connais Baba Yaga, la sorcière aux pattes de poule, messagère des enfers ? Je l'ai rencontrée, un matin, qui sortait du Kremlin. Un jour, nous avons enterré nos œuvres, pour qu'elles germent

199

dans le ventre de la terre féconde, et qu'elles y sèment la graine de vie. Sveta, ma muse, s'est couchée elle aussi dans la fosse commune. Nous l'avons couverte de terre et nous avons lancé nos imprécations vers le ciel. Quand nous l'avons tirée des enfers, elle ne respirait plus, tu entends, Dmitri ? Elle avait insufflé sa propre vie à nos conneries merdiques. Nous sommes tous morts ce jour-là, tu comprends, Dmitri ? »

Alexéï s'écarta de l'homme avec un frisson. Moscou était peuplée de ces fantômes morbides et déments. L'air des marécages peut-être, ou le poids du passé...

Alexéï concentra son attention sur un joueur qui commençait à perdre. C'était un petit homme chauve dont le crâne luisait de sueur sous l'abat-jour. Exception notable, il ne fumait pas, mais buvait un peu trop de vodka. Ses gestes devenaient saccadés, et son regard suivait le mouvement des cartes avec un temps de retard. La fatigue, l'alcool et la tension nerveuse venaient à bout de son attention. Après une dernière donne infructueuse, il jeta rageusement son jeu sur la table et céda sa place pour un moment. Alexéï le suivit jusqu'à la salle de bains.

Le petit homme s'aspergea le visage d'eau et resta un long moment courbé sur le lavabo, comme un coureur qui cherche son souffle. Quand il releva la tête pour se donner un coup de peigne, il aperçut le visage d'Alexéï dans le miroir.

« Dure soirée, pas vrai ?

— Il y a des hauts et des bas. »

L'homme coiffait avec un soin maniaque les quelques cheveux qui lui restaient sur le haut du crâne et la couronne poivre et sel qui lui tombait dans le cou.

« Besoin d'une avance ? »

Le joueur restait méfiant. Il cherchait à percer les motivations d'Alexéï. Celui-ci avait observé les mises. Le type était presque à court. Encore deux tours de malchance et il devrait s'arrêter, s'endetter, ou emprunter.

« Ça se pourrait. Combien tu me prêtes ?

— J'ai cinquante dollars qui dorment. Je ne me sens pas inspiré aujourd'hui. »

Le petit homme reposa le peigne et se lissa les tempes. Il réfléchissait.

« Qu'est-ce que tu veux, l'homme ? » finit-il par demander, toujours sans se retourner.

Alexéï eut un geste de bonne foi, la main sur la poitrine.

« Mais rien, je te jure. C'est juste pour rendre service.

— Arrête tes salades. Ici, on ne rend jamais service. A personne. On joue. On gagne ou on perd. Mais service, non. On ne connaît pas ce mot-là, ici. Tu es nouveau ? C'est quoi ton nom ? Qu'est-ce que tu veux ? »

Alexéï inspira profondément, se retourna et ferma la porte de la salle de bains. Sa partie à lui commençait. Il fallait jouer serré.

« On m'appelle l'Écolier. »

Le premier surnom qui lui était passé par l'esprit. Celui que lui donnait Nastasia, à cause de son air naïf, disait-elle.

« Je cherche un type. Un Français. »

L'autre s'épongeait la figure et plissa les yeux pour déceler chez Alexéï le moindre signe de mensonge.

« Le Français ? Ça fait un bout de temps qu'on ne l'a plus vu. Il te doit de l'argent, hein ? Il en doit à tout le monde. »

Le cœur d'Alexéï s'emballa.

« Tu le connais ? »

L'homme éclata de rire.

« Si je connais le Français ? Tout le monde connaît le Français. D'où tu sors, l'Écolier ? On ne l'a pas revu depuis sa déculottée.

— Quelle déculottée ?

— Une partie mémorable contre le Rouquin. Le Rouquin l'a plumé comme une grive. Un véritable massacre. Je crois que le Français a dû emprunter sur l'honneur. On ne l'a pas revu depuis ce temps-là. Le Rouquin non plus, d'ailleurs. Peut-être bien qu'ils se sont entre-tués. »

Alexéï porta une main tremblante à sa poche et en tira la photo de Brunet.

« C'est lui ? »

L'homme prit le cliché entre deux doigts, l'air vaguement dégoûté, et fit la grimace.

« Non. Rien à voir. Le Français est beaucoup plus jeune. »

Alexéï réprima un juron. L'autre se retourna, resserra son nœud de cravate et tira sur son chandail trop court.

« Bon. Alors ? Tu me les prêtes ou non ? »

Alexéï tira son portefeuille.

« Pourquoi on l'appelait le Français, l'autre ?

— Parce qu'il était français, tiens ! Mais attention, il parlait russe comme toi et moi, hein ! »

Alexéï lui tendit les billets.

« T'es vraiment un bleu, l'Écolier. Tu me demandes même pas mon nom ? »

Alexéï s'efforça de rire, pour cacher son embarras.

« Je suis comme ça, moi, grand prince.

— Alors, tu ne vivras pas vieux. Un conseil, méfie-toi de tout le monde, ici. On m'appelle le Chauve. Je me demande bien pourquoi. »

Il allait sortir quand Alexéï le retint par l'épaule.

« Au fait, le Rouquin, de quoi il avait l'air ?

— D'un Anglais. Je te le dis, l'Écolier, on est plus chez nous. C'est pourri par les étrangers, tout ça.

— Et Lada, ça te dit quelque chose ? »

Le sourire de l'homme disparut d'un coup et il secoua la tête, brusquement impénétrable.

« Rien du tout.

— Tu es sûr ? Réfléchis ! Lada. La Petite-Douceur. Il a une cicatrice sur la joue, là. »

Le Chauve plissa les yeux.

« Écoute, l'Écolier. Je crois que tu en as eu pour ton argent, alors, ne sois pas trop gourmand, et ne fourre pas ton nez dans le cul des autres. C'est malsain. »

Alexéï le laissa partir et se lava les mains, longuement, en réfléchissant. Lorsqu'il revint dans la salle de jeu, le Chauve n'était plus là. Il jeta un coup d'œil dans le salon et s'approcha d'un des videurs qui rôdait là.

« Tu n'as pas vu le Chauve ? »

L'autre serrait le carton de sa cigarette entre ses dents, d'un air provocant.

« Il est parti. Il a payé sa dette et il est parti. »

Alexéï sentit dans ses veines une brusque giclée d'adréna-line. Il s'était laissé avoir comme un gamin. Il empoigna la main du videur, se pencha et alluma sa cigarette à la sienne.

« Merci, jeune homme », dit Alexéï.

Il resta encore une heure. Il espérait voir débarquer le balafré ou le boiteux. En vain. Les parties s'éternisaient, avec le même rituel monotone. Des joueurs ruinés partaient. La soirée touchait à sa fin. Alexéï finit par ramasser son manteau et sortit. Sa voiture était garée assez loin, par prudence. Alexéï remonta la rue sombre que n'éclairaient que de rares falots espacés. Il s'arrêta une seconde, guettant un bruit de pas, n'entendit rien. Sa voiture était à cinquante mètres environ. Au moment où il allait traverser la rue, trois hommes surgirent de l'ombre d'un porche. Alexéï leur tomba littéralement dans les bras et n'eut pas le temps de faire demi-tour. Il se débattit quelques secondes avant de sentir une brûlure atroce lui labourer les jambes. Il tomba à genoux, incapable de tenir debout. Instinctivement, il leva les bras pour se protéger la tête et reconnut, juste avant que la brûlure ne zèbre à nouveau ses épaules, le sifflement du fouet de Tcheriomouchki. Pendant la guerre des banlieues, les bandes de jeunes avaient mis au point cette arme terrible, faite de lanières de cuir tressées sur lesquelles ils coulaient du plomb, au-dessus d'un brasero. Alexéï ne put retenir un hurlement de douleur lorsque le fouet s'abattit pour la troisième fois sur ses reins. Il roula dans le caniveau, étourdi par la douleur. Un des hommes le rattrapa par le col et le ramena sur le trottoir. Il se mit à genoux à côté de lui et colla sa bouche au nez d'Alexéï.

« Tu me cherchais, l'homme ? Je suis là. »

Alexéï pouvait voir, à quelques centimètres de son visage, la cicatrice creuse sur la joue de l'homme. Par un automatisme professionnel, Alexéï enregistra les détails. L'homme était brun, la racine des cheveux formant un V très bas sur son front. Ses petits yeux ronds et noirs de rat brillaient d'excita-tion. La prunelle était dilatée. Le type se droguait, certaine-ment. Sa mâchoire puissante, carrée, était mal rasée, et les minces lèvres décolorées dévoilaient des dents gâtées. Son haleine était forte, animale. L'homme était de petite taille mais d'une force peu commune. Alexéï sentait la poigne terrible qui lui serrait le col. Une lame jaillit sous ses yeux.

« Une seconde, Nikolaï. Fouille-le. Je veux savoir qui c'est. »

L'homme qui avait parlé était plus grand et se tenait en retrait dans l'ombre. Le troisième était le Chauve. Nikolaï, celui qu'on surnommait Lada, plongea sa main dans la poche intérieure d'Alexéï, en tira son portefeuille et le tendit à son complice.

« Mais on est riche dans la milice, dites donc ! »

Le boiteux s'approcha et agita les dollars sous le nez d'Alexéï. C'est lui qui tenait le fouet.

« D'où tu sors ce fric, *kholovdè* ? »

La lame miroitait toujours devant sa bouche.

« Je l'ai gagné.

— Qui t'a rencardé sur nous ? Qu'est-ce que tu nous veux ? »

Alexéï sentait la douleur s'estomper lentement dans ses reins mais ses muscles étaient paralysés. Quand il aurait parlé, les types le saigneraient comme un cochon. Il fallait qu'il tienne le plus longtemps possible.

« Rien. C'est une erreur. Je voulais juste jouer... »

Le sifflement de la lanière, encore une fois, et la douleur fulgurante, atroce, qui remontait sa colonne vertébrale, faisait exploser son cerveau.

« Arrêtez... Je ne voulais pas... »

Le fouet se leva, siffla et lacéra ses chairs, encore et encore, jusqu'à ce que s'annonce l'évanouissement libérateur.

Mais brusquement, les coups cessèrent. Dans le brouillard de douleur où il flottait, à demi inconscient, Alexéï entendit des claquements secs, comme des coups de feu, et sentit, étranger à son propre corps, sa propre tête qui retombait sur le bitume. Des cris et une cavalcade, puis le bruit d'un moteur et encore des claquements secs de pistolet. Une voix enfin, toute proche, et des bras qui le relevaient.

« Alors, vieille peau, on s'est encore bourré la gueule et on ne peut plus rentrer à la maison ? »

Alexéï entrouvrit les yeux. Dans la brume rouge de sa

souffrance, il devina la forme massive et protectrice de son ami.

« Piotr! murmura-t-il. C'est toi?

— Ça t'étonne, hein? Moi aussi. A cette heure-ci, je devrais être plus bourré que toi. Allez, à l'hôpital, ivrogne!

— N... non. Chez Aleko... Pas faire... peur à ma mère...

— T'es pas raisonnable, Lyocha. Tu dois bien avoir deux mille os de cassés.

— Non... regarde. »

Alexéï essaya de se lever en s'accrochant au bras de son ami, et retomba, foudroyé par la douleur.

« Je t'en prie, Piotr. Je veux voir Claire.

— Fallait le dire tout de suite. »

30

Des murmures de femmes et le froissement doux d'étoffes
légères. Une odeur de camphre et de thé noir. Alexéï n'ouvre
pas encore les yeux, laisse se prolonger l'instant de bonheur
parfait où il flotte, la tiédeur liquide de son inconscience qui,
peu à peu, se dissipe, alors que son corps n'est pas tout à fait
éveillé à la douleur. Il est dans une chambre féminine où
flottent des parfums sensuels. Sa mère n'est pas encore rentrée.
Il a dix ans et vient de tomber d'un muret, près de l'école. La
voisine l'a ramené chez elle et l'a frictionné de camphre. Une
compresse sur le front, il se laisse dériver sur le ruisseau de sa
douleur sourde. Bientôt, sa mère rentrera et il gémira, pour lui
faire peur, pour qu'elle le console et le plaigne. Puis elle le
portera chez eux, dans le petit appartement d'à côté, et
chauffera une brique dans le four de la cuisinière, l'envelop-
pera dans du journal et la glissera à ses pieds, dans le lit. S'il
n'est pas mort avant. C'est comme ça qu'il imagine sa mort.
Comme une dérive tiède.

Une main effleure son front et la tiédeur cède brutalement la
place au froid. On vient de changer la compresse. Une odeur
de vinaigre s'ajoute à celle du camphre. Il essaie de lever un
bras et la douleur qui était tapie au creux de ses nerfs se
réveille tout à coup, lui arrache un gémissement.

« Tatiana, il revient à lui ! Tatiana ! »

Bruits légers de pas sur le plancher. Alexéï ouvre les yeux et
deux anges se penchent à son chevet, aux cheveux bruns, aux
cheveux blonds. Claire a des yeux vert d'eau, dans la lueur
tamisée des lampes de chevet. Elle lui sourit.

« Ça va ? »

Il essaie de se redresser sur un coude et grimace de douleur.

« Ne bougez pas, vous êtes couvert de bleus. »

Il est torse nu et les traces marbrées des coups de fouet zèbrent sa peau. Alexéï jette un coup d'œil autour de lui. Ils l'ont installé sur le lit de Tatiana. Claire lui soulève délicatement la tête et approche une tasse de thé de ses lèvres. Alexéï lape le thé brûlant et se laisse aller, épuisé, sur l'oreiller.

« Tu peux aller te coucher, Tatiana. Je vais m'occuper de lui », murmure Claire.

Ce n'est qu'alors qu'il remarque qu'elles sont toutes deux en robe de chambre.

« Quelle heure est-il ? »

Claire consulte sa montre.

« Une heure du matin.

— Et Piotr ?

— Il est rentré chez lui. Il viendra vous chercher demain. »

Elle s'est assise sur le bord du lit et serre sa robe de chambre sur sa poitrine. Il a l'impression qu'elle veut parler, puis renonce. La douleur est plus douce à présent, comme une courbature, ou c'est son corps qui s'habitue. Le silence se prolonge, étrangement agréable. Il respire mieux, sent ses forces revenir peu à peu.

« Qui vous a mis dans un tel état ? »

Alexéï s'efforce de sourire.

« De mauvais perdants. Je crains fort d'avoir gaspillé votre argent.

— Vous n'avez rien trouvé ?

— Pas grand-chose de neuf. »

Sinon que ces types-là n'avaient peur de rien, et surtout pas des miliciens. Alexéï était à peu près sûr à présent qu'André Brunet avait été exécuté. Ce Nikolaï était un cinglé et l'autre un sadique. Il essaierait de cacher la vérité à Claire le plus longtemps possible. Encore une ou deux vérifications, et il ne resterait plus qu'à classer l'enquête. Il arrivait au bout du rouleau. La raclée qu'il venait de prendre ne l'avait pas vraiment terrorisé mais elle prouvait que ces types étaient protégés. Par conséquent, il était inutile de se donner du mal pour rien. Il risquait d'y laisser sa peau, et peut-être de mettre en danger ceux qui lui étaient chers. Claire ne pourrait jamais comprendre ce genre de raisonnement. Les Occidentaux ne savaient pas ce qu'était l'impuissance. Il essaya de détourner la conversation :

« Et vous ? Parlez-moi de vous. Avez-vous rassuré votre ami Zory ? »

Claire se mordit les lèvres et Alexéï vit son menton qui tremblait. Il lui prit la main. Le contact physique, ce geste de chaleur humaine, suffit à déclencher ses larmes. Elle s'effondra sur son épaule et se mit à sangloter comme une enfant. Alexéï murmura des mots rassurants, de sa voix grave et chaude, et s'aperçut que, sous le coup de l'émotion, il parlait russe.

« Ne pleure pas, petite colombe. Ne pleure pas. Je resterai là. »

Il tourna la tête et leurs lèvres se rencontrèrent, avec la simplicité des vieux couples qui s'embrassent par amour et non par simple désir. Elle cherchait en lui les forces qui lui manquaient. Il y avait du désespoir dans ce baiser, Alexéï en était conscient. Il se laissa faire lorsqu'elle ôta ses vêtements et vint se blottir contre lui, sous l'édredon. Il serra les dents lorsque sa main effleura une blessure. Elle s'en aperçut et, du bout des lèvres, apaisa ses brûlures. Ils avaient besoin tous deux de chaleur humaine. Leurs peurs s'annulaient, le temps d'une étreinte. Ils partagèrent un peu d'amour et beaucoup de désespoir.

Le sommeil qui les emporta, dans les bras l'un de l'autre, fut comme un grand trou noir, une chute brutale dans l'oubli. Lorsque les bruits de la maison les réveillèrent, ils découvrirent avec étonnement qu'ils étaient nus, l'un contre l'autre. Alexéï lui mordit l'épaule et elle poussa un petit cri. Elle l'obligea à se tourner vers le mur pendant qu'elle s'habillait. Il obéit, avec un gémissement de douleur. Ses reins surtout le faisaient souffrir. Claire le frictionna de nouveau au camphre avant qu'il ne s'habille à son tour.

Il sut ne pas poser de questions. Claire savait qu'il attendait qu'elle parle. Elle s'était juré de ne rien dire mais il était trop tard à présent. Alexéï n'était plus un simple policier.

« Jure-moi de ne rien tenter. »

Alexéï avait du mal à boutonner sa chemise. Sa main gauche était enflée et violacée.

« Je te le jure. »

Claire soupira et ouvrit les doubles rideaux. La lumière blanche du jour neigeux inonda la pièce. Ils clignèrent des yeux.

« Ils ont demandé une rançon.

— Quoi ? Pourquoi ne m'as-tu pas prévenu tout de suite ?

— Si j'en parle à la milice, ils tueront mon père.

— C'est pour quand ?

— Avant ce soir, 20 heures, à la VDNKh.

— Combien ?

— Trois cent mille dollars.

— Comment ont-ils fait leur demande ?

— Une lettre. En mauvais français. Sur du papier russe. »

Alexéï se frotta le menton. Il n'aurait pas le temps de se raser aujourd'hui.

« Tu as cette somme ?

— Non. Enfin, pas ici. Mais l'ambassade a fait le nécessaire. L'argent doit arriver aujourd'hui à Cheremetievo.

— Par valise diplomatique ? »

Claire hocha la tête.

« Tu m'as juré de ne rien tenter, n'est-ce pas ? »

Il la prit dans ses bras. Par expérience, il savait comment se terminaient ces sordides affaires d'enlèvement et de rançon. La Mafia en était devenue coutumière. Si Brunet vivait encore, il y avait peu de chances pour qu'il s'en sorte. En outre, cette demande de rançon cadrait mal avec tout ce qu'il avait découvert sur Skinner et les tueurs. Que lui avait caché Sukhomlinov ? Que signifiait cette demande de rançon crapuleuse dans une affaire qui semblait relever des Services secrets ? Qui voulait-on tromper ? Il avait jusqu'à ce soir pour le découvrir. Dans tous les cas, après, il serait trop tard.

Il y eut un grondement de moteur, dans la rue. Piotr roulait encore avec un pot d'échappement crevé. Alexéï songea qu'il ferait bien d'en changer, s'il devait prendre Claire en filature.

31

« Putain ! T'as vu la gueule que j'ai ? Ils vont tous croire que j'ai embrassé un autobus ! »

Détaillant son visage dans le miroir de courtoisie, Alexéï palpait délicatement, du bout des doigts, sa pommette gauche tuméfiée. Il ne se souvenait pas d'avoir pris un coup sur la figure, mais il en avait tellement reçu ! Sa main gauche surtout et ses reins le faisaient souffrir. Il poussa un grognement de douleur lorsque Piotr roula dans un nid-de-poule.

« Ça te dérangerait de conduire sur la chaussée ?

— Rendez service et voilà comme on vous remercie ! J'aurais dû les laisser t'attendrir encore un peu.

— Comment tu as su qu'ils m'attendaient, ces fils de pute ?

— J'en savais rien, figure-toi, sinon je serais pas venu. On t'aurait retrouvé au petit matin transformé en hachis. Et j'aurais arrosé ton massacre !

— Arrête tes conneries ! Tu passais par hasard ou tu t'étais perdu ?

— Je me suis dit qu'avec le cul que tu as, tu finirais bien par attirer encore une fois les mouches à merde. Je vais te dire, c'est pas des amateurs, tes deux démolisseurs.

— Merci du renseignement, je croyais que c'était des musiciens. Qu'est-ce qui s'est passé quand je suis tombé dans les pommes ?

— J'ai tiré en l'air et ils ont filé. »

Alexéï ne demanda pas pourquoi Piotr ne les avait pas poursuivis. Il avait déjà du mal à déplacer sa grosse carcasse vieillissante imbibée d'alcool, alors courir après des voyous...

Rue Petrovka, Alexéï s'extirpa de la voiture avec précaution. Le moindre mouvement le mettait au supplice.

« Tu crois pas que tu ferais mieux de te reposer ?

— J'ai failli me reposer pour de bon, mon vieux. Tu peux pas t'imaginer ce que c'est agréable d'avoir mal. Sans toi, je n'aurais jamais su à quel point c'est agréable.

— J'ai toujours dit que t'étais maso.

— Et sur Jigalov, tu as trouvé quelque chose ?

— Peau de balle ! Sa femme ignorait même que l'usine était fermée. Ils étaient séparés depuis six mois.

— Merde ! On peut crever dans cette ville sans que personne le sache ! »

Dès qu'il entra dans le bâtiment du QG de la milice, Alexéï devina qu'il y avait du nouveau. Ses collègues semblaient l'éviter et personne ne lui posa de questions sur ses ecchymoses. Il ne tarda pas à avoir l'explication de l'embarras général. Son bureau était occupé par un adjoint d'Agatov qui centralisait ainsi ses services sur la moitié du couloir. Alexéï jeta un coup d'œil dans la pièce. On avait enlevé tous ses dossiers, ses affaires personnelles, ainsi que celles de Piotr. Alexéï se pencha vers le jeune collègue qui occupait son bureau.

« Serait-ce trop de te demander, cher Leonid, où on a déménagé mes meubles ? Et pourquoi ? »

Le jeune inspecteur transpirait de gêne.

« Faut comprendre, Alexéï. C'est un ordre de Syssoïev. J'y suis pour rien. Vous êtes au sous-sol maintenant. Au 412.

— Tu entends, Piotr ? On nous fait trop d'honneur. Je pensais qu'on serait à la morgue. »

Le 412 avait toutes les apparences d'un placard à balais et à peu près les mêmes dimensions. Une longue table, contre le mur, leur servait de bureau, et leurs dossiers avaient été déposés en vrac, à même le sol. Une ampoule unique, au plafond bas, éclairait le local qui avait servi naguère pour quelques interrogatoires particuliers. Alexéï contempla le cagibi un long moment, pensif, apparemment calme, et, soudainement, lança un coup de pied violent dans la pile de dossiers. Piotr se moucha bruyamment et conclut, en inspectant son mouchoir :

« Voilà ce que c'est que d'avoir des promotions sans l'avoir demandé. »

Alexéï se précipita vers l'ascenseur et appela le huitième étage. Il déboula comme un forcené dans le secrétariat de Syssoïev.

« Je veux voir le commissaire principal Syssoïev. »

La secrétaire sursauta mais ne perdit pas son sang-froid et rechaussa ses lunettes d'un air froid.

« Il est en réunion à l'extérieur.

— Quand peut-on le voir ?

— Voyons, nous sommes mercredi. Pas avant lundi, je le crains. Nous avons une mission à...

— Je me fous de vos prétextes. Pourquoi m'a-t-on pris mon bureau ?

— Je ne suis pas au courant. Voyez l'intendance. »

Alexéï sortit en claquant la porte si violemment que les vitres tremblèrent.

Il se força à retrouver son calme, s'appuya au mur et respira lentement. La colère lui avait fait oublier ses courbatures. Il commençait à y voir plus clair à présent. On lui donnait une promotion incongrue pour acheter son inefficacité et on le punissait dès qu'il reprenait l'enquête. Que signifiait ce petit jeu ? Alexéï avait honte. Non pas d'avoir eu peur, ou d'avoir été lâche, mais de l'idée que les autres se faisaient de lui. Fallait-il qu'il ait été assez veule pour qu'ils puissent s'imaginer qu'on pouvait l'impressionner avec de tels stratagèmes ! *Ils ?* De qui s'agissait-il d'abord ? De Syssoïev, bien sûr, mais encore ? Que cherchait donc Sukhomlinov ? Cela ressemblait tout à fait aux méthodes d'intimidation du KGB, mais alors, pourquoi ne lui retirait-on pas l'affaire définitivement ? Quel était le sens de cette intimidation ? Il décida d'en avoir le cœur net. Puisqu'ils voulaient la guerre, ils l'auraient.

Il redescendit au sous-sol et se dirigea vers l'aile opposée du bâtiment qui abritait les archives et le fichier central. On avait tenté d'informatiser ce service un an plus tôt, mais on avait dû abandonner l'expérience, faute de matériel fiable. L'ordinateur démodé et le câblage inutile gisaient dans un coin de la salle. Personne, dans l'immeuble, ne savait même comment le brancher. Quant aux logiciels, le seul qui ait été livré était inadapté. On continuait donc de traiter les informations et les fiches manuellement. Il fallait plus d'une semaine de délai pour obtenir la fiche d'un suspect. A moins d'avoir les faveurs de la pulpeuse Anastasia.

« Mon cœur, mon petit lapin de sucre chaud, ma colombe aux fesses roses, obsession de mes nuits, Nastasia chérie, peux-tu me trouver qui est ce type ? »

Il lui tendit la photo du jeune élégant blond qui parlait avec Sukhomlinov devant l'usine de savon. Alexéï avait pris la précaution de découper la silhouette de Sukhomlinov. Il était inutile d'alerter les populations. On ne savait jamais entre les mains de qui cette photo pouvait tomber.

« Ah ! oui, tiens ! T'es pas culotté, Alexéï ! Et dans quel registre je vais le chercher, ton trou-du-cul ? Proxénétisme ? Vol ? Drogue ? Meurtre ? Antisocial ? Alcoolo ? Refuznik ? Nationaliste ? »

Alexéï eut un sourire candide.

« Apparatchik, ma chérie, si j'en juge par la qualité de ses vêtements.

— Tu veux qu'on se retrouve tous les deux en Sibérie, Lyocha, ou tu es las de la vie ?

— Tu as peur, Nastasia chérie ? Mais voyons, c'est l'ère de la *perestroïka,* tu sais. Le peuple a le droit de savoir.

— Il a toujours le droit de se faire enculer, aussi.

— Comment, des propos antisocialistes, ici ? Nastasinka, ma biche aux yeux de chatte, je t'en supplie. »

Elle contempla la photo d'un air rêveur et soupira :

« Tu l'auras voulu, Lyocha ! Je t'aurai prévenu.

— Tu es un ange, Nastasia ! Je t'aime ! Je t'adore ! Je suis à tes pieds ! Pour te prouver ma reconnaissance, voici un superbe saucisson cent pour cent russe que je... »

Elle lui jeta son saucisson à la tête. Il s'enfuit en riant. On verrait bien, désormais, si Sukhomlinov avait toujours autant d'aplomb.

A présent qu'il avait commencé d'agir, Alexéï se sentait de

nouveau en forme. Les doutes et les hésitations des derniers jours s'étaient brusquement envolés. Piotr avait raison. Il devait être maso, dans le fond. Il décida de retourner chez Bakastov.

32

Sur Marx Prospekt, au bout de la rue Petrovka, ils tombèrent sur un barrage. Les miliciens paraissaient nerveux et la radio de leur voiture crachotait ses messages à plein volume. L'un d'eux reconnut Alexéï et s'approcha de la portière.

« Vous feriez mieux de faire demi-tour, inspecteur. Ça risque de durer un sacré bout de temps.

— Qu'est-ce qui se passe ? »

Le milicien releva sa casquette et roula des yeux étonnés.

« Vous êtes bien le seul à ne pas être au courant. Il y a une manifestation sur la place Rouge. On attend des milliers de personnes.

— Eltsine ? »

Le milicien hocha la tête sans un mot. On ne gommait pas en quelques mois des habitudes de prudence vieilles de nombreuses années. Mais Alexéï crut déceler une étincelle de sympathie dans les yeux du policier. Piotr poussa un juron et recula. Ils allaient devoir faire le tour de Moscou alors que la rue Zemlyachki était là, juste de l'autre côté de la Moskova.

Sur la ceinture de jardins, ces boulevards qui formaient le deuxième cercle concentrique autour de Moscou, ils aperçurent des blindés et d'autres véhicules militaires qui avaient pris position au carrefour des grands axes. Discrets, silencieux, assez loin du centre pour ne pas provoquer la foule, mais prêts à intervenir en cas de besoin. Alexéï s'abstint de tout commentaire, même intérieur. Les notions d'ordre, de droit, de justice, et même de crime, avaient connu une telle élasticité pendant tant d'années qu'il se méfiait des apparences. Tout, il le savait par profession, pouvait être manipulé. Il préférait donc ne pas approfondir les conséquences possibles de cette lente désagrégation générale. Il voulait encore entretenir l'illusion que si chacun faisait ce qu'il avait à faire, à sa place, en son temps, tout se remettrait en marche. L'ordre, se disait-il parfois, pour se rassurer, avait deux visages. Celui, confus, insaisissable, multiforme et bouillonnant de la vie. Et celui, glacé, implacable, définitif, de la haine, de l'indifférence et du désespoir, l'ordre de la mort. C'était son métier de lutter contre cet ordre-là.

Piotr rangea sa voiture pétaradante devant l'immeuble, en double file, bloquant en partie la circulation. Des automobilistes furieux durent monter sur le trottoir pour doubler, et abreuvèrent Piotr d'injures choisies.

La rue paraissait moins fière, en plein jour. Les superbes façades dévoilaient leurs rides. Ces pierres respectables qu'Alexéï avait crues plongées dans la pénombre, il découvrait qu'elles étaient noires de suie. Le portail ne luisait plus sous les rayons obliques du réverbère et son vernis s'écaillait, laissant à nu un bois gris usé par les intempéries. Alexéï grimpa l'escalier quatre à quatre tandis que Piotr soufflait et grognait comme un phoque, deux étages derrière. En l'attendant, Alexéï vérifia le chargeur et le cran de sécurité de son pistolet. Il le portait rarement sur lui et n'en avait jamais eu besoin jusqu'à présent. Il se demandait d'ailleurs s'il saurait encore tirer. La dernière fois qu'il avait mis les pieds au stand de tir remontait à dix ans. Piotr aussi s'était armé et l'arme paraissait un jouet dans ses mains énormes. Alexéï frappa trois petits coups à la porte du *katrane*. D'interminables minutes s'écoulèrent. Piotr, adossé au mur du palier, chuchota, hors d'haleine :

« C'est peut-être encore fermé. »

Alexéï lui fit signe de se taire. Les *katranes* étaient, par définition, toujours ouverts. Mais il n'était que 11 heures. Il se pouvait que Natacha soit encore au lit, ou qu'elle soit sortie un moment. Alexéï frappa de nouveau et entendit un rugissement derrière la porte :

« Un moment, merde ! »

Natacha avait noué un foulard sur ses cheveux grisonnants et serrait un peignoir mité sur sa poitrine. Les yeux rougis par le manque de sommeil et la fumée, le visage bouffi et non

216

maquillé, elle avait du mal à soutenir la lumière du jour. Elle plissa les yeux, reconnut Alexéï et l'observa d'un air suspicieux, la main sur la clef de la porte, méfiance habituelle.

« Qu'est-ce que tu veux, puceau ? T'es trop tôt, gamin. Y a encore personne. Les derniers viennent de partir. Reviens vers 6 heures. Y aura personne avant. »

Piotr se rua sur la porte avant que la femme n'ait le temps de réagir. Ils la bousculèrent et refermèrent derrière eux. Alexéï ôta la clef et la mit dans sa poche où sa main resta serrée sur la crosse du pistolet. Il demeura près de la porte, sur le qui-vive, tandis que Piotr inspectait rapidement toutes les pièces.

« Qu'est-ce que vous voulez, bande de voyous ? Y a personne, je vous dis. Si c'est de l'argent que vous cherchez, vous arrivez trop tard, pauvres connards. Feriez mieux de foutre le camp avant que je m'énerve. »

Piotr ouvrait et claquait les portes, imperturbable, soulevant les tentures et ouvrant les placards.

« T'as fini, gros tas de graisse ! Je vous dis qu'y a rien. Et toi, petit salaud, si t'as perdu ton fric cette nuit, fallait pas jouer. En tout cas, c'est plus la peine de remettre les pieds chez moi. Je te fais virer, t'as compris ? »

Piotr revint dans la salle à manger, et déboutonna son anorak, l'air détendu.

« Y a personne. On peut commencer », dit-il.

La femme chercha ses cigarettes dans la poche de son peignoir et en alluma une nerveusement. Alexéï la laissa paniquer un peu et s'installa sur le divan. Piotr tournait lentement dans la pièce. Il observait les bibelots posés sur l'appui de la fenêtre, examinait les meubles et les objets.

« Natacha, je crois qu'il va falloir être coopérative.

— Mon cul, foutez le camp. Y a rien à voir ici.

— Tu nous dis où on peut trouver un certain Lada et on s'en va, pas vrai, Piotr ?

— Tout de suite.

— Foutez le camp, je vous dis. Je connais personne de ce nom-là et même si je le connaissais, vous croyez tout de même pas que je vous le dirais ! »

217

— Si, justement. On est naïfs, hein ? » dit Alexéï en montrant sa carte d'inspecteur.

Natacha ne parut pas émue pour autant. Elle s'assit à la table et secoua nerveusement ses cendres dans un cendrier de cristal.

« Rien à foutre de ta carte, *kholovdè*.

— Si tu ne nous aides pas, chère Natacha, je fais une descente ce soir et je fais fermer ton salon littéraire. »

La femme eut un rire ironique et se mit à tousser.

« Te gêne surtout pas. Il sera rouvert demain. Tu sais pas qui fréquente la maison, puceau. Faut te renseigner avant de jouer les gros bras, gamin ! »

Alexéï s'y attendait un peu et se tourna vers Piotr.

« T'entends, Piotr, la camarade Natacha a des amis haut placés. Je crois qu'on va devoir s'en aller.

— Oui. C'est dommage, je commençais à me plaire ici. Avec toutes ces belles choses. »

Il saisit un des cendriers de cristal, le fit tourner entre ses doigts et le laissa tomber sur le sol où il explosa. La femme sursauta. Piotr décrocha un cadre et en frappa violemment le bord de la table. Le tableau vola en morceaux, arrachant un éclat de bois à la table vernie. Alexéï, sans bouger, dit d'une voix douce :

« La dernière fois que ça lui a pris, il ne restait que les montants de porte dans l'appartement. Il ne sent pas ses forces. »

Un premier carreau de fenêtre se brisa avec fracas. Piotr avait arraché un barreau de chaise et attaquait le triple vitrage. Il déchira les rideaux et les fit passer par la fenêtre. De la rue, en dessous, montait le concert de klaxons des voitures bloquées. Un attroupement commençait à se former sous les fenêtres de l'immeuble. Natacha éteignit sa cigarette d'un geste vif et se plaça devant Piotr.

« Ça va comme ça. Il y a longtemps que Lada ne travaille plus pour moi. J'ai dû me débarrasser de lui, c'était un malade. Alors, si vous le voulez, prenez-le, mais ne le relâchez pas. Il me ferait la peau.

— Ça dépend de toi, camarade ! Le nom et l'adresse ?

— Il s'appelle Nikolaï. Nikolaï Nikolaïevitch Pavlov.

— Tiens, tiens, Pavlov. Comme c'est intéressant.

— Je ne connais pas son adresse personnelle. Il change tout le temps. Mais il est souvent chez Oleg.

— Oleg?

— Un membre du Pamiat. Oleg Petrovitch Sorokine. Il avait un trou à rats du côté de la Yaouza.

— C'est vague. Allez, camarade, sors ton carnet d'adresses. Je te promets qu'on ne te le prendra pas. On veut juste Oleg et Nikolaï. »

Natacha hésita. Elle évaluait la détermination de Piotr et la sincérité d'Alexéï. Elle finit par se décider et se dirigea vers sa chambre. Alexéï, méfiant, la suivit, la main toujours posée sur la crosse de son pistolet. La femme s'agenouilla, prit un carnet sous son matelas et feuilleta rapidement les pages écornées.

« 18, rue Elektrozavodskaïa. C'est près de la centrale. Vous ne m'avez jamais vue, hein? C'est juré?

— Toi non plus, camarade. Tout ça n'était qu'un mauvais rêve, pas vrai? C'est comme ça qu'on réécrit l'histoire. »

Dans la rue, ils faillirent se faire lyncher par les automobilistes et les camionneurs en furie.

33

La Yaouza contournait le parc de Sokolniki avant de descendre vers la Moskova. A mesure qu'on remontait vers le nord, l'affluent se rétrécissait. La source n'était pas très loin, du côté de Medvekovo. Tout autour de Moscou, les cours d'eau se perdaient dans des retenues et des étangs qui rappelaient ce que la ville devait aux marécages sur lesquels elle était bâtie.

Alexéï avait placé cinq hommes en réserve sur le quai Preobrajenskaïa, parallèle à la rue Elektrozavodskaïa. Les Lada de service et le fourgon échappaient ainsi à la vue des passants. La rue était courte et offrait les conditions idéales pour tendre une souricière. Cinq autres miliciens en civil étaient prêts à bloquer chaque extrémité, au nord, sur le boulevard Cherkizovskaya, et au sud, sur la rue Semyonovskaya.

Alexéï et Piotr avaient effectué deux passages, au ralenti, dans la rue où habitait Oleg. Des maisons basses de briques noircies, aux soubassements goudronnés, s'alignaient d'un bout à l'autre, entrecoupées parfois par un hangar ou un transformateur. Le ciel était zébré par les câbles à haute et moyenne tension qui jaillissaient de la centrale électrique toute proche. Les hautes cheminées crachaient par-dessus les toits un panache ininterrompu de fumée grise. Un bourdonnement continu semblait courir d'un pylône à l'autre et mettait les nerfs à vif.

Le 18 était au fond d'une cour accessible par un passage sombre, entre deux autres bicoques. On apercevait une partie de la fenêtre verte mais il était impossible de dire s'il y avait quelqu'un à l'intérieur. Le côté opposé de la rue était barré par une palissade à demi pourrie qui protégeait l'accès au quai. Il était difficile de s'y cacher. Après un moment de réflexion,

Alexéï décida qu'il fallait attendre et retourna se poster au bout de la rue, au nord. Si Oleg habitait toujours là, il finirait bien par sortir, ou par rentrer. En revanche, s'il avait abandonné son repaire ou s'il avait été prévenu, ils attendraient en vain. Alexéï opta pour un moyen terme et décida que s'il ne s'était rien passé d'ici 14 heures, il irait voir.

Ils restèrent dans la voiture de Piotr et fumèrent en écoutant la radio de service qui distillait ses messages et ses consignes. Toute l'attention des services était fixée sur la manifestation de la place Rouge et Alexéï avait eu le plus grand mal à rassembler quelques hommes. Par chance, Syssoïev et Agatov étaient sortis, eux aussi, et Alexéï n'eut pas à justifier son opération. Le seul motif valable, pour l'instant, était la présomption d'agression d'un représentant de la loi.

Une heure s'écoula et il n'y avait toujours pas trace des deux hommes. Alexéï ne pouvait s'offrir le luxe d'une surveillance prolongée. D'abord, il lui faudrait l'accord de Syssoïev, mais surtout, le temps pressait. Ce soir, à 20 heures, il serait trop tard. Il décida d'agir. Il prit Piotr plus trois hommes et posta les autres à l'entrée de la cour, pour couper toute retraite. La maison semblait vide. Ni bruit, ni fumée, ni lumière. C'était une masure mal construite dont les fenêtres paraissaient décalées. Un seul étage et une toiture de tôle ondulée. La porte basse était de bois grossièrement raboté, aux clous apparents. Alexéï tourna doucement la poignée de fer et la porte s'ouvrit. La serrure n'était pas fermée à clef. La maison avait l'air abandonnée. Il ordonna à Piotr d'attendre sur le seuil. Inutile de prendre des risques inutiles. S'il avait besoin de lui, il serait plus efficace vivant que mort.

Les doigts crispés sur son arme, Alexéï pénétra dans une pièce sombre qui sentait le bois brûlé et le chou au saindoux. Il parcourut la pièce du regard et se détendit. Les occupants paraissaient absents. Depuis peu, jugea-t-il en examinant les reliefs de repas et la vaisselle sale qui encombraient la table basse. Il n'y avait que deux chaises, une table bancale et un coffre en bois pour tout mobilier. Des vêtements sales traînaient dans un coin et une poubelle débordait de détritus, près de la table. Un mur était orné d'une tenture colorée, à motifs géométriques. Des piles de tracts s'entassaient contre le mur du fond et un portrait de Staline ornait le dessus de cheminée. Le poêle était éteint depuis peu car il ne faisait pas froid dans la maison. Les cendres étaient encore tièdes. Alexéï jeta un coup d'œil aux tracts. Comme il s'y attendait, il s'agissait de slogans ultra-nationalistes dénonçant le complot juif et l'inaction des pouvoirs publics. Les auteurs demandaient le retour à l'ordre grâce à un véritable pouvoir socialiste russe. Il remit le pistolet dans sa poche et examina les restes qui jonchaient la table. Il renifla les tasses. Du *tchifir*. Ce thé très fort que buvaient les détenus et les soldats. Un paquet marron attira son attention. Cela ressemblait à du mastic, mais, en y regardant de plus près, il s'aperçut qu'il s'agissait de haschich. Il y en avait un gros morceau, de la taille d'un savon. Alexéï l'enveloppa soigneusement dans le papier kraft et le mit dans sa poche. Puis il s'approcha de la tenture, l'écarta et découvrit la face ahurie et ensommeillée de Nikolaï. Alexéï resta bouche bée, pris au dépourvu. Il y avait une autre pièce, bien sûr. Nikolaï fit un geste vers sa poche mais Piotr fut plus rapide.

« Bonne idée, petit père ! Je meurs d'envie de te farcir de plomb, petit pigeon gras. Allez, bouge ! »

Nikolaï s'immobilisa dans l'encadrement de la porte et Alexéï entendit un froissement d'étoffe, derrière lui. Il saisit son pistolet et tira brutalement Nikolaï par le bras.

« Sors de là aussi, Oleg, ou je tire au hasard. Je te préviens, il y a très longtemps que je n'ai pas utilisé de pistolet. Je ne sais pas viser les jambes. Il me faut des cibles larges. »

Oleg Sorokine eut une étrange grimace, comme s'il se rendait personnellement responsable de ce qui lui arrivait, et sortit de l'alcôve. Il boitait plus encore que d'habitude. Alexéï l'observa dans la lumière grise qui filtrait des fenêtres sales. Il était plus jeune qu'il ne l'avait cru cette nuit, quand il l'avait fouetté avec sa lanière plombée. La trentaine environ. Nikolaï avait dans les vingt-cinq.

« Allongez-vous ! ordonna Piotr. Face contre terre. Au premier geste, je vous éclate un genou.

— Alors, choisis le gauche, gros tas de merde. Parce que le droit, les moudjahidin s'en sont déjà occupés. »

222

Alexéï appela les miliciens en renfort. Piotr se pencha vers Oleg, intéressé tout à coup.

« Tu étais en Afghanistan ?

— Non, je me suis fait ça en jouant au football.

— De quel côté ?

— Kaboul. En 82.

— Mes fils étaient du côté de Kandahar.

— Qu'est-ce que tu veux que ça me foute ! »

Piotr se releva, pensif. Son pistolet pendait au bout de son bras comme un objet encombrant, inutile. Il regarda l'arme, presque surpris d'en avoir une, remit soigneusement le cran de sécurité, et la rangea dans sa poche. Les miliciens passèrent des menottes, de fabrication américaine, aux poignets des deux hommes.

Alexéï pénétra dans l'alcôve où deux matelas étaient disposés à même le sol. Dans le coin de la pièce, un seau hygiénique non vidé distillait son odeur d'urine. Une commode contenait un peu de linge et quelques boîtes de conserve. Alexéï souleva les matelas et le tapis élimé, et découvrit une trappe.

« Piotr ! Trouve-moi une lampe. Il y a une cave. »

Une échelle de bois permettait l'accès au réduit. Ce n'était guère plus qu'un trou dans le sol, une sorte de fosse qui empestait les excréments humains. Alexéï éclaira le caveau. Une paillasse moisie, un lambeau de couverture et une gamelle d'aluminium attestaient qu'on avait séquestré quelqu'un dans ce trou à rats. Alexéï descendit, un mouchoir sur le nez. Du bout de son pistolet, il retourna le matelas grouillant de vermine. Il balaya le sol et les parois de sa torche, à la recherche du moindre indice, de la moindre inscription. Mais il n'y avait rien. Rien que cette odeur infecte. Il s'apprêtait à remonter quand un lambeau d'étoffe noirâtre attira son attention, sous les excréments. Il se baissa et le ramassa avec son mouchoir, en retenant sa respiration. Un nœud papillon. Le nœud papillon d'André Brunet, il n'en doutait pas une seconde. Le réceptionniste du Cosmos avait dit qu'il était en smoking. Il enveloppa le nœud et le tendit à Piotr.

« Porte ça au labo. Je veux savoir d'où ça vient dans une

demi-heure. On va cuisiner ces deux oiseaux en attendant. Et puis tiens, tu donneras ça à ton fiston de ma part. C'est un cadeau. Tu as compris, hein, un cadeau ! Je lui ai promis. »

Il lui remit le pain de haschich. Piotr regarda le paquet et le mit dans sa poche, sans l'ouvrir, et sans poser de questions. Une promesse, c'est sacré.

34

Alexéï savait que le temps lui était compté. Qu'il vienne aux oreilles d'Agatov qu'il avait arrêté ses égorgeurs présumés, et il ne pourrait pas les interroger. Il laissa Piotr procéder à l'interrogatoire préliminaire, en ayant pris soin de séparer les deux hommes. Pendant ce temps, Alexéï était retourné au fichier central. Il avait de nouveau usé de son charme pour qu'Anastasia lui cherche sur-le-champ les dossiers éventuels concernant Oleg et Nikolaï. Elle s'était exécutée de mauvaise grâce, apparemment insensible à ses plaisanteries. Lorsqu'il lui avait demandé si elle avait trouvé l'identité du beau blond de la photo, elle s'était emportée, lui disant qu'elle n'avait pas que ça à faire. Alexéï n'avait pas insisté. Anastasia avait bien le droit d'avoir ses problèmes, comme tout le monde. Il avait néanmoins l'impression qu'elle lui cachait quelque chose.

Il y avait bien une chemise au nom d'Oleg Sorokine mais elle était vide, et portait le sceau du KGB, ce qui impliquait que la Sécurité d'État avait confisqué le dossier. Alexéï n'en fut pas autrement étonné. Les activités politiques d'Oleg laissaient supposer une surveillance de la Sécurité. Nikolaï Nikolaïevitch Pavlov aussi était fiché au sommier. Il avait été condamné à une peine de trois ans à la prison de Vladimir, à deux cents kilomètres à l'est de Moscou. On y fabriquait des boutons de porte et des clefs à molette. Dans la rubrique chefs d'accusation, Alexéï lut : « pratiques homosexuelles ». Trois ans, c'était la peine normale pour un premier délit, mais elle n'était plus guère appliquée. Il avait dû être dénoncé par un amant jaloux ou un client maltraité. Alexéï nota qu'il avait été libéré au bout de six mois, par « mesure de faveur et bonne conduite ». Or, sur ces six mois, il en avait passé deux en isolement pour avoir crevé l'œil d'un codétenu lors d'une bagarre. Le rapport du directeur faisait état de pulsions violentes extrêmement dangereuses et renvoyait à un autre rapport du commandant de la garnison de Stavropol où Pavlov avait effectué son service militaire. Nikolaï y avait plusieurs fois écopé d'arrêts de rigueur pour divers motifs. Vol de matériel militaire, trafic de vêtements, et surtout, très fréquemment, violences sur de jeunes recrues. Un arrêt du tribunal militaire faisait état d'une tentative d'assassinat d'un jeune caporal juif. Mais Nikolaï avait bénéficié d'un non-lieu, sur intervention de l'officier politique du régiment. Alexéï lut la signature de l'officier du Zampolit au bas du rapport : Dmitri Nikolaïevitch Sukhomlinov.

Alexéï prit des notes et rendit le dossier à Anastasia, puis regagna le placard qui lui servait de bureau. Oleg n'avait donc pas menti. Ils bénéficiaient effectivement d'appuis haut placés. Alexéï se demandait où il avait mis les pieds. Il fallait les relâcher sur-le-champ ou agir au plus vite. Dès qu'on apprendrait leur arrestation, le KGB interviendrait. Piotr était en train de taper le premier rapport. Alexéï retira les feuillets, carbones et pelures du rouleau de la machine, jeta un coup d'œil au questionnaire d'identité puis le chiffonna et le jeta au panier. Piotr, interloqué, se redressa à demi, puis se rassit, brusquement dégoûté. Alexéï se pencha vers Oleg, une main sur son épaule, et parla à voix basse, confidentielle :

« Pourquoi tu ne m'as pas dit que tu avais des amis au KGB ? »

Oleg souriait, l'air satisfait de sa personne. Alexéï s'étonna que Piotr ne lui ait pas encore mis sa main dans la figure.

« Ce n'était pas la peine de me frotter les reins, hier soir. Tu m'aurais dit gentiment : " Je rends des services au KGB ", j'aurais compris. Chacun son boulot, n'est-ce pas ? »

Le sourire d'Oleg commençait à s'estomper. Il devinait qu'Alexéï préparait un coup tordu. Ce changement d'attitude ne présageait rien de bon. Piotr écoutait, fasciné. Alexéï alluma une cigarette, s'excusa et en offrit une à Oleg, qui refusa.

226

« Bon. Eh bien, je crois qu'on s'est tout dit. Je vais te relâcher. Hein, Piotr ? C'est tout ce qu'on a à faire. »

Piotr grommela :

« Si tu le dis. C'est toi le chef.

— C'est vrai. C'est moi le chef. Toi aussi, tu es le chef, dans votre équipe, pas vrai, Oleg ? »

Sorokine continuait de sourire en se frottant les poignets.

« Tu vois, Piotr, c'est Oleg qui donne les ordres et c'est Nikolaï qui exécute. Au fait, tu es l'actif ou le passif dans votre couple ? »

Piotr éclata de rire. Un rire gras et vulgaire qui mit Oleg hors de lui.

« Vous me paierez ça ! siffla-t-il.

— Nous aussi ? Ça devient une manie. Au fait, c'est un jaloux, Nikolaï, non ? Un peu cinglé sur les bords, à ce qu'on m'a dit. T'as jamais eu peur qu'il te les coupe, un beau matin, dans un accès de rage ? A ta place, je me méfierais. Surtout quand il apprendra que tu l'as vendu. »

Oleg était devenu pâle.

« Qu'est-ce que vous racontez ?

— Rien. Je dis seulement que tu es libre mais qu'on garde Nikolaï encore un moment, le temps de lui faire comprendre que pour une fois, c'est toi qui l'as baisé. Et puis demain, on le relâchera. Tu lui expliqueras que ça n'était pas ta faute, Oleg, je suis sûr qu'il appréciera. »

Sorokine ne dit rien. Il s'était muré dans un silence buté. Il attendait la suite, présumait le bluff. Alexéï se tourna vers Piotr et lui fit signe d'aller chercher Nikolaï.

« Dans quelques minutes, il sera trop tard, Oleg. Alors, vas-y ! Dis-nous où est Brunet. Tu sais bien, le Français que tu as séquestré dans ta cave ? Allez, je veux juste le Français. Je me fous de savoir pour qui tu travailles et pour quoi. Le Français !

— Je ne vois pas de quoi vous parlez. »

Alexéï soupira. Piotr poussa Nikolaï devant lui. Un milicien en uniforme l'accompagnait. Le bureau était si petit que les deux inspecteurs durent rester debout. Alexéï fit ôter les menottes à Oleg Sorokine et lui tapa sur l'épaule.

« Tu es libre, Oleg. Tu l'as bien mérité. »

227

Sorokine regarda Alexéï avec incrédulité puis le saisit par le revers de sa veste et cria :

« Vous n'avez pas le droit ! Vous n'avez pas le droit ! »

Le milicien était aussitôt intervenu. Il avait empoigné Sorokine par les bras et l'avait entraîné de force vers la sortie. Oleg hurla dans le couloir du sous-sol :

« Ne les écoute pas, Nikolaï ! C'est un coup monté ! »

Alexéï prit Piotr à part.

« Suis-le, murmura-t-il. Ne le lâche pas. »

Puis Alexéï referma doucement la porte, ramassa sur la table la première chemise venue et feignit d'examiner le dossier de Nikolaï. Il dit à voix basse, presque inaudible, sans quitter le dossier des yeux :

« Alors comme ça, c'est toi qui as saigné l'Anglais et Jigalov. »

Ce n'était pas une question. Nikolaï grommela, le souffle court :

« Je ne comprends rien à ce que vous dites. »

Le milicien avait pris la précaution d'attacher les menottes au radiateur. Nikolaï remuait sur sa chaise comme un animal dangereux, prêt à griffer.

« Vraiment ? Ça ne fait rien. Ce qu'Oleg vient de nous raconter est suffisamment clair. Je vais te donner les détails. »

Alexéï fit mine de tourner les feuillets à la recherche des informations et débita d'un ton monocorde, comme s'il lisait :

« Dans la nuit du mercredi 20 au jeudi 21 novembre, nous avons déposé sur le quai Golovinskaïa, sous le pont Lefort, le cadavre de Dan Skinner, agent des Services secrets britanniques travaillant officiellement à Moscou pour la Scott Paper Company, entreprise associée avec l'Usine des enthousiastes. Dans la nuit du lundi 26 au mardi 27 novembre, nous avons attendu Roman Klimontovitch Jigalov, directeur de l'Usine des savons de la liberté, à la sortie du passage pour piétons sous l'avenue Kalinine. Dans les deux cas, c'est Nikolaï Nikolaïevitch Pavlov qui s'est chargé de l'exécution. Il dit qu'il aime ça. »

Alexéï tourna les pages et jeta un bref coup d'œil à Nikolaï. Il avait cessé de s'agiter et avait pâli. La cicatrice violacée, sur sa joue, se voyait davantage. La bouche entrouverte, incrédule, il écoutait Alexéï qui s'éclaircissait la voix avant de reprendre sa lecture simulée :

« Confidentiel : rapport numéro 425 MB 12, daté du 28 novembre. Nikolaï Nikolaïevitch Pavlov s'est distingué à plusieurs reprises pour violences, voies de fait et pédérastie. Est passé en cour martiale en 1985 pour tentative de meurtre sur la personne de Nathan Ackerman. Celui-ci retire sa plainte sur mon intervention. Arrêté en 1987 pour pratiques homosexuelles et violences. Condamné à trois ans ferme à la prison de Vladimir. Isolé pour violences et menaces. Libéré sur mon intervention en 1988. Individu dangereux et non contrôlable. A rayer des services annexes. Signé... »

Alexéï ménagea un temps de suspense. Il tentait là un gros coup de bluff mais il n'avait rien à perdre :

« ... Dmitri Nikolaïevitch Sukhomlinov. »

Nikolaï était blanc comme un linceul.

« Si tu veux mon avis, Nikolaï, ils te laissent tomber, tes petits copains. »

Nikolaï se taisait toujours, ébranlé. Il ne comprenait plus ce qui lui arrivait. Il se tourna vers la porte, comme si Oleg allait réapparaître et prendre sa défense.

« Tu voudrais bien savoir pourquoi on a relâché Oleg ? Devine. »

Nikolaï baissa la tête et fixa ses chaussures. Il ne savait plus comment se défendre.

« Tu ne vois pas ? C'est tout simple. Sukhomlinov nous l'a gentiment demandé. »

Nouveau silence. Nikolaï releva le front. Il plissait les yeux, cherchait désespérément à comprendre. Les informations se frayaient lentement un chemin dans son cerveau de brute.

« Il a aussi ajouté qu'on devait te coller le reste sur le dos. Et le débarrasser de ton encombrante présence.

— Des conneries ! » lâcha enfin Nikolaï, hésitant.

Alexéï feignit de ne pas l'entendre.

« Ils ont rédigé leur déclaration en même temps. Tu veux voir ? Si tu veux mon avis, ils se sont payé ta tête ! »

Alexéï alluma une cigarette, se pencha vers Nikolaï et lui souffla la fumée à la figure.

« Hé ! Nikolaï, quel effet ça fait d'être entubé, pour changer ? »

Nikolaï se détendit comme un ressort et Alexéï eut à peine le temps de se reculer. Le poing de Nikolaï siffla devant son visage, et arracha la cigarette de ses lèvres. Alexéï esquiva et s'assit au bureau.

« Tu n'es pas raisonnable, Nikolaï. »

Nikolaï tirait sur la chaîne de ses menottes comme un fauve.

« Salaud !

— Ça, je dois reconnaître que tes amis sont des ordures. A ta place, je leur ferais une grosse tête. Je vais te donner une chance de leur rendre la pareille. Tu me dis où est le Français, et je te laisse filer. Après tout, du moment que c'est l'affaire de la Sécurité d'État, moi, je m'en lave les mains. Mais le Français, c'est mon enquête, tu comprends ?

— Quel Français ?

— Allons, Nikolaï ! Tu penses qu'Oleg est en train de rigoler avec Dmitri en ce moment ? Hein ? Tu y penses ?

— Fils de pute, je vais te crever les yeux...

— Garde tes forces pour Oleg. En ce moment, c'est lui qui te baise, Nikolaï. Le Français ? Où est le Français ?

— Je ne sais pas.

— Dommage, Nikolaï. Oleg doit vraiment se marrer, je te le dis.

— Je vous jure que je ne sais pas. Bon, c'est vrai, jusqu'à hier, il était dans la cave. Mais le Français est revenu le chercher.

— De quel Français tu parles ?

— De l'autre. Celui qui jouait au *katrane*.

— Comment il s'appelle ?

— On ne savait pas son nom. C'est lui qui nous a conduits jusqu'au Cosmos pour enlever Brunet. C'était l'ordre de Sukhomlinov. Nous, on a obéi. Et puis, hier, le Français est revenu chercher Brunet. Il avait des ordres de Sukhomlinov.

— Comment était-il ?

230

— Jeune. Genre pète-cul avec des costards chics et une Mercedes. Sa voiture avait une immatriculation diplomatique.

— Zory ! » s'exclama Alexéï.

Il se rua sur le téléphone et appela le gardien qui accourut, l'arme au poing.

« Remettez-moi ça au frais. Ça peut encore servir », dit-il en désignant Nikolaï du menton.

Il n'arrivait pas à obtenir la tonalité. Il raccrocha rageusement le téléphone et se précipita dans le bureau d'Anastasia, aux archives. Sans un mot d'explication, il s'empara du téléphone et composa de nouveau le numéro d'Aleko. Au bout d'un délai interminable, il entendit la voix lointaine de Tatiana. Il demanda Claire.

« Elle est partie il y a une heure. Quelqu'un de l'ambassade est passé la prendre.

— Où est-ce qu'ils allaient ?

— Ils ont parlé de l'aéroport, je crois. »

Alexéï reposa le combiné et regarda sa montre. En fonçant, il avait une petite chance d'éviter le pire.

« Nastasia, ma chérie ! Une dernière faveur. Si Piotr me cherche, dis-lui de me retrouver à Cheremetievo. Tu n'oublieras pas ?

— Je n'oublierai pas.

— Tu es un ange sur terre.

— Je sais. »

35

La situation tournait à la pagaille générale. Le garage et la cour étaient encombrés de véhicules qui voulaient sortir alors que des patrouilles revenaient en toute hâte et réclamaient du renfort. La manifestation prenait de l'ampleur et débordait largement la place Rouge, s'étendant, au nord, vers Marx Prospekt, et au sud, vers la Moskova. Les services d'ordre étaient dépassés et la rumeur courait que des manifestants avaient réussi à franchir les remparts du Kremlin. Alexéï eut le plus grand mal à se dégager et à prendre la direction de l'avenue de Leningrad. Il n'alla pas loin. Un nouveau barrage, militaire cette fois, l'arrêta sur la place Pouchkine. Un officier lui demanda ses papiers, examina l'intérieur de sa voiture puis les lui rendit. Alexéï remarqua, tandis que les soldats ouvraient le barrage, une Volga noire garée derrière un camion militaire. Elle démarra derrière lui et le suivit, de près, sans chercher à dissimuler sa présence. Alexéï accéléra et remonta la rue Gorki à toute allure. La Volga maintenait ses distances, comme si le conducteur avait pour ordre d'escorter Alexéï, sans intervenir.

Dès qu'il eut traversé la place Maïakovski, la Volga accéléra brusquement, dépassa Alexéï et le força à se ranger sur le trottoir. Deux hommes vêtus de vestes de cuir en descendirent et encadrèrent sa voiture. Alexéï coupa le contact et ouvrit lentement la portière, les mains en évidence. Ces méthodes ressemblaient fort à celles de la Sécurité d'État. Goût de la mise en scène et intimidation. S'ils voulaient le liquider, ils n'auraient aucun mal, mais il ne tenait pas à leur faciliter la tâche par un geste ambigu. S'ils voulaient se débarrasser de lui, ils devraient le faire de sang-froid.

Le plus grand des deux hommes tendit la main.

« Votre arme, s'il vous plaît. Et vos clefs. »

Ils ne le menaçaient en aucune façon mais le deuxième homme s'était placé derrière lui et le regard expérimenté d'Alexéï devina qu'il avait la main sur son arme. Alexéï plongea sa main dans sa poche et en tira le pistolet dont il ne s'était jamais servi. L'un des deux hommes le fit monter dans la Volga tandis que l'autre se mettait au volant de sa voiture. Il y avait des rideaux aux fenêtres de la Volga, non pour l'empêcher de voir, mais pour le dissimuler. Bientôt, le véhicule gravit une côte abrupte qui se dirigeait vers les monts Lénine, de l'autre côté de la Moskova. Où allaient-ils? A l'université Lomonossov? Il dévisagea ses ravisseurs. Le colosse qui l'avait poussé dans la voiture regardait droit devant lui. Le chauffeur n'avait pas prononcé un mot. Alexéï risqua une question, sans se faire d'illusions :

« Où m'emmenez-vous? »

Comme il s'y attendait, aucun des hommes ne répondit. Alexéï tenta un nouvel essai :

« C'est Sukhomlinov qui vous envoie, n'est-ce pas? »

Nouveau silence. Alexéï voulut soulever le rideau mais son voisin arrêta son geste d'une main ferme. Alexéï jeta un coup d'œil à sa montre. Il était presque 17 heures. Les pensées se bousculaient dans son cerveau.

Il ne faisait aucun doute pour lui que, d'une manière ou d'une autre, Oleg Sorokine avait réussi à contacter Sukhomlinov et à fausser compagnie à Piotr. Son dernier espoir était que Piotr soit allé le rejoindre à Cheremetievo.

Maintenant que la situation lui échappait, ou plutôt qu'elle avait atteint un point de non-retour, Alexéï se sentait soulagé. Il éprouvait cette impression familière qui resurgissait à la fin de ses enquêtes. La sensation que, passé un certain cap, les événements étaient doués d'un dynamisme autonome et, en quelque sorte, le dépossédaient de toute responsabilité. L'ancienne résignation, ce fatalisme congénital, lui disait qu'il n'y pouvait plus rien, cependant qu'une autre partie de lui-même souffrait en silence l'agonie de l'impuissance. C'était cela, la roulette russe. Défier le destin tout en l'acceptant. Dans tous

233

les cas, se disait-il, il n'y aurait plus longtemps à attendre pour savoir à quoi s'en tenir.

La Volga serpenta sur une côte sinueuse, ralentit à peine au passage d'une haute grille et traversa un parc boisé. Alexéï entendit des voix d'hommes, autour de la voiture, et le son nasillard d'un talkie-walkie. On frappa deux coups brefs à la vitre et le colosse poussa Alexéï dehors.

« Tournez-vous, je vous prie. C'est une formalité. »

Une balle dans la nuque pouvait aussi, vue sous un certain angle, n'être rien d'autre qu'une formalité. Il obtempéra et on le fouilla de nouveau. Puis on le guida sur un sentier couvert de gravier qui crissait sous leurs pas. Excepté le grésillement des talkies-walkies et les pépiements proches des oiseaux, les environs étaient d'un calme impressionnant, si près du centre de Moscou. Ils n'avaient guère roulé plus d'un quart d'heure et avaient gravi une route, en pente la plupart du temps. Alexéï en déduisit qu'ils devaient être quelque part entre les gratte-ciel baroques de l'université qui surplombait le stade Lénine, niché dans la boucle du fleuve, et les studios Mosfilm, plus à l'est. Le parc était soigneusement entretenu et les plantations cachaient savamment une maison basse. Un petit vent sec sifflait entre les branches. Ils descendirent un escalier de béton et pénétrèrent dans un couloir surchauffé, où les pas s'enfonçaient dans une épaisse moquette. On lui prit son manteau et on le fit entrer dans une petite pièce sans fenêtre, équipée d'écrans de contrôle. Un homme en costume gris, de haute taille, très maigre, le toisa. Son regard était d'un bleu très pâle, très froid. Il observait Alexéï comme un médecin scrute une radiographie, cherchant à y déceler l'anomalie. Ils restèrent face à face ce qui parut une éternité à Alexéï. Les autres gardes s'affairaient derrière lui, devant les écrans. Finalement, l'homme les fit sortir d'un geste et avança une chaise vers Alexéï.

« Asseyez-vous, je vous prie, inspecteur Prigov. »

Alexéï s'assit sans se faire prier. Il sentait depuis un moment ses jambes trembler malgré lui. Le corps parlait son propre langage, et le sien était plus qu'éloquent.

« Puis-je savoir à qui j'ai l'honneur ? » fanfaronna une dernière fois Alexéï, par amour-propre.

L'homme sourit, s'assit à son tour et tira un calepin de sa poche.

« Disons que je m'appelle Igor. Ça facilitera les choses.

— Pourquoi suis-je ici ?

— Pour répondre à quelques questions, inspecteur Prigov. »

Alexéï jeta un coup d'œil en direction des écrans. Un circuit fermé permettait de surveiller en permanence le périmètre des bâtiments. Le système était relié à un ordinateur central qui enregistrait les allées et venues et déclenchait l'alarme en cas de danger. Alexéï n'avait jamais vu de système de protection aussi sophistiqué. Igor se racla la gorge et posa sa première question :

« Quelles sont vos opinions politiques, inspecteur Prigov ? »

Le Zampolit, songea Alexéï. L'armée comptait cent mille officiers politiques. Ceux-ci sortaient comme sous-lieutenants d'écoles particulières où ils recevaient une formation idéologique de haut niveau. En outre, l'instruction militaire dont ils bénéficiaient également les rendait opérationnels et leur permettait d'apprécier les décisions des chefs dont ils étaient les adjoints. Ils avaient le droit, si besoin était, de les remplacer. Toute leur carrière s'effectuait au sein de la hiérarchie politique. Leur pouvoir avait été mis en cause depuis le début de la *perestroïka* et beaucoup d'entre eux s'étaient reconvertis dans le KGB ou la politique.

« Je suis fonctionnaire, répondit prudemment Alexéï. Un fonctionnaire n'a pas d'opinions politiques autres que celles de l'État qu'il sert.

— Êtes-vous au Parti ?

— Non.

— Votre père a été déporté sous Staline. Pourquoi vous êtes-vous engagé dans la milice ?

— Mes bons résultats scolaires me destinaient à l'armée. J'ai préféré la milice.

— Vous mentez, Prigov. Vous avez été renvoyé pour fraude.

— Si vous le savez, pourquoi me le demandez-vous ?

— Pour vérifier que vous n'avez pas changé. »

Alexéï sentit une brusque bouffée de colère lui monter au visage. Il se redressa.

« Je n'ai pas triché, vous m'entendez ? Je n'ai pas triché ! Ce n'était pas moi, je... »

Il s'arrêta brutalement. Igor le regardait en souriant. Il se rendit compte qu'il était ridicule. Presque trente ans après, il se défendait encore comme un collégien.

« J'étais informé, Prigov. Rasseyez-vous.

— Que cherchez-vous... Igor ?

— La vérité, tout simplement. Que savez-vous du Pamiat ? »

Les questions paraissaient aléatoires, mais Alexéï connaissait l'art de l'interrogatoire. Igor était en train de tisser patiemment sa toile, de l'extérieur vers l'intérieur. Quand il arriverait au centre, Alexéï serait déjà ligoté par ses réponses précédentes.

« Pas grand-chose. Pour autant que je sache, c'est un mouvement néoconservateur fondé en 1979 et rattaché à l'époque, en tant que groupe culturel et historique, au ministère de l'Aviation et de l'Industrie. Les tendances ultranationalistes russes et l'antisémitisme y sont dominants. »

Igor sourit de nouveau. Alexéï nota qu'il avait deux couronnes en acier sur les molaires supérieures gauches. Cela donnait un charme inattendu à son sourire.

« Pour quelqu'un qui prétend ne pas savoir grand-chose, vous paraissez bien informé sur Pamiat.

— C'est mon métier d'être informé. »

Alexéï s'était abstenu d'ajouter que le Pamiat recevait l'appui d'une fraction de l'État et du KGB.

« Éprouvez-vous des sympathies envers ce mouvement ? »

Nous y voilà ! songea Alexéï. Pile ou face. La roulette russe, une fois de plus. De quel bord était Igor ? Alexéï décida que le plus simple était de dire la vérité. La toile d'araignée, de toute façon, ne lui permettrait pas de mentir longtemps, il en avait l'expérience. Les menteurs finissaient toujours par s'empêtrer dans leurs mensonges.

« Non.

— Le détestez-vous ?

— Je déteste tous les extrémismes.

— Savez-vous qui contrôle ce mouvement?

— Non.

— Vous êtes actuellement chargé d'une enquête portant sur la disparition d'un homme d'affaires français. Pensez-vous que cette disparition ait un rapport avec le Pamiat? »

Alexéï réfléchit. Que voulait-il donc lui faire dire?

« C'est possible. On a retrouvé des tracts chez les ravisseurs. Ils appartenaient apparemment à ce mouvement. »

Igor leva des sourcils étonnés.

« Vous voulez dire que vous l'avez retrouvé? »

Alexéï sentit l'amertume l'envahir.

« Non. J'étais sur le point de réussir quand vous avez eu la bonne idée de m'inviter. Si Brunet et sa fille sont tués, vous aurez leur mort sur la conscience.

— Expliquez-vous.

— Un certain Zory, de l'ambassade de France, est mêlé à l'affaire. Il y a eu une demande de rançon. L'échange est sur le point de s'effectuer. »

Igor se leva et appuya sur un interphone. Un garde apparut aussitôt et Igor lui murmura des ordres.

« Nous allons voir ce que nous pouvons faire.

— Je crains qu'il ne soit trop tard. Ils sont partis pour l'aéroport il y a plus d'une heure. »

Igor toussota, vaguement gêné, et tira une photographie de son dossier.

« Connaissez-vous cet homme? »

Alexéï jeta un coup d'œil à la photographie et fit la grimace. Ils se rapprochaient du centre.

« Oui. C'est Sukhomlinov.

— Vous êtes-vous entretenu avec lui?

— Oui.

— A quel sujet?

— Au sujet de mon enquête et de ses ramifications.

— C'est-à-dire?

— Les assassinats des prétendus clochards. Sukhomlinov m'a déclaré que cette affaire était du ressort de la Sécurité d'État.

— Que vous a-t-il dit sur Dan Skinner ? »

Alexéï ne fut pas exagérément surpris par la question. Elle confirmait ce qu'il pensait. Ils en savaient tous beaucoup plus que lui.

« Qu'il était un agent double anglais travaillant pour le KGB et qu'il avait été tué par les services ennemis.

— Et vous l'avez cru ?

— Non.

— Pourquoi ?

— Disons par intuition... »

Alexéï n'abattait que des cartes connues d'avance. Il voulait en garder une en réserve. Igor ne lui en laissa pas le temps. Il tira une autre photographie de son dossier et la tendit à Alexéï.

« Est-ce qu'il s'agit de cette intuition-là ? »

La photographie représentait, en gros plan, souriant, le jeune homme élégant qui discutait avec Sukhomlinov, sur la photo de Claire. Ce cliché était beaucoup plus net et l'homme était tête nue. Ses cheveux blonds soignés étaient tirés en arrière, dévoilant une petite cicatrice rose sur la tempe droite. Alexéï hocha la tête.

« Vous le connaissez ? » demanda Igor.

Alexéï fit non de la tête.

« Pourquoi avez-vous demandé à Anastasia Petrov de vous trouver son identité ? »

Cette fois, Alexéï ne put dissimuler sa surprise. Comment avaient-ils su ? Brusquement, il réalisa que la petite Nastasia travaillait pour eux. La pulpeuse Nastasia ! Cette petite aguicheuse l'avait vendu ! Il n'en revenait pas d'avoir été aussi facilement possédé.

« Parce que Dan Skinner avait pris une photo de cet homme en grande conversation avec Sukhomlinov.

— Où cela ?

— Devant l'Usine des savons de la liberté.

— Êtes-vous sûr que c'était devant cette usine ?

— Oui. D'ailleurs, son directeur a été assassiné dans les mêmes conditions que Skinner, quelques jours après.

— N'était-ce pas plutôt devant l'incinérateur de produits chimiques ?

238

— C'est pareil.

— Justement non, cher inspecteur, ce n'est pas pareil. »

Igor soupira et se leva, fit quelques pas en se frottant le menton et se retourna.

« Vous me posez un problème, inspecteur Prigov. Au point où vous en êtes, vous en savez trop pour ne pas être une menace. Je vais donc être contraint de me débarrasser de vous... ou de vous enrôler. »

Alexéï ne répondit pas. On ne lui demandait pas son avis.

« La prudence conseillerait de vous mettre hors service pendant la durée de l'opération mais je pense que vous pouvez nous être utile. »

Il contourna Alexéï et vint se rasseoir devant lui.

« L'homme qui parlait avec Sukhomlinov est Andréï Ivanovitch Prikhnenko. Le connaissez-vous ?

— Non.

— C'est le secrétaire particulier de Dmitri Alexandrovitch Lebedev. Vous connaissez Lebedev, quand même ?

— Le ministre de l'Industrie de l'Armement ?

— Bien. Vous savez donc qu'il dispose de pouvoirs très étendus. Nous soupçonnons Lebedev d'être un des dirigeants du Pamiat et de fomenter un coup d'État. »

Igor avait dit cela sur un ton détaché et Alexéï eut l'impression que le sol se dérobait sous ses pas.

« Pourquoi me dites-vous tout cela ?

— Pour m'assurer de votre silence. Ceci est un secret d'État. Comprenez-vous ce que cela signifie ? »

Alexéï ne comprenait que trop. Ce qui était arrivé à Skinner et aux autres était assez éloquent. Il hocha la tête. Il se sentait moite et vaguement nauséeux.

« Bien. Vous êtes donc désormais des nôtres, que vous le vouliez ou non. »

Igor ménagea un nouveau silence. Il appuya sur un bouton de l'interphone. Alexéï posa une ultime question. Sa gorge se nouait.

« Puis-je savoir maintenant pour qui je travaille désormais ?

— Certainement. Vous allez même le rencontrer dans quelques secondes. »

36

Piotr n'avait plus vingt ans et l'âge tout à coup prenait le poids de cette graisse qui freinait ses mouvements. L'âge mais aussi l'alcool, le tabac, le manque d'exercice avaient miné sa résistance physique. Il sautillait tous les dix pas, épongeait la sueur qui dégoulinait de son front et cherchait désespérément son souffle. Oleg Sorokine avait beau être boiteux, il avait l'avantage de la jeunesse et filait comme un zèbre dans les couloirs du métro. Piotr s'attendait à le voir disparaître d'une seconde à l'autre à l'angle d'un tunnel où il le perdrait de vue. Mais Oleg semblait garder juste ce qu'il fallait de distance, comme s'il voulait emmener Piotr quelque part ou lui faire perdre son temps.

L'extrémité sud de la rue Petrovka était barrée par des cars de la milice et l'on entendait plus loin, vers l'hôtel Moskova, les clameurs de la foule qui réclamait la démission de Gorbatchev. La marée humaine paraissait grossir d'heure en heure. Oleg avait dû remonter vers la station de métro Gorkovskaya, puis il avait changé de ligne à la station Plochtchad Revolutsii dont les murs couverts de fresques héroïques chantaient le socialisme en marche. Des hommes aux bras musculeux, des femmes à la croupe féconde et aux seins de marbre lançaient des regards farouches vers un avenir plein d'espoir, le menton volontaire et les cheveux flottant au vent du progrès. Piotr tenait scrupuleusement sa droite dans l'escalier mécanique, de peur que la matrone qui surveillait la circulation piétonne de sa cage vitrée, au pied de l'escalator, ne le rappelle à l'ordre dans son tonitruant haut-parleur. Il imaginait la scène :

« Hé ! Vous le gros plein de graisse là-haut ! Restez à droite ou j'appelle la milice. »

Pour la discrétion il pouvait repasser. Piotr attendit qu'Oleg soit monté et que les haut-parleurs diffusent le signal du départ : « *Ostorojno dveri zakryvaïoutsia*, Attention à la fermeture des portes », pour sauter dans le wagon voisin. A chaque station, il descendait avec le flot des passagers, vérifiait qu'Oleg était toujours là et remontait. Mais Oleg semblait l'ignorer. Les stations se succédaient et Oleg restait assis dans son compartiment, immobile, fixant le fauteuil, droit devant lui. Kalininskaya. Arbatskaya. Smolenskaya. Ils allaient vers le sud, la gare de Kiev. Oleg habitait au nord. Où diable allait-il ? A la station Kievskaya, il descendit enfin. Piotr le suivit de loin dans les couloirs illuminés par les lustres dorés, aux décorations luxueuses. Des touristes ralentissaient sa progression, qui admiraient niaisement le plafond comme on visite un palais. Oleg s'arrêta au stand d'une loterie où vingt personnes faisaient la queue. Piotr le dépassa et demanda un renseignement. Lorsqu'il se retourna, Oleg avait disparu. Piotr courut vers la sortie mais la rue qui menait à la gare était noire de monde. Il l'avait perdu. Il s'assit sur les marches et réfléchit. Il ne lui restait plus qu'à rentrer rue Petrovka pour y recevoir une engueulade.

Le QG était presque désert. Tous les commissariats étaient sur le pied de guerre. Alexéï lui-même était parti précipitamment mais personne ne put lui dire où il était allé. Quand il demanda à voir Nikolaï Pavlov, le prisonnier, le planton lui apprit d'un air indifférent qu'ils avaient reçu l'ordre de le libérer.

« Quel ordre ?

— D'en haut », répliqua le planton, levant son index vers les étages supérieurs, comme on désigne le paradis.

Piotr, épuisé par sa course folle dans les couloirs du métro, n'eut même pas la force de réagir. Il s'affala sur une chaise, devant la table de bois brut qui lui servait de bureau. Il regarda d'un air morne les piles de dossiers qui s'entassaient par terre, ôta son anorak avec un grognement de fatigue et le jeta sur la pile. Un paquet tomba de sa poche et Piotr le contempla longuement, immobile, prostré dans sa fatigue, avant de se rappeler que c'était Alexéï qui le lui avait donné. Il

241

se baissa en gémissant, ramassa le paquet et le posa sur la table. De ses gros doigts d'ours maladroit, il déplia le papier kraft et toucha de l'index, comme si c'était un explosif, la matière brune. Il porta son doigt à ses narines. Pas de doute, il reconnaissait, pour en avoir saisi à maintes reprises sur de jeunes trafiquants, l'odeur forte et suave à la fois du haschich. Il les avait vus faire, pendant ses longues soirées de surveillance, dans les bars louches des quartiers périphériques. C'était surtout à la ceinture, autour des gares, nombreuses à Moscou, plus d'une douzaine, qu'on les trouvait. Piotr tourna et retourna la pâte dure et lourde entre ses mains, comme un objet inconnu dont il aurait cherché le mode d'emploi. Il avait fait une scène terrible lorsqu'il avait surpris son fils en train d'en fumer, à son retour d'Afghanistan. Il avait chassé ses amis et leur avait interdit de franchir à nouveau le seuil de son appartement. Il se souvenait même, avec une honte profonde, amère, qu'il avait levé la main sur son fils. Son seul fils à présent. Il reposa le pain de haschich et le fixa un moment, puis fouilla ses poches et en tira un paquet de cigarettes. Alors, lentement, comme il l'avait vu faire aux jeunes vétérans dans les bars enfumés de Novoslobodskaïa, il vida le tabac de sa cigarette sur une feuille, chauffa un peu de résine à la flamme de son briquet et l'émietta sur le tabac, puis roula une cigarette en prenant soin d'y rajouter le bout de carton qui servait de filtre. Il contempla son travail imparfait, haussa les épaules et alluma son joint. Il aspira longuement et se mit à tousser. Le manque d'habitude. A moins qu'il n'ait forcé la dose. Il avait l'impression de fumer du thé. Avec précaution, il porta de nouveau la cigarette à ses lèvres et inhala à petits coups. Il ne sentait toujours rien. Peut-être que ce prétendu pain de haschich n'était, après tout, que du cirage ou de l'argile. Piotr s'apprêtait à éteindre son joint quand cela tomba sur lui comme un coup de massue. Il voulut se lever pour ouvrir la porte et ses jambes se dérobèrent sous lui.

« Bordel de merde ! gronda-t-il. Qu'est-ce qui m'arrive ? »

Il n'avait pas senti arriver l'effet puissant de la drogue. Il éteignit sa cigarette et ferma les yeux. Les sensations de son propre corps étaient décuplées et il croyait entendre les borborygmes de ses intestins. Il résistait à l'euphorie qui, lentement, le gagnait, et cet effort l'épuisait. Une brusque suée jaillit de tous ses pores et il crut qu'il allait vomir. Puis, brusquement, les verrous sautèrent et il vit clair. Avec une lucidité stupéfiante, il vit l'étendue plate de son existence inutile, parsemée de lâchetés et de peurs. Les valeurs qu'il croyait défendre, l'ordre, la justice, la vérité, n'étaient que des simulacres. Il se rendit compte qu'il l'avait toujours su sans jamais se l'avouer. *On* venait de remettre en liberté un assassin dangereux, parce qu'il avait des appuis politiques. *On* l'avait toujours trompé. Il n'y avait pas de cause à défendre, pas d'idéal, pas de vérité. Il n'y avait que cette colère sourde qui grondait au fond de lui et demandait à sortir, à exploser, dans une éruption dévastatrice. Il ne restait que la lueur brillante de ses propres sensations, et l'ivresse pure d'être un organisme vivant. Tout à coup, il découvrait qu'il n'avait plus peur, et que les êtres qui l'entouraient n'étaient que des illusions. Il se leva et traversa le couloir où des fantômes le croisaient sans même le regarder. Ces gens-là n'existaient pas. Lui qui, quelques minutes plus tôt, se sentait résigné, découragé, humilié, voici qu'il voyait le monde sous un nouveau jour, comment dire, un ton au-dessus. Il ne s'aperçut qu'il parlait tout seul dans le couloir que lorsque quelqu'un lui tapota l'épaule.

« Piotr ! Vous avez encore bu ? »

Il se retourna, étonné. Il ne s'était jamais rendu compte à quel point cette petite était appétissante.

« Non, ma belle ! J'ai simplement tutoyé les anges. Ils n'avaient plus de vodka, mais un couteau entre les dents. »

Anastasia le regardait d'un air intrigué. Elle n'avait jamais soupçonné le gros Piotr d'être un poète.

« Alexéï m'a dit qu'il vous attendait à Cheremetievo. J'ai pensé que ça vous intéresserait peut-être.

— Cheremetievo ? *Vo !* »

Anastasia fronça les sourcils. Piotr qui faisait des jeux de mots, c'était le monde à l'envers. *Vo !* Regarde-moi ça ! Et il continuait :

« Iassenovo! *Vo!* Medvekovo! *Vo!* Tchernatovo! Biriou-
liovo!
— Vous êtes sûr que vous êtes en état de conduire?
— Même de voler, ma belle, même de voler! »
Piotr s'éloigna en battant des ailes.

37

Ils empruntèrent un long couloir moquetté qui étouffait le bruit des pas. Au bout, Igor composa un code d'accès sur un boîtier de contrôle de fabrication japonaise et ils passèrent dans une sorte de sas où une caméra vidéo les identifia longuement. Une porte blindée finit par s'ouvrir et ils gravirent un escalier de bois ciré. Les murs étaient lambrissés de pin et des photographies officielles y étaient suspendues. A l'étage, deux gardes en civil s'effacèrent respectueusement pour laisser passer Igor et Alexéï. Igor leur chuchota quelques mots et ils hochèrent la tête, désignant une porte du doigt. Il se dirigea vers la porte et frappa deux coups timides. Ils attendirent deux minutes qu'un autre garde vienne leur ouvrir. Nouveaux conciliabules avant de pénétrer dans un salon immense où les meubles anciens, de bois patiné, luisaient d'une chaleur presque animale dans les lueurs d'un somptueux feu de bois. Au-dessus de la cheminée de pierre, trônait un portrait de Lénine, seul ornement de la pièce. De lourds fauteuils de cuir attendaient des visiteurs de marque, sur un tapis de Boukhara. Une vaste baie vitrée dévoilait Moscou. Le regard portait jusqu'au nord de la ville, jusqu'aux forêts qui ourlaient l'horizon d'un liseré noir. Igor désigna un des fauteuils.

« Attendez ici. »

Alexéï s'installa. Quand il releva la tête, Igor avait disparu. Une odeur d'encaustique et de bois brûlé flottait dans le salon. Le mur d'en face était tout entier occupé par une gigantesque bibliothèque. Seule une petite porte de chêne sombre, à peine visible, brisait les rayons de livres anciens. Alexéï estima que ce devait être le bureau. Le bruit d'une discussion animée se devinait, par instants, à travers la porte épaisse. Les éclats de voix et les bruits de pas donnaient une idée des dimensions impressionnantes de cette datcha. Une bûche de bois vert chuintait dans la cheminée. Alexéï commençait à avoir très chaud et desserra le nœud de sa cravate. Il y avait deux jours qu'il n'avait pas changé de chemise. Il empestait le camphre et la transpiration et ne s'était pas senti aussi mal à l'aise depuis son dernier examen. Dans le ciel de Moscou, tout là-bas, des panaches de fumée noire s'élevaient, comme des signaux de détresse. Alexéï jeta un coup d'œil à sa montre. 17 heures 30. Il se demandait où était Claire. Bientôt, la nuit tomberait sur Moscou. Déjà, dans le centre, quelques lumières apparaissaient et l'on apercevait, sur les rubans des avenues staliniennes, quelques chapelets de phares.

« " Je ne sais pas d'où vient Moscou, pourquoi elle existe, à quoi elle sert, ce qu'elle veut. " »

Alexéï sursauta. Il ne l'avait pas entendu entrer. Il se leva d'un bond, la gorge serrée. La voix familière reprit. Il lui tournait le dos et observait, à contre-jour, le spectacle de Moscou entre chien et loup.

« Savez-vous qui a dit cela ? Anton Tchekhov, en 1891. A chaque fois que je contemple Moscou au crépuscule, je me répète ces mots et n'y trouve pas de réponse. »

Alexéï triturait sa cravate entre ses doigts moites. Devant lui, à quelques mètres, la silhouette ronde restait immobile et silencieuse, les mains croisées dans le dos, perdue dans un rêve mélancolique. Un claquement sec fit jaillir une gerbe d'étincelles dans la cheminée et le petit homme parut se réveiller. Il passa ses mains sur son visage, longuement, comme pour en chasser le voile de fatigue énorme qui l'enveloppait, et rejoignit Alexéï près du feu. Là-bas, par la porte entrouverte du bureau, on entendait les voix poursuivre leur débat tandis que les téléphones sonnaient. Le petit homme lança, agacé :

« Vadim, la porte, s'il te plaît. Je veux qu'on me laisse seul un moment. »

Il indiqua le fauteuil de la main, distraitement, avec une politesse que la fatigue rendait pathétique.

« Asseyez-vous, inspecteur... Prigov, c'est bien votre nom, n'est-ce pas ?

— Oui, camarade Président...

— Oh! laissez tomber le camarade, mon vieux. Ça fait hurler de rire mes homologues occidentaux.

— Pardon, cam... monsieur le Président. »

Le Président parut se concentrer, comme s'il avait besoin de chasser les préoccupations précédentes avant d'aborder le problème suivant. Il secoua la tête et martela ses propos d'un geste lent, mais ferme, sur son genou :

« Inspecteur Prigov, je suis un optimiste. »

Alexéï se taisait. Sur le visage souriant du Président les reflets des flammes allumaient parfois, comme une ombre brune, la tache de vin de son front.

« Ça peut paraître étrange mais je suis un optimiste. Parce que nous avons une société différente à présent. Ce qui se passe en ce moment sous les fenêtres du Kremlin le prouve. Nous ne reviendrons plus en arrière. Le processus sera plus ou moins lent, plus ou moins rapide, plus ou moins douloureux, mais nous continuerons à aller de l'avant. Même s'il y a des zigzags en chemin. »

Le Président ponctua ses propos par un hochement de tête, comme s'il cherchait plus à se convaincre lui-même qu'Alexéï, et poursuivit :

« Les tensions socio-économiques sont ambivalentes. Cela signifie qu'elles peuvent être exploitées aussi bien par l'extrême gauche que par l'extrême droite. Des gens qui ont leurs propres ambitions et qui cherchent à entraîner notre société dans une mauvaise voie. Ce qui est dangereux, c'est l'extrémisme. Les uns sont des chiens fous qui jouent la comédie du populisme mais se moquent du véritable intérêt du peuple. Les autres ont la nostalgie du passé et me reprochent mes hésitations. Pourtant, je reste communiste, inspecteur Prigov. Savez-vous pourquoi? »

Le Président avait joint les mains, comme en prière, et sa voix était douce et ferme à la fois. Il paraissait sincère.

« Ce que je trouve important dans la théorie marxiste est l'idée du mouvement constant, et son respect rigoureux de la vérité. Je déteste le mensonge. »

Son regard fouillait celui d'Alexéï qui ne baissa pas les yeux, conscient d'être évalué, jaugé en cette seconde même. Apparemment satisfait, le Président reprit :

« Notre avenir dépendra du présent. Le résultat final dépendra de la manière dont nous parviendrons à surmonter cette période extrêmement critique. Ce n'est que maintenant que les gens commencent vraiment à comprendre que la *perestroïka* est une révolution. C'est la raison pour laquelle certains paniquent. Ils crient à l'anarchie, prédisent le chaos, la guerre, la ruine totale et ainsi de suite. Ils ne sont pas préparés intellectuellement au type de changements qui sont objectivement nécessaires. »

Il soupira, saisit des pincettes et secoua une bûche, maladroitement, puis agita mollement les pincettes en direction d'Alexéï.

« C'est la raison pour laquelle j'ai besoin d'hommes comme vous, Prigov. Des hommes... intègres, loyaux, et courageux. Acceptez-vous de nous aider ?

— Je l'ai toujours fait, monsieur le Président. »

Il se leva et serra l'épaule d'Alexéï.

« C'est bien. Voyez Igor. Il vous mettra au courant. »

La porte du bureau s'était de nouveau ouverte et on appelait le Président qui s'éloigna d'un pas pesant. Ses mains agitaient l'air, autour de lui, comme s'il nageait à contre-courant. Avant de sortir, il se retourna une dernière fois et fit un geste large, vers la fenêtre.

« Ils me croient tous assez bête pour rester au Kremlin. Ils s'imaginent que ma datcha me sert à chasser le canard pendant les vacances. Ils auraient bien voulu que ce soit moi, le canard, cette fois-ci. »

Il disparut avec un grand éclat de rire. La lumière, brusquement, illumina le salon. A la porte, Igor l'attendait, un dossier dans les mains, l'air soucieux. Alexéï comprit que les ennuis ne faisaient que commencer.

38

La Mercedes de Zory sentait le tabac et l'eau de toilette bon marché. Claire avait d'abord voulu ouvrir la vitre pour respirer mais le froid était trop vif. Le chauffage poussé au maximum amplifiait davantage encore l'odeur et Claire avait toujours froid. Par la vitre, elle regardait défiler la grisaille sans fin des microrayons, tandis qu'ils s'éloignaient de plus en plus du centre de Moscou et se dirigeaient vers l'autoroute qui menait à l'aéroport de Cheremetievo. Ils avaient franchi trois barrages successifs. Un, classique, du GAï, le service de la milice qui assurait la police de la route, et deux de l'armée. Zory était de plus en plus nerveux et Claire ne l'avait pas entendu prononcer trois mots depuis le dernier contrôle. Quand elle l'avait interrogé sur ce qui se passait, il s'était contenté de répondre, d'un air vaguement dédaigneux, que les libéraux étaient en train de fournir à l'armée la corde avec laquelle ils allaient être pendus. Claire ne cessait de consulter sa montre. Elle se demandait, depuis qu'il lui avait téléphoné que l'argent était à l'aéroport, s'ils arriveraient à temps. Elle ne connaissait que trop la lenteur des démarches et formalités administratives en URSS. Malgré la diligence de Zory et les facilités que lui accordait son statut diplomatique, elle n'était pas du tout rassurée. Il lui avait expliqué la marche à suivre. Tout ce qu'elle avait à faire était de rester dans son ombre. Il était mandaté par l'ambassade, il n'y aurait aucun problème. Sa présence à elle était néanmoins indispensable, au cas où un douanier zélé réclamerait un justificatif de provenance.

Zory surveillait constamment son rétroviseur, et il demanda à plusieurs reprises à Claire si elle n'avait rien dit à la milice. Claire jura que non. Après tout, Alexéï n'était plus vraiment un policier pour elle. Elle n'était pas encore revenue de ce qui s'était passé cette nuit. Jamais auparavant elle n'avait éprouvé ce sentiment de complicité naturelle avec un homme, et leur étreinte n'avait été que la concrétisation d'un accord plus profond, Claire hésitait à penser le mot « durable ». Il n'y avait pourtant pas cette gêne presque palpable des amours de passage, dont on sait, avant même qu'elles n'aient commencé, qu'elles sont vouées à l'oubli. D'habitude, Claire éprouvait une certaine honte à savoir que ses étreintes étaient un peu de plaisir volé, que les mots qu'elle prononçait étaient non pas des mensonges, mais d'éphémères parures du sexe. Ce matin, en revanche, elle avait regardé Alexéï dans les yeux et y avait lu le même étonnement. Il y avait de la confiance et de la sincérité dans ses yeux, comme un signe de commencement, et non de fin. Claire s'interdisait, depuis ce matin, le moindre projet et la moindre espérance. Elle avait trop peur d'être déçue. Il y avait aussi de la superstition dans son refus de s'engager plus avant. Tant que son père ne serait pas libre, elle n'avait pas le droit de penser à son avenir.

L'aéroport de Cheremetievo était une vitrine de luxe pour les touristes occidentaux. Si l'on oubliait les nids-de-poule sur les pistes d'envol et les salles réservées aux voyageurs soviétiques, entassés avec sacs, bagages, filets, cartons mal ficelés, femmes, enfants et victuailles, et qui attendaient quelque vol charter vétuste où ils seraient arrosés pendant le voyage par les sprinklers défectueux du système anti-incendie, ou aspirés par un hublot brusquement dévissé, à moins que le train d'atterrissage ne refuse de sortir et que l'avion ne se pose sur le ventre en espérant que les voitures des pompiers arriveraient à démarrer, excepté donc ces détails folkloriques, l'aéroport était un endroit moderne, propre, et bien achalandé pour les étrangers munis de devises fortes. Zory contourna l'interminable chicane métallique des enregistrements, jetant des coups d'œil inquiets vers les miliciens armés qui gardaient les passages, et se dirigea vers le service des douanes. Ils attendirent dix minutes avant que l'employé penché sur son bureau daigne enfin les regarder. Il ne prit pas la peine de répondre lorsque Zory lui demanda où s'adresser pour les valises diplomatiques. Il se contenta de se lever et s'absenta cinq autres minutes. Zory s'éloignait déjà vers un autre service lorsque l'employé brailla dans son dos. Il lui tendit un formulaire à remplir en quatre exemplaires et désigna du menton un petit hall d'attente, derrière les barrières des arrivées. Un milicien montait la garde, massif et impavide. Dans le fond, affalé sur une banquette noire, un petit homme en complet gris attendait, l'air groggy, assommé par la fatigue de son voyage. Le milicien empêcha Zory d'entrer. Il devait d'abord remplir les formulaires. Claire observa le petit homme assoupi. Il tenait à la main une mallette de cuir brun, scellée, portant l'étiquette diplomatique. Zory, penché sur une tablette de formica orange, dans le couloir, tournait et retournait les papiers, déchiffrant les innombrables instructions et rubriques à compléter. Claire leva les yeux vers l'horloge du grand hall. 17 heures 15. Pourvu qu'il n'y ait pas d'embouteillages sur Mira Prospekt. La carte qu'elle avait emportée était des plus sommaires, comme toutes les cartes routières soviétiques. Les autorités ne fournissaient aux touristes que des itinéraires fléchés et balisés, passant sous silence les routes secondaires et les localités de moindre importance. Néanmoins, Claire pouvait déduire du vague plan qu'elle avait sous les yeux qu'ils contourneraient Moscou par la ceinture autoroutière au nord, et rejoindraient sans doute la VDNKh par l'avenue de la Paix. Lorsqu'il eut enfin terminé, Zory présenta les formulaires au garde qui lui désigna le guichet d'où il venait. Ce qu'il voulait, lui, c'était le laissez-passer. Zory transpirait à grosses gouttes à présent et le nœud de sa cravate s'était desserré. Il retourna au guichet où l'employé l'ignora de nouveau. N'y tenant plus, Zory hurla littéralement et martela le comptoir des deux poings. Cette énorme dépense d'énergie eut pour effet de faire relever la tête à l'employé, étonné qu'un individu puisse s'emporter à ce point. Lorsque Zory cria ce qui devait être une nouvelle menace, l'employé fit rouler sa chaise jusqu'au comptoir et prit le formulaire d'un air dégoûté, sans un mot. Il parcourut les feuillets longuement, réclama à Zory des papiers d'identité et disparut dans le bureau voisin.

Dix minutes s'écoulèrent avant qu'il ne réapparaisse, les

mains vides, et se rasseye à son bureau. Zory lui demanda où étaient passés ses papiers. L'employé murmura que le chef de service devait les examiner mais qu'il était occupé en ce moment. Zory ôta sa lourde pelisse et alla s'asseoir sur la banquette qui faisait face au guichet. Dix autres personnes étaient recroquevillées sur le banc, somnolentes et résignées dans une attente interminable. Vers 17 heures 45, on appela son nom et Zory se précipita vers le guichet. L'employé lui tendit lentement ses papiers, vérifia encore une fois les feuillets de renseignements et apposa son tampon sur une feuille rose. Il fit signer Zory et lui tendit un récépissé. Vers 18 heures, ils avaient enfin la valise et couraient vers la voiture.

Zory paraissait plus détendu à présent et roulait moins vite. Le paysage uniforme de forêts de bouleaux et d'étangs gelés s'était estompé dans le soir précoce et seules brillaient encore d'un éclat blanc, dans la lumière des phares, les étendues de neige sur les bas-côtés. Tout se ressemblait. Il y avait peu d'indications, et Claire ne savait pas trop à quel moment ils avaient quitté l'autoroute. Elle crut d'abord que Zory avait pris un raccourci vers le centre, mais les habitations, plus denses un instant, s'espaçaient de nouveau. Elle ne commença vraiment à s'inquiéter que lorsqu'ils s'engagèrent sur un chemin forestier. Cela lui rappelait quelque chose. Elle s'en souvint au moment où elle aperçut les lueurs bleutées d'un barrage. Zory baissa la vitre et dit quelques mots au soldat qui leva la barrière. Elle murmura, plus à elle-même qu'à Zory, à peine étonnée de sa trahison :

« L'Usine, bien sûr. »

39

« Que savez-vous des armes binaires, inspecteur Prigov ? »

Igor parlait tout en marchant d'un pas rapide. L'itinéraire qu'ils empruntaient était différent, et Alexéï avait renoncé à s'orienter dans le dédale des couloirs du sous-sol. Il connaissait cette méthode de conversation ambulatoire. Elle permettait de ne pas être entendu. Tout ce que l'observateur parvenait à saisir était des bribes de phrases. Alexéï fut intrigué par la question.

« Pas grand-chose. Ce que tout le monde en sait. Deux charges relativement inoffensives séparément qui deviennent actives lorsqu'elles se mélangent au moment de l'explosion. »

Igor eut un sourire glacé et composa un nouveau code de sortie.

« En effet. Vous savez donc aussi que ces armes binaires sont essentiellement appliquées à l'armement chimique. »

Alexéï se demandait où Igor voulait en venir. Ils émergèrent sur une vaste terrasse qui descendait en pente douce vers un jardin immense, planté de bouleaux et de conifères.

« On estime généralement que l'armement binaire soviétique se monte à 450 000 bombes et obus, et à environ 5 800 tonnes d'agents neurotoxiques. Connaissez-vous les effets des agents neurotoxiques, inspecteur Prigov ?

— Vaguement.

— Ils provoquent une contracture des muscles lisses. Les premiers symptômes sont l'oppression thoracique et le myosis, c'est-à-dire une contraction de l'iris. Puis ce sont les convulsions et l'arrêt respiratoire par blocage du centre bulbaire. La mort survient en quelques minutes. Connaissez-vous la quantité nécessaire pour tuer un homme ? Un gramme suffit. Très économique, n'est-ce pas ? De quoi exterminer dix fois la population de la planète. En théorie, naturellement. Notre gouvernement, comme vous le savez, a donc décidé unilatéralement de détruire progressivement les stocks d'armes chimiques. Une grande partie a déjà été détruite au centre de Chikany depuis 1987. Mais il est évident que des stocks aussi importants ne peuvent disparaître en un jour. Nous pensons qu'une bonne partie a été détournée dès cette époque par des éléments séditieux de l'armée. »

Igor s'arrêta au bord d'un étang gelé et marqua une pause. Il humait le vent qui apportait des odeurs lointaines de caoutchouc brûlé. Alexéï commençait à pressentir ce qu'il allait dire.

« Une fraction de l'armée soutient Lebedev. Nous savons qu'un certain colonel Polivanov a installé des pièces d'artillerie dans l'ancien incinérateur de Medvekovo. Naturellement, c'est Sukhomlinov qui dirige les opérations. Il a rang sur Polivanov et rend compte directement à Lebedev. Il est l'indispensable intermédiaire politique, ce pour quoi sa formation au Zampolit l'a parfaitement préparé. Ils ont l'arme binaire, inspecteur Prigov. Et savez-vous dans quelle direction sont pointés leurs canons ? »

Il tendit le bras vers le centre de Moscou qui s'étendait à leurs pieds.

« Le Kremlin. »

Alexéï se taisait. Il se souvenait des barrages militaires lorsqu'il avait voulu entrer dans l'Usine des savons de la liberté. C'était donc ça, la raison du périmètre de sécurité. Igor enfonça les mains dans ses poches et reprit sa marche régulière.

« Vous allez me demander ce que vous venez faire dans tout ça. Je vais vous le dire, inspecteur Prigov. Vous êtes un foutu emmerdeur. En poussant votre enquête dans des chemins qui ne vous concernaient pas, vous avez compromis notre propre surveillance. Lebedev et sa clique commencent à se méfier. L'intervention de Sukhomlinov le prouve. Vous les avez inquiétés en fouinant dans leurs affaires. Si vous aviez continué à chercher dans la direction de Prikhnenko, vous auriez subi le même sort que Skinner, et Jigalov. »

Igor illustra ses propos en glissant son pouce sous sa gorge.

« Ils vous auraient éliminé, ou bien nous l'aurions fait nous-mêmes.

— Vous ?

— Nous ne tenions pas à ce que vous les mettiez en alerte. Nous avons eu assez de mal à nous infiltrer et à collecter suffisamment d'informations sur leurs plans pour souhaiter qu'ils ne les changent pas à la dernière minute. Nous sommes sur le point de les prendre la main dans le sac, Prigov. Il nous faut les têtes. Pas question de les effaroucher. Ils rentreraient dans l'ombre et remettraient leurs opérations à plus tard. Nous ne saurions plus rien d'eux et tout serait à refaire.

— Pourquoi me dites-vous tout cela ?

— Pour que vous compreniez bien l'enjeu. Et parce que le Président a souhaité que vous soyez informé des risques.

— Quels risques ?

— Les risques de votre mission. Il ne vous a rien dit ?

— Non. Il m'a demandé simplement ma collaboration.

— Ah ! Eh bien, voici les détails. Vous allez contacter Dmitri Alexandrovitch Lebedev. Vous lui direz que vous savez tout de sa complicité avec Sukhomlinov et une fraction du KGB. Vous lui montrerez les photos qu'a prises Skinner et vous le ferez chanter. Naturellement, vous préciserez que les négatifs sont en lieu sûr et qu'ils seront remis au ministre de l'Intérieur, ce cher Bakatin, si l'on ne vous revoit pas dans vingt-quatre heures. En échange de votre silence, vous demanderez une somme confortable, disons trois cent mille dollars...

— Mais c'est le montant de la rançon !

— Précisément. Et vous leur demanderez enfin un visa de sortie pour les États-Unis d'Amérique.

— Et selon vous, que se passera-t-il ?

— Il y a plusieurs possibilités. Il se peut que Lebedev soit pressé par le temps et qu'il accède à votre demande. Dans ce cas, ne me contactez sous aucun prétexte. Regagnez votre bureau et travaillez comme d'habitude. C'est moi qui entrerai en contact avec vous.

— L'autre possibilité?

— Il se peut que Lebedev se moque de vos menaces et vous fasse éliminer. Dans ce cas, cela indiquera que le coup d'État est imminent.

— Et, selon vous, quelle est l'hypothèse la plus probable?

— La troisième. Il fera semblant d'accepter mais vous demandera un délai. Délai pendant lequel il vous séquestrera, vous aussi, comme garantie.

— Et si je vous donne? »

Igor se moucha. La question ne paraissait pas le surprendre.

« C'est un risque à courir naturellement. Mais je ne pense pas que vous le ferez.

— Pourquoi?

— D'abord, parce que ce n'est pas dans votre caractère. Vous êtes de l'espèce incurable des loyaux. Ensuite, parce qu'ils vous tueraient sur-le-champ. Vous n'auriez plus aucune monnaie d'échange.

— Pourquoi me faites-vous faire ça? Que voulez-vous apprendre? Je ne vois pas l'intérêt de ce manège. Vous avez besoin d'un bouc émissaire ou c'est un moyen de vous débarrasser de moi? »

Igor prit Alexéï par le bras, d'un geste faussement affectueux.

« Mon cher Prigov, je pourrais vous donner des tas de bonnes raisons. Que, par exemple, nous voulons gagner du temps, pour apprendre la date exacte. Que nous ne savons pas exactement où se trouve Brunet et que cela nous chagrine terriblement parce que nous avons besoin de lui. Eh oui! Le fameux brevet dont vous a parlé Mlle Brunet, nous en sommes les bénéficiaires. Ils l'ignoraient, bien sûr. Ou bien encore, que nous voulons connaître le nombre de gardes du corps de Lebedev, ou bien la couleur de son slip! Choisissez la raison qui vous rassure le mieux! A dire vrai, mon cher Prigov, moins vous en saurez, mieux cela vaudra, pour vous comme pour nous. Faites ce qu'on vous dit, et faites-le bien, c'est tout. Si vous voulez une raison plausible, disons qu'en agissant ainsi, vous justifierez a posteriori votre enquête maladroite. Ils penseront que vous êtes vénal et leurs soupçons à notre égard s'estomperont.

— Et vous croyez que je vais accepter une mission aussi suicidaire ?

— Je le pense.

— Donnez-moi une bonne raison, une seule...

— Claire Brunet. »

L'usage du prénom lui coupa le souffle. Comment avait-il pu savoir ? Igor souriait en lui tapotant l'épaule.

« Ne faites pas cette tête-là, Prigov. Nous sommes discrets.

— Pourquoi Claire ?

— Parce qu'ils se sont emparés d'elle aussi. »

Alexéï eut l'impression que son ventre allait se vider.

« Quoi ? Qu'est-ce que vous dites ?

— Je viens d'avoir le rapport de mes hommes. Claude Zory l'a emmenée à l'usine. C'est là sans doute aussi que se trouve son père. Si vous nous aidez, vous nous faciliterez la tâche. Ils peuvent s'en sortir si on s'y met ensemble. »

Alexéï n'écoutait plus Igor et ses harangues de capitaine avant l'assaut. Il sentait une rage terrible monter en lui, et l'espace d'une seconde, un voile de colère rouge passa devant ses yeux. Il gronda :

« Où dois-je contacter Lebedev ?

— Vous connaissez les bains publics Sandounov, rue Neglinnaïa ? à côté de la station Dzerjinskaïa ? Notre ministre de l'Industrie de l'Armement y dispose de salons particuliers et y passe tous ses mercredis après-midi. Vous vous y rendrez dans une demi-heure et vous donnerez cette enveloppe à ses gardes du corps en précisant de la remettre personnellement à Lebedev. Elle contient un exemplaire de notre photo. Vous demanderez à parler à Lebedev en personne. Insistez sur ce point. Ne vous laissez pas court-circuiter par un second couteau, fût-ce Prikhnenko. Lebedev lui-même. Il est plus que probable qu'il ne sera pas seul. Ne tenez pas compte des autres. Du moment que vous êtes en face de Lebedev, parlez. »

Alexéï s'arrêta et brusquement rebroussa chemin. Surpris, Igor hésita une seconde et lui emboîta le pas. Alexéï cria, sans se retourner :

« Si je m'en sors, je veux une récompense. »

Igor leva un sourcil surpris. Il n'était pas accoutumé à ce genre d'exigence.

« Dites toujours.

— Un visa de sortie pour... la France. »

Igor hocha la tête, rêveur.

40

Piotr attendait à la cafétéria de l'aéroport depuis une demi-heure et il avait froid. L'euphorie passagère que lui avait procurée le cannabis s'était dissipée, ne laissant derrière elle que cette amertume indélébile, cette colère froide d'avoir été dupé, toute sa vie. Il s'était installé à une table proche du balcon qui dominait le hall et pouvait ainsi surveiller l'entrée principale. Le thé brûlant qu'il venait d'ingurgiter n'avait pas suffi à le réchauffer. Il sortit de sa poche le flacon de vodka qui ne le quittait jamais et s'en versa une rasade. C'est en avalant son alcool d'un trait qu'il les aperçut. Il faillit s'étrangler et se mit à tousser. Là, en bas, il venait de reconnaître Claire Brunet et le petit morveux de l'ambassade. Ils se dirigeaient vers la sortie. Zory tenait une mallette de cuir noir à la main et semblait pressé. Piotr n'avait pas beaucoup de temps pour se décider. Ou il obéissait aux ordres et attendait, docilement, bêtement, qu'Alexéï le rejoigne, ou il faisait preuve d'initiative, ce pour quoi il n'avait jamais été ni payé, ni formé. Était-ce la révélation de sa totale inutilité, il résolut de se fier à son intuition. Il se leva et les suivit, bien décidé à ne pas se laisser semer, cette fois-ci.

Cette filature-là était moins difficile. D'abord, il n'avait pas besoin de courir. Ensuite, Zory conduisait lentement, avec une prudence excessive, comme s'il avait peur de commettre une infraction. De plus, les feux arrière de sa Mercedes étaient facilement repérables dans le flot des voitures soviétiques. Tout en veillant à garder ses distances, Piotr réfléchissait à ce qui l'avait poussé à les suivre. Tout d'abord, l'absence d'Alexéï. Il avait dû avoir un grave empêchement. S'il avait pris la peine de signaler sa destination, c'est que c'était important. Qu'est-ce qui avait plus d'importance pour Alexëï que Claire Brunet ? La présence de Zory, dans cet aéroport, était assez incongrue. Que s'était-il passé au juste ? Avait-il empêché Claire de prendre l'avion ? Où l'emmenait-il ? Pourquoi se laissait-elle faire, résignée ? De question en question, Piotr finit par en conclure que ce Zory ne devait pas être étranger à l'enlèvement de son père, ne fût-ce que comme intermédiaire. Plus ils roulaient et plus il était persuadé d'avoir raison.

A la limite de Moscou, vers Khimki, Zory, au lieu de prendre la bretelle sud, obliqua vers l'est, dans la direction de Mitischi. Il quitta l'autoroute juste avant la route de Zagorsk et redescendit vers Medvekovo. Ce n'est qu'alors que Piotr eut un premier soupçon. Il ralentit et creusa encore l'écart entre Zory et lui. Ici, la circulation devenait plus rare et il ne voulait pas être repéré. La route se rétrécissait et plongeait au creux d'une forêt dense de bouleaux. Brusquement, à la sortie d'un virage, Piotr les perdit de vue. Il accéléra en jurant et se mit à cogner son volant de toutes ses forces pour faire avancer sa voiture poussive dans un vrombissement d'avion. Il aurait décidément dû changer son pot d'échappement, l'autre jour, au marché de la gare de Riga. Un Géorgien lui en proposait un, d'occasion, pas tout à fait le même modèle mais on pouvait bricoler un raccord, pour deux fois rien. Un mois de salaire ! Une affaire, en somme ! Il roulait pleins phares et le faisceau de lumière dévoilait le ruban rectiligne de la route déserte. Mais où étaient-ils donc passés ?

En vision marginale, il aperçut les feux de la Mercedes. Ils avaient tourné dans un chemin de traverse. Il poursuivit sa route et ralentit pour atténuer le vacarme de son échappement, puis fit demi-tour. Il éteignit ses phares, laissa rouler sa voiture sur son erre et s'arrêta à la lisière de la forêt. Au bout du chemin, à quelque deux cents mètres, il devinait les feux de la Mercedes. Plus loin devant, des gyrophares bleutés attirèrent son attention. Piotr descendit de voiture, remonta le col de son manteau et décida de continuer à pied. Cette histoire de barrage, en pleine forêt, ne lui disait rien qui vaille. Il s'enfonça sous les arbres, à pas lents et prudents, pour ne pas faire craquer la neige sous ses pas. Il longea le chemin à distance respectueuse et, tout à coup, dans une trouée, il vit l'usine, illuminée par les projecteurs comme une cathédrale industrielle. Des soldats s'agitaient en tous sens et des camions manœuvraient à l'arrière des bâtiments. Il s'approcha du terre-plein et s'accroupit dans l'ombre d'un arbre. Les yeux écarquillés, il observa la mise en place des pièces d'artillerie. Il en compta une demi-douzaine. Mais il pouvait y en avoir d'autres, à l'abri. Les souvenirs que Piotr gardait de son service militaire étaient assez vagues et il avait depuis longtemps perdu tout contact avec les armes modernes. Ce qu'il en connaissait se limitait à ce qu'il voyait à la télévision, lors des défilés des 7 et 8 novembre, sur la place Rouge. Cependant, il ne fallait pas être un expert pour deviner, à la taille des fûts de canon, qu'il s'agissait là de matériel dernier cri, manœuvrant en silence, avec une précision parfaite. Les servants s'affairaient autour des canons, tandis que derrière, des hommes de troupe préparaient les munitions, sous les ordres d'un gradé. Tout se passait dans un silence étonnant, avec une minutie d'horloge. Piotr, saisi de stupeur, n'entendait que son souffle rauque, dans la nuit froide, et le bourdonnement des élévateurs électriques, sur l'aire de manœuvre. Il vit passer la Mercedes de Zory devant l'entrée principale de l'usine, puis elle disparut dans un hangar. Piotr avait de plus en plus froid. Il grelottait et ses dents claquaient. Là s'arrêtait son sens de l'initiative. Il ne savait plus que faire à présent. Que pouvait-il faire d'ailleurs ? Il se dit que le mieux était de rebrousser chemin et d'alerter Alexéï, s'il le pouvait. Il recula dans le bois de bouleaux et courut vers sa voiture. Hors d'haleine, il s'installa au volant et tourna la clef de contact. C'est alors que les soldats sortirent de l'ombre et l'entourèrent, arme braquée vers son pare-brise. Il descendit, bras levés, et se tourna face au capot, comme le sergent le lui ordonnait. Dans son dos, il reconnut une voix familière :

« Comme on se retrouve, inspecteur Uksusnikov ! Comment, votre collègue ne vous a pas accompagné ? Je suis très déçu. »

Piotr se retourna. Devant lui, souriant, se tenait Oleg Sorokine, en uniforme de capitaine.

« Je ne vois pas non plus votre petit ami Nikolaï », crâna Piotr.

Oleg souriait toujours.

« Vous parlez du sergent Pavlov, j'imagine ? Vous n'allez pas tarder à le retrouver. C'est lui qui garde nos invités. »

41

Alexéï connaissait assez bien les bains publics Sandounov. La rue Neglinnaïa était parallèle à la rue Petrovka et il lui était arrivé de passer une heure ou deux aux bains, parfois, avec quelques collègues. Il n'y avait jamais vu la moindre trace de salons particuliers pour la bonne raison qu'il n'y en avait pas. Du moins, ils n'étaient pas accessibles de l'intérieur de l'immeuble.

Place Troubnaïa, au bout du boulevard de Pierre, des miliciens lui conseillèrent de garer sa voiture sur le boulevard Tsvetnoï et de continuer à pied. La rue risquait d'être barrée d'une heure à l'autre et il ne pourrait plus récupérer son véhicule. La manifestation avait, semblait-il, gagné la place Dzerjinski où se dressait la sinistre Loubianka, le siège du KGB. Les miliciens craignaient une confrontation imminente. Alexéï hâta le pas, de peur de manquer son rendez-vous. Il longea le bâtiment des bains Sandounov et passa, comme le lui avait indiqué Igor, sous une voûte humide. Il déboucha sur une cour obscure, mal éclairée par une ampoule de vingt watts, et descendit un escalier de pierre. En bas, il frappa à une porte de fer peu accueillante et ses coups résonnèrent dans la cave comme dans une grotte. Un garde fit glisser un judas et dévisagea Alexéï, sans un mot. Alexéï suivit les consignes et tendit son enveloppe. Il demanda qu'elle soit remise en mains propres au ministre Lebedev. Le garde prit l'enveloppe, referma la trappe et Alexéï entendit ses pas s'éloigner dans le couloir. Cinq minutes s'écoulèrent avant qu'on ne lui ouvre. Il inspira profondément et pénétra dans la cave.

Une bouffée de vapeur chlorée lui sauta au visage. L'air, ici, était saturé d'humidité. C'était, lui avait expliqué Igor, une

263

annexe souterraine des bains Sandounov qui avait été aménagée spécialement pour les hauts fonctionnaires de l'État, lorsqu'ils souhaitaient se détendre. De nombreuses rencontres officieuses y étaient organisées. L'aspect informel de ces réunions les rendait particulièrement propres aux conspirations. Ici se nouaient et se défaisaient bon nombre d'alliances politiques. L'endroit était sévèrement gardé. Ils franchirent un deuxième contrôle où deux autres gardes fouillèrent Alexéï. Puis on le fit passer dans une sorte de vestiaire où on le pria de se dévêtir, sous les yeux d'un vigile. Il déposa ses vêtements dans un casier en chêne et on lui tendit une serviette blanche dont il ceignit sa taille. Puis, un second vigile le guida jusqu'aux bains.

D'abord, Alexéï ne vit rien qu'un brouillard de vapeur épaisse et de vagues fantômes blanc-rose qui évoluaient au ralenti. Bientôt, il distingua la piscine d'eau salée, brûlante, qui fumait comme un bol de bouillon. Sur le carrelage vert, au bord de l'eau, des hommes gras bavardaient, les pieds dans l'eau. Ils étaient vieux, pour la plupart. Sur le pourtour de la piscine, des piliers ornés de mosaïques mauve et bleu délimitaient des sortes de loges protégées par des paravents de bois rouge. Le garde lui désigna la troisième loge et le laissa au bord du bassin. Alexéï s'essuya le front où coulait déjà une sueur abondante et marcha avec précaution sur le carrelage glissant vers la loge. Un homme grand et mince l'y attendait. Il était jeune et blond, et ses cheveux humides étaient tirés en arrière, dévoilant un front haut. Alexéï ne le reconnut pas tout de suite. Ce fut la cicatrice rose, sur la tempe, qui lui rappela l'homme de la photo, Prikhnenko. Andréï Ivanovitch Prikhnenko, le secrétaire particulier de Lebedev et son éminence grise, à en croire Igor. Études brillantes. Membre du Parti depuis l'âge de vingt et un ans. Ingénieur employé à l'Industrie de la défense, puis conseiller civil de l'état-major avant de devenir le bras droit de Lebedev à l'Armement. Prikhnenko dévisagea longuement Alexéï avant de dire, d'une voix sourde, comme si les mots lui blessaient la bouche :

« Où avez-vous eu ces photos ?

— Je ne parlerai qu'au ministre. »

Un éclair de rage brilla dans les yeux de Prikhnenko et Alexéï crut un instant qu'il allait le frapper, mais une voix puissante de baryton retentit, derrière le paravent :

« Fais-le entrer, Andréï ! »

Prikhnenko s'effaça et Alexéï avança dans l'ombre de l'alcôve, où le ministre était allongé sur une table de massage. Un énorme gaillard lui pétrissait les chairs. Lebedev tenait entre ses doigts la photo que venait de lui faire parvenir Alexéï. Il s'assit et congédia d'un geste le masseur. Alexéï s'était attendu à une réaction d'inquiétude, de colère, ou au moins de surprise, or Lebedev contemplait le cliché en plissant les yeux, sans manifester le moindre signe d'étonnement. Il releva la tête, jeta négligemment la photo sur sa couche et s'épongea le torse d'un geste las.

« Que savez-vous au juste ? »

Alexéï s'était attendu à des menaces, des cris, des scènes de violence, de l'intimidation physique. Le calme presque indifférent — il pensa *majestueux* — de Lebedev le désarçonnait. Il allait droit au but, en homme sûr de son pouvoir. Il ne se souciait pas même de savoir qui il était et comment il avait obtenu ces photos. Alexéï, la gorge serrée, récita sa leçon, avec le vague sentiment de jouer un mauvais rôle en mauvais acteur :

« Cette photo, comme vous avez pu vous en rendre compte, représente le camarade Prikhnenko et le colonel Sukhomlinov en pleines tractations devant l'usine d'incinération de Medvekovo.

— Et alors ?

— Alors, il se trouve que cette usine est actuellement utilisée pour stocker des armes chimiques binaires et que des pièces d'artillerie sont prêtes à entrer en action.

— C'est le rôle généralement dévolu à l'armement militaire. Quoi d'autre ?

— Je crois malheureusement que ces pièces sont pointées sur le Kremlin.

— Qu'y puis-je ? »

L'aplomb de Lebedev tenait de l'inconscience.

« Beaucoup, puisque c'est le colonel Polivanov qui est le commandant de cette unité.

— Je ne vois pas le rapport avec Sukhomlinov.

— Le colonel, en tant qu'ancien officier politique, vous a servi d'intermédiaire avec la fraction dure de l'armée Rouge. Cette photo, camarade ministre, prouve que vous commanditez directement un coup d'État. »

Lebedev se leva et arpenta l'alcôve en parlant :

« Coup d'État ! Vous manipulez un concept de l'État bourgeois, inspecteur Prigov ! »

Alexëi eut l'impression de recevoir un coup de poing dans l'estomac. Les pensées se bousculaient dans sa tête à la vitesse de la lumière. Lui qui pensait que l'effet de surprise jouerait en sa faveur ! Comment connaissaient-ils son nom ? Qui l'avait donné ? Igor l'avait-il délibérément jeté dans la gueule du loup ? Était-ce un coup monté ? Par qui ? Lebedev lut la stupéfaction sur le visage d'Alexëi et ses épaules tressautèrent d'un petit rire silencieux. Il observait Alexëi de ses yeux d'un bleu glacé, comme une proie. Il ramena en arrière une mèche de ses cheveux argentés puis tendit la main vers le guéridon où trônait un seau à glace et servit deux coupes de champagne. Il en prit une et donna l'autre à Alexëi.

« " *Tel est pris qui croyait prendre !* " C'est bien ce qu'on dit en français ? Vous voyez, j'ai quelques restes de mes études. La Fontaine, Corneille, Racine... Asseyez-vous, Prigov, et causons. Vous vous demandez comment je vous connais ? Voyons, vous pensez que mon ami Sukhomlinov m'aurait laissé dans l'ignorance ? Il ne savait pas cependant que vous aviez les photos. Un bon point pour vous. Je me doutais bien que Sukhomlinov vous sous-estimait. Je soupçonnais que vous parviendriez à démêler l'écheveau. Vous êtes un enquêteur de talent, dit-on. Mais vous vous méprenez sur le sens de notre mission. Il ne s'agit pas de coup d'État, ce qui présupposerait une légitimité du pouvoir qui n'a cours que dans les démocraties décadentes. La première légitimité du pouvoir, c'est le fusil. Il s'agit de révolution. Quelqu'un se rappelle-t-il seulement le sens de ce mot ? La révolution est à l'ordre du jour,

Prigov, parce que l'État socialiste est menacé dans ses fondements. »

Alexéï avala son champagne d'une traite, songeant, un peu tard, qu'il était peut-être empoisonné. Il était décidément bien novice dans le rôle d'agent double.

« Savez-vous combien d'officiers de notre armée ont été assassinés en 1989 ? Quatre-vingt-cinq ! Vous entendez ? Quatre-vingt-cinq ! »

Alexéï jeta un coup d'œil latéral, envisageant une fuite, mais il aperçut deux gardes à l'entrée de la piscine. Il était fait comme un rat. Pourquoi diable Igor l'avait-il trompé ? En quoi son sacrifice pouvait-il lui être utile ? Car Alexéï ne doutait plus un seul instant, à présent, qu'ils allaient se débarrasser de lui.

« Et savez-vous pourquoi ? Parce que l'armée est devenue incapable de remplir son rôle éducateur auprès d'une jeunesse dépravée, qui se livre à ses pires penchants dans un climat de violence sans frein. On ne compte plus les insoumis dans les républiques dissidentes. On a exempté la majorité des étudiants du service actif et, pour faire nombre, on est contraint d'appeler sous les drapeaux tout ce qui traîne, y compris les déficients, les débiles et les repris de justice. Jamais encore, dans notre société, l'officier et l'armée n'ont été soumis à un tel abaissement moral, à un tel dénigrement dans les discours. On démantèle l'armée. Le ministère responsable des armes nucléaires est chargé de moderniser l'industrie du lait et l'usine d'avions de Moscou va produire des pâtes ! Des pâtes, vous entendez, inspecteur Prigov ? »

Dans le feu de son discours, Lebedev avait jeté son verre contre le mur, dans un geste de colère théâtral.

« Mais tout ceci ne serait rien, inspecteur Prigov, si ce n'était le symptôme ultime de la désagrégation de notre société. Si nous laissons faire l'incapable qui nous gouverne, notre pays court au désastre. Vous avez vu cette foule qui assiège le Kremlin ? Laissez-les faire et ils mettront tout à sac. Qui les manipule, à votre avis ? Des soi-disant libéraux qui n'ont que leur propre intérêt carriériste en tête ! Mais ceux-là ne m'inquiètent pas. Ce sont des roquets qu'on peut mater à coups de ceinture. La vraie menace, c'est la passivité. Que fait Mikhaïl Serguéïevitch ? Rien. Il ne fait rien. Et savez-vous pourquoi il ne fait rien ? Parce que c'est un incapable pusillanime entouré d'incompétents qui vont mener le pays au chaos. Donnez-moi un point positif dans les réformes menées depuis cinq ans, un seul ! Cherchez bien ! Il n'y en a pas. L'économie est un navire en perdition. Nous sommes obligés de quémander des vivres pour passer l'hiver, comme un pays du tiers monde. Les États baltes nous rient au nez et bientôt toutes les autres républiques en feront autant. Nous avons perdu toute influence mondiale et notre puissance militaire est virtuellement neutralisée, sans combat. Nous sommes à la merci des vautours capitalistes. Nous sommes la risée des pays voisins. »

L'explication de Lebedev tournait au discours politique et Alexéï songea que les politiciens étaient tous d'incurables bavards. Lebedev soupira et prit une autre coupe de champagne, la brandissant comme une arme vers Alexéï.

« Nous avons besoin d'hommes comme vous, Prigov. Des hommes résolus, pleins d'audace, prêts à prendre des risques pour restaurer l'équilibre et le socialisme. J'ai lu les rapports vous concernant, Prigov. Vous avez la trempe des révolutionnaires. Vous êtes ardent, loyal, épris de justice et de vérité. Vous avez été maintenu dans l'ombre par des médiocres, Prigov. Je vous offre une cause. Je vous offre une revanche. Je vous offre l'occasion de servir votre pays. Il a besoin de vous et ne vous oubliera pas.

— Est-ce en gazant des milliers d'innocents que vous comptez servir votre pays ? »

Une lassitude soudaine parut envahir Lebedev. Il se rassit sur le lit, les épaules voûtées.

« Une révolution est toujours un accouchement douloureux.

— Un accouchement ? Vous appelez un accouchement ce qui est un massacre ?

— Et la ruine de notre pays, Prigov, vous appelez cela comment ? Que faites-vous des saboteurs qui nous mènent au gouffre ? Combien croyez-vous qu'une guerre civile fera de victimes ? Que restera-t-il de l'Union soviétique ? Je vous prédis un bain de sang, Prigov, si nous ne frappons pas fort, tout de suite! Ce pays a besoin de poigne!

— Vous voulez dire de dictature?

— La dictature est une nécessité provisoire de la révolution.

— La dictature n'a jamais su engendrer autre chose que son propre pouvoir.

— Mais nous avons là un fin idéologue, Andréï! Qui disait que les miliciens n'étaient que des chiens de garde? ironisa Lebedev.

— Je doute que l'inspecteur Prigov agisse par idéologie », commenta Prikhnenko en toisant Alexéï avec un mépris souverain.

Le sourire de Lebedev disparut soudainement.

« Qu'est-ce que vous voulez, Prigov? »

Alexéï se demandait s'il était encore utile de jouer ce jeu stupide, mais il manquait d'imagination et il n'y avait pas d'autre issue.

« Trois cent mille dollars. Et un visa pour l'Amérique.

— Vous me décevez, Prigov. Profondément. Je vous offre un idéal, une cause, une mission, et l'occasion de donner le meilleur de vous-même pour ce pays, et vous vous comportez comme un voyou capitaliste. Cela ne vous ressemble pas. Je ne vous comprends pas. »

Lebedev sirota son champagne et plissa de nouveau les yeux.

« Pourquoi trois cent mille dollars? Pourquoi pas un million? Dix millions? Vous êtes timoré jusque dans la cupidité, Prigov.

— Parce que c'est le montant de la rançon », balbutia Alexéï, qui avait la nausée. Était-ce le champagne?

Lebedev fronça les sourcils et se tourna vers Prikhnikov qui haussa les épaules.

« Quelle rançon? »

Alexéï avait la bouche sèche et les mains moites. Que signifiait cette histoire de fous?

« Mais... la rançon que vous avez demandée pour la libération d'André Brunet. »

269

Prikhnenko se versa à son tour une coupe de champagne et dit d'un ton détaché, avec un plaisir évident :

« Mais nous n'avons jamais demandé de rançon pour Brunet. Où avez-vous pris cette idée saugrenue ?

— Sinon ? poursuivit Lebedev, apparemment indifférent aux commentaires de Prikhnenko.

— Sinon, je pense que Vadim Bakatin trouvera ces photos dignes d'intérêt. J'ajoute que si je ne donne pas signe de vie d'ici vingt-quatre heures, les négatifs seront expédiés au ministère de l'Intérieur. »

Lebedev réprima un bâillement et jeta la photographie au visage d'Alexéï.

« Eh bien, faites ! Allez-y ! Qu'est-ce que vous attendez ? Courez leur porter cette jolie photographie ! Allez, ouste ! De l'air ! »

Alexéï resta interdit. Il avait tout prévu, sauf cela. Lebedev était-il devenu fou ? Alexéï regarda le ministre, puis Prikhnenko qui souriait, et ramassa la photo, ne sachant qu'en faire. Il y eut un bruit de plongeon, derrière lui, et des rires de vieillards qui s'éclaboussaient comme des enfants. L'élite du pays ? La nomenklatura ! Alexéï toussota et se composa un air digne.

« Vous l'aurez voulu ! » Il tentait une dernière fois sa chance. Lebedev s'allongea sur sa couche d'un air désinvolte, comme un empereur romain. Alexéï tourna les talons en direction de la sortie. La voix de Lebedev, dans son dos, le stoppa net.

« On m'a dit que vous teniez beaucoup à cette petite Française, Prigov. »

Alexéï fit demi-tour et serra les poings. Il devinait les gardes prêts à intervenir, derrière le paravent.

« Qu'est-ce que vous insinuez ?

— Rien du tout, Prigov. Vous vous faites des idées. Je viens d'apprendre il y a moins d'une heure qu'elle était mon invitée. Rassurez-vous, elle a enfin retrouvé son père.

— Je vous jure que s'il lui arrive quoi que ce soit...

— Qu'est-ce que vous vous imaginez, Prigov ? Me prenez-vous pour un imbécile ? Vous devriez jouer plus souvent aux échecs. Vous avez oublié l'art de la parade. Je ne vous retiens pas, inspecteur. Nous avons l'un et l'autre beaucoup à faire. Andréï, sois gentil, reconduis le camarade inspecteur. »

Alexéï suivit Prikhnenko jusqu'au vestiaire, accompagné des deux gardes. On lui rendit ses vêtements et on le conduisit jusqu'à la porte. Prikhnenko l'y attendait déjà. Il eut un geste courtois pour lui montrer la sortie.

« Après vous, inspecteur Prigov. Laissez-moi vous faire un brin de conduite. Mon chauffeur nous attend. »

42

Quand il reprit conscience, Piotr ne vit d'abord que les rampes au néon, au plafond, qui avaient l'air de tourner lentement. Les tubes étaient suspendus par du fil de fer et le plafond lui-même semblait métallique. Le sol oscillait lentement, et Piotr mit du temps à comprendre qu'il ne s'agissait pas d'une hallucination. La charpente qui supportait la dalle de ciment vibrait au moindre pas. Il tenta de s'asseoir et une violente douleur lui traversa la tempe. Une voix douce, derrière lui, prononça des mots qu'il ne comprit pas. Il plissa les yeux pour filtrer la lumière douloureuse et se retourna. Claire Brunet était penchée sur lui et tentait de le réconforter, supposa-t-il, en lui parlant. Il regretta de ne pas comprendre le français. Il se redressa et s'adossa à la cloison. La pièce où ils se trouvaient était, semblait-il, un ancien bureau. Des meubles qui avaient jadis rempli ce local, il ne restait qu'un classeur métallique vide, dans le coin, et un siège de dactylo, dont le dossier avait disparu. André Brunet occupait le siège, immobile. Piotr prit le mouchoir de papier que lui tendait Claire et s'épongea la tempe. Un sang noir le tacha. Il se souvenait à présent. Oleg l'avait conduit, sous bonne garde, jusqu'à l'entrée principale de l'usine d'incinération. Les soldats qui manœuvraient dans la cour ne lui avaient prêté aucune attention. Ils avaient contourné le bâtiment et gravi une échelle métallique, vers l'étage supérieur. Une sorte de passerelle longeait le bâtiment, à mi-hauteur, et de là, on pouvait apercevoir le corps principal de l'usine, massif, qui dardait vers le ciel ses tubulures comme des tentacules d'acier. Ils avaient emprunté un couloir sombre et le sol résonnait sous leurs pas. La plupart des portes étaient ouvertes sur des salles vides, anciens bureaux d'études ou laboratoires désaffectés. L'une des pièces était fortement éclairée. Quand il était entré, Piotr avait aussitôt reconnu la mise en scène de l'interrogatoire. Il avait souri. C'était presque drôle. La chaise au milieu de la pièce. Le bureau, la lampe de cent watts braquée sur lui, et, derrière, la silhouette sombre de l'inquisiteur. Oleg l'avait poussé dans la pièce et avait refermé la porte. C'est alors qu'il avait reconnu la voix de Nikolaï, derrière le bureau :

« Chacun son tour, gros sac ! »

Le premier coup l'avait pris au dépourvu, dans les reins.

Il s'était retourné et Oleg l'avait frappé au foie. Après, il ne se souvenait plus très bien. C'était Nikolaï surtout qui le frappait, à coups de pied. Il avait perdu connaissance assez rapidement, frustrant ses tortionnaires du plaisir de le voir souffrir.

« Ça va ? » dit Piotr en essayant de sourire à Claire.

Elle écarta les mains d'un geste d'impuissance. Évidemment, elle ne comprenait pas le russe. Piotr montra son père du doigt et brandit un pouce. Claire hocha la tête. Elle avait des larmes plein les yeux. Difficile d'être optimiste, même si son père était vivant. Piotr l'observa. Il ne ressemblait guère à la photo que sa fille leur avait donnée. Il avait vieilli de dix ans. Ce qui avait été un smoking n'était plus qu'un tas de chiffons couvert de boue, et sa chemise déchirée était tachée de crasse et de sang. Il avait maigri et des cernes noirs donnaient à son visage un air cadavérique. Quelques hématomes bleuissaient sa mâchoire et son œil gauche était tuméfié. Piotr nota qu'il avait le regard vitreux et que ses mains tremblaient. Il fixait un point lointain, entre ses pieds, prostré dans un état catatonique. Piotr détourna les yeux, presque gêné. Il toussota et articula du mieux qu'il put :

« Zory ? *Posol'stvo frantsii* ? Zory ? »

Claire semblait tenter de lire sur ses lèvres, comme une sourde. Son regard brusquement s'éclaira et elle écarta les bras.

« Zory vroummmm ! »

Elle imitait assez bien le bruit d'un avion. Piotr fit la grimace et brandit le poing, pour exprimer la colère. Claire haussa les épaules, résignée. Puis elle parla de nouveau et il secoua la tête d'un air désolé. Quelle tristesse de ne pas même pouvoir partager leur détresse! En se concentrant, il finit par saisir un mot qui revenait :

« Alexéï? Lyocha? »

Piotr sourit et dressa de nouveau son pouce.

« Okay! » dit-il, conscient du ridicule de la situation.

Claire sourit à son tour.

« Lyocha okay? »

Piotr confirma, en espérant que son pieux mensonge leur porterait chance, car c'était bien la dernière.

« Lyocha okay! »

43

Un vent glacé s'était mis à souffler que nulle construction n'arrêtait. Claude Zory ne sentait plus ses doigts. Il haletait sous l'effort. Il n'avait jamais eu de crevaison. Il avait fallu que ça tombe précisément ce soir-là, alors qu'il avait un avion à prendre. Zurich d'abord. Il aviserait ensuite. Il hésitait entre le Brésil et l'Uruguay. Si seulement il arrivait à l'aéroport à temps. Il ôta ses gants et mit ses mains sous ses aisselles pour se réchauffer. Il ne sentait plus ses orteils. Le vent, par bourrasques soudaines, fouettait son visage de particules de neige gelée. Un quart d'heure déjà qu'il peinait sur les écrous gelés de sa roue. Il remit ses gants et se pencha de nouveau sur la clef. Il pesa de tout son poids, en vain. Dans un mouvement de rage, il frappa la croix métallique du talon et la clef cassa net, avec un son clair de cristal qui se brise.

Zory martela le toit de sa voiture, au bord des larmes. Il inspira profondément et se contraignit au calme. Il n'était que 19 heures 30. Il devait se présenter à l'embarquement dans une demi-heure. Avec un peu de chance, il pouvait encore y arriver. Il se mit sur le bas-côté de la route et leva les bras dans l'espoir d'apitoyer un camionneur qui serait mieux équipé que lui. Trois camions passèrent sans s'arrêter, dans une gerbe de boue glacée. Finalement, une Jigouli couinante finit par stopper et vint se garer devant la Mercedes de Zory. Deux hommes en canadienne de cuir en descendirent, souriants, volubiles. Zory leur expliqua sa panne. L'un des deux hommes, un petit gaillard fortement charpenté, s'accroupit près de la roue et demanda à Zory de l'éclairer. L'autre ramena une trousse à outils métallique qu'il jeta près de la roue, en jurant qu'il soufflait un vent à vous geler les couilles.

Le petit costaud examina les écrous et essaya de les desserrer sans succès. Il réclama une barre de fer pour faire levier. C'est à ce moment que le sol se mit à trembler. Le premier convoi les dépassa dans un grondement sourd, et les outils métalliques s'entrechoquèrent comme des clochettes. Zory resta figé dans les phares des blindés comme un animal apeuré. Il y en avait des dizaines qui roulaient dans la direction de Cheremetievo. Des chars T-54 à canons de 60 mm, mais aussi les derniers modèles, les impressionnants T-72, mastodontes terrifiants dont les chenillettes semblaient labourer la route. Zory avait la bouche sèche. Il n'avait jamais vu un tel déploiement de forces et se demanda s'il parviendrait à prendre son avion. Peut-être qu'ils allaient bloquer l'aéroport. Les deux hommes s'affairaient toujours sur la roue et réclamèrent de la lumière. Zory se pencha et braqua sa torche sur la jante. Lorsque le dernier char passa devant eux en vrombissant, la main de Zory se crispa sur la lampe. Il vit distinctement le sang gicler sur la portière blanche de sa voiture avant de s'écrouler sur le sol, la face dans la boue gelée. Il ne sentit pas davantage le deuxième coup de clef anglaise qui lui défonça la boîte crânienne.

Les deux hommes tirèrent le corps de Zory derrière le volant de la Mercedes, mirent le contact et poussèrent la voiture dans le fossé, derrière le terre-plein. Puis ils emportèrent la mallette et firent demi-tour, en direction de l'usine. En chemin, ils vérifièrent le contenu de la sacoche. Les informations que venait d'avoir Sukhomlinov étaient correctes. Zory avait bien demandé une rançon.

44

Prikhnenko et Alexéï étaient montés à l'arrière de la Tchaïka. A l'avant, en plus du chauffeur, un garde était assis de trois quarts, la main plongée sans équivoque dans la poche intérieure de sa veste. Par les vitres teintées que nul regard indiscret ne pouvait traverser, ils voyaient s'éloigner les dernières lueurs de la ville. Alexéï savait déjà où ils l'emmenaient. Il espérait simplement revoir Claire une dernière fois. Il ne comprenait toujours pas pourquoi Igor lui avait confié une mission aussi stupide, aussi suicidaire. Prikhnenko avait jusque-là répondu par le silence à toutes ses questions. Il gardait la tête tournée vers la vitre où la nuit devenait de plus en plus opaque. Il n'avait daigné desserrer les dents que lorsque Alexéï avait fait remarquer que Lebedev aussi serait menacé, s'ils visaient le Kremlin.

« Ne vous inquiétez pas pour le ministre, inspecteur Prigov. Il part ce soir même en mission pour Leningrad. »

Alexéï en déduisit que l'action était imminente.

« Vous n'avez aucune chance de réussir, Prikhnenko. Nous ne sommes plus au XVIIIe siècle où de jeunes officiers pouvaient, en s'appuyant sur une chapelle politique, espérer renverser le pouvoir. Même si vous obtenez un succès local, vous savez très bien que la division administrative du pays ne permettra pas l'extension de votre action. Vous ne ferez qu'augmenter le chaos. »

Ils arrivaient en vue de l'usine. Prikhnenko eut un sourire énigmatique et se tourna vers Alexéï. Il se pencha vers lui et lui serra l'avant-bras avec une familiarité qui le surprit. Dans les lueurs des projecteurs, Alexéï distingua son visage. Il montrait sa cicatrice du doigt.

« Vous avez remarqué, j'imagine, ma cicatrice. Savez-vous ce que c'est ? »

Prikhnenko jeta un coup d'œil complice au garde qui lui rendit son sourire.

« Une balle de 7,62. Nous étions quatre, complètement ivres, qui fêtions notre succès à l'examen final de l'École d'ingénieurs. Une balle dans le barillet. Une chance sur cinq. La tradition russe du XVIIIe siècle, comme vous dites. J'ai tiré le premier. La balle était dans le premier trou. J'ai senti un millième de seconde avant d'appuyer sur la détente que la balle était là. J'ai tremblé. La balle a ricoché sur l'os. Angle trop ouvert. Vous vous y connaissez en balistique ? »

Alexéï ne voyait pas où Prikhnenko voulait en venir.

« On m'a emmené à l'hôpital. Les trois autres sont repartis en voiture. On les a retrouvés encastrés sous un camion. Broyés.

— Histoire édifiante ! ironisa Alexéï. Quelle en est la morale ?

— Méfiez-vous des apparences du destin. Vous savez, les sorcières de *Macbeth*. " *Fair is foul, and foul is fair !* " Le mal peut engendrer le bien et vice versa... »

Des cris l'interrompirent. Dans la cour de l'usine, les soldats couraient en tous sens. Certains s'abritaient derrière les bâtiments, d'autres chargeaient les canons et les mettaient en position de tir. Ils descendirent de voiture et Prikhnenko leva les yeux vers la passerelle qui dominait la cour. Un officier courait vers une salle illuminée qui devait être le poste de commandement. Ils gravirent en toute hâte l'escalier métallique qui menait aux bureaux. Alexéï ne s'expliquait pas encore le vent de panique qui semblait s'être levé à leur arrivée.

Les gardes le bousculèrent et il trébucha sur les marches de fer. Il s'écorcha la main. Alexéï reconnut alors le profil de rapace de Sukhomlinov qui avait une conversation animée avec l'officier. Prikhnenko les avait rejoints. Alexéï évalua rapidement ses chances de fuite, et jugea que les circonstances étaient idéales. La pagaille ambiante, dont il ne parvenait toujours pas à discerner l'origine, lui aurait sans doute laissé de bonnes chances d'atteindre le bois de bouleaux et d'y déjouer ses poursuivants. Mais il savait désormais que Claire était ici, quelque part dans ce labyrinthe de ferraille. Là-bas, Sukhomlinov s'agitait et parlait avec de grands gestes véhéments. Prikhnenko se retourna vers Alexéï à plusieurs reprises, les sourcils froncés. Comme il le craignait, Sukhomlinov le vit et s'avança vers lui tel un taureau qui charge. Ses yeux étaient injectés de sang et un filet d'écume blanche ourlait sa lèvre inférieure. Il saisit Alexéï par le col et siffla, à deux centimètres de son visage :

« Je vous avais prévenu, Prigov ! Vous auriez dû écouter mes conseils ! A qui avez-vous parlé ? »

Alexéï ne répondit rien. Il sentait les battements de son cœur s'accélérer. Sukhomlinov hurla :

« Répondez !

— Je ne comprends pas », bredouilla Alexéï.

Sukhomlinov le lâcha et souffla, hors d'haleine. Il recula, comme s'il s'éloignait, et brusquement, de tout son poids, lança son poing au menton d'Alexéï. Il chancela sous le coup et tomba à la renverse. Un déluge de coups de pied suivit. Les hurlements étaient incompréhensibles et se mêlaient au vacarme général. Alexéï, étourdi, sentit qu'on le traînait par le col de son manteau à l'intérieur d'une salle. On le laissa au milieu de la pièce fortement éclairée et quelques minutes de calme suivirent. Tout allait trop vite. Alexéï ne savait plus quelle partie de son corps le faisait le plus souffrir. Il osait à peine bouger, craignant de découvrir une fracture. L'adrénaline, pour l'instant, le protégeait. Il resta recroquevillé en position fœtale, les bras protégeant son visage. Ma tête, songea-t-il, faut que je protège ma tête. Et mes yeux. La porte s'ouvrit de nouveau et des pas firent vibrer le sol. Alexéï ne bougeait toujours pas. Le bout d'un pied le poussa, doucement, comme pour le réveiller.

« Comme on se retrouve, *kolhovdè !* »

Alexéï reconnut instantanément la voix d'Oleg.

« Faites-le parler, capitaine Sorokine. Je veux savoir qui il a vu et quand. Je veux savoir ce qu'il leur a dit. »

Alexéï se demanda comment il avait appris qui jouait un double jeu, dans cette histoire de fous ? Il soupçonna Igor de l'avoir livré volontairement, à des fins qu'il n'arrivait pas encore à comprendre. Le premier coup de lanière interrompit ses pensées. Il n'y eut ensuite que la douleur. Une douleur familière, prévisible, interminable. Alexéï guettait et appelait de toutes ses forces le moment où il s'évanouirait. Mais Oleg connaissait son travail et s'arrêtait de temps à autre pour le laisser récupérer et l'interroger. Cela dura longtemps, très longtemps. Alexéï eut du mal à évaluer la durée. Une demi-heure, peut-être plus. Brusquement, il entendit de nouveau la sirène et des cris retentirent dans les salles voisines. Il y eut des coups de feu, et quelqu'un aboya des ordres. Au loin, dans la forêt sans doute, le son nasillard d'un haut-parleur crachota. Sukhomlinov eut un geste las.

« Tuez-le. C'est trop tard. »

Sorokine souleva la tête d'Alexéï par les cheveux et posa le canon de son revolver sur son front. Alexéï perçut nettement le cliquetis du chien qui s'armait et la légère vibration du ressort, tandis qu'Oleg appuyait sur la détente. Il ferma les yeux. Il essaya de penser à Claire, à sa mère, à Nastasia, à toutes les femmes qu'il avait aimées, à lui-même tout petit, mais il n'y avait plus rien. Il ne pensait à rien. Devant lui, c'était le vide. Le vide complet. Et enfin, comme une délivrance, la détona-tion, énorme, infinie, qui se propageait en ondes larges et douces le long de son échine. L'haleine de l'arme, aux odeurs de poudre et au parfum d'abandon. Alors seulement il revit son enfance et le mannequin pendu au bout de la grue, là-bas, sur le chantier, les chants des hommes tandis que son père le portait sur ses épaules, et la ligne de sa canne à pêche emmêlée aux branches, son père qui crie, qui rit, alors que les dindons le poursuivent et les bancs de l'école et les coups de règle sur les doigts et son premier uniforme et l'autre imbécile qui lui montre comment on fait les enfants et lui qui pleure parce qu'il ne veut pas savoir, parce qu'il se doutait bien qu'on lui avait menti, et les copains de régiment qui l'emmènent aux putes et le coup de couteau et Nastasia qui a maintenant le visage de Claire et qui va mourir parce qu'il meurt.

45

« Êtes-vous en état de marcher ? »

La voix vient de très loin, comme ces messages incompréhensibles que personne n'écoute, dans les gares. Le sifflement qui l'accompagne ressemble à celui d'un haut-parleur mal réglé. L'air sent la poudre et la sueur.

« Allez ! Debout ! Nous n'avons pas de temps à perdre. »

Une main secoue doucement son épaule. Son épaule qui lui fait mal. Lentement, comme si le cauchemar continuait, Alexéï écarte les doigts, ouvre les yeux. La lumière brutale le frappe en plein visage. Devant lui, à quelques centimètres, deux yeux le fixent avec une expression d'étonnement sans fin et de totale incompréhension. Du sang coule, avec des bulles roses, sur la joue d'Oleg Sorokine. Il est resté la bouche ouverte, surpris à tout jamais. La balle est entrée par la nuque et elle est ressortie en haut du front, emportant un gros morceau d'os et de matière grise. Alexéï a un mouvement de recul et se met à quatre pattes. Son manteau est taché de sang et de particules blanchâtres. La tête lui tourne et il ne sent plus son bras gauche. Il soupçonne une fracture. Au-dessus de lui, le dominant de sa haute stature, un énorme 9 mm à la main, Andréï Prikhnenko renouvelle son ordre. Il empoigne Sukhomlinov par le col, son arme braquée sur sa mâchoire.

« Si vous pouvez marcher, vous feriez mieux de me suivre. »

Alexéï se relève avec difficulté. Il ne tiendra jamais avec cette douleur.

« Je crois que j'ai le bras cassé.

— Mettez ça. Pour les attelles, on verra plus tard. »

Prikhnenko lui jette son écharpe pour soutenir son

bras. Du bout du pied, il pousse le revolver de Sorokine dans sa direction.

« Prenez-le. On risque d'en avoir besoin.

— Mais qu'est-ce que vous...

— Plus tard. Venez. »

Sukhomlinov ne dit rien. Le sang a reflué de son visage et ses yeux sont vaguement vitreux. Il garde les mains levées et paraît étrangement fragile.

Prikhnenko le tient serré contre lui, comme un bouclier, et Alexéï se colle dans sa foulée, jetant machinalement des coups d'œil derrière lui. Il lui semble évoluer dans une bulle de matière molle, cotonneuse, et son cerveau se comporte comme un objectif de caméra qui ne parvient pas à faire le point. Il se sent légèrement décalé par rapport à la réalité et seule sa douleur au bras lui rappelle qu'il ne rêve pas.

Ils longent le couloir métallique vers les salles du fond et Alexéï a l'impression que leurs pas qui résonnent sur la claie métallique se répercutent dans toute l'usine. Il s'attend à voir déboucher les soldats d'un instant à l'autre. Sukhomlinov aussi sans doute, qui guette, la mâchoire serrée, le bout du couloir.

Là-bas, dans la dernière pièce, il y a de la lumière. Prikhnenko appuie le canon de son arme sur la joue de son otage.

« C'est là ? »

Sukhomlinov hoche la tête et réprime un haut-le-cœur. Un filet de bile jaunâtre glisse à la commissure de ses lèvres. Pourquoi cela évoque-t-il bizarrement à Alexéï l'odeur de la camomille ? Il s'ébroue comme un chien mouillé. S'il se laisse aller à ces divagations, sa raison va le lâcher comme un disjoncteur qui saute. Prikhnenko fait un signe du menton. L'habitude de donner des ordres, d'un geste. Alexéï se place en couverture, instinctivement, plaqué au mur, comme pendant les exercices à l'école de police. Voilà donc à quoi ils servaient, ces fichus exercices qui lui cassaient les pieds. Non pas à apprendre, mais à réagir. Des automatismes. De simples automatismes de survie. Une fois, il se souvient, le sergent instructeur avait chargé son arme à balles réelles, avant l'exercice. Ils ne s'en étaient aperçus qu'après, lorsqu'ils avaient vu les impacts dans le mur. A partir de ce jour-là, leurs réactions avaient vraiment été des automatismes, et la petite boule dure, dans leur gorge, un témoin de leur survie. Stop ! Alexéï se sermonne, serre les dents. Assez de dérapages ! Pas question de lâcher la rampe en ce moment. C'est ici qu'il doit être, pas dans l'imaginaire.

Prikhnenko fait avancer Sukhomlinov dans la zone de lumière.

« Ouvre la porte ! »

Sukhomlinov tire en tremblant une clef de sa poche et l'introduit dans la serrure. Tout va aller très vite à présent, Alexéï le sait. Il se rappelle. L'exercice... Dans quelques secondes, ils auront libéré Claire ou ils seront tous morts. Curieusement il n'a plus peur. Les capacités de l'homme à s'émouvoir du danger sont peut-être limitées, se dit-il, et de nouveau il se contraint au silence mental. La porte claque à toute volée. Un cri :

« *Stoï !* »

Prikhnenko a poussé Sukhomlinov à l'intérieur, et braque son arme dans la pièce. Alexéï le suit, couvrant la porte, prêt à tirer. Mais dans la lumière verdâtre des néons, il n'y a que Claire, André Brunet et Piotr, immobiles, pétrifiés. Claire se lève lentement, fait deux pas dans la direction d'Alexéï et ouvre la bouche pour parler. Mais rien ne vient. Elle pleure. C'est la première fois qu'Alexéï lui voit cette moue de petite fille, le menton chiffonné. Elle lutte contre les larmes qui lui coulent sur les joues. Son chandail est noirci par la poussière qui s'est accumulée sur le sol et les murs. Ses cheveux défaits, emmêlés, collent à son front et, tandis qu'elle essaie d'essuyer ses larmes, ses mains sales tracent de longues traînées noires sur ses tempes. Alexéï ne l'a jamais trouvée aussi belle.

Prikhnenko ne leur laisse pas le temps de s'attendrir, il les pousse dehors, vers l'escalier métallique.

« Prigov ! Faites le tour par l'arrière. Vous trouverez un portillon derrière les conteneurs. Courez vers le nord. C'est plus sûr. Je vous rejoins. »

Piotr est déjà devant. Il bouche tout le couloir de son

énorme carcasse et trottine avec une grâce d'éléphant. La sueur trempe son dos rond. Alexéï a oublié toute précaution. Il n'a d'yeux que pour Claire qui soutient son père. Derrière eux, en arrière-garde, Prikhnenko prend son temps et remonte le couloir à reculons, se protégeant toujours derrière son otage. Alexéï se raisonne. Tout cela paraît trop facile... C'est à ce moment que le coup de feu claque, étouffé, à peine plus bruyant qu'un pétard d'enfant. Alexéï s'est figé aussitôt. Il cherche à déterminer l'origine du danger, mais il est trop tard. Dans l'ombre du couloir, la lourde silhouette de Piotr titube et s'écroule sur un homme, s'accroche à sa gorge, à son bras Des grognements étouffés. Un second coup de feu. Tout s'est passé en quelques secondes. Lorsqu'Alexéï se penche sur les deux hommes enlacés, Nikolaï Pavlov, Lada pour les intimes, est déjà mort. La balle est entrée sous le menton, de bas en haut, et n'est pas ressortie.

Piotr a l'air d'avoir la colique. Il se tient la bedaine de la main gauche. De la droite, il tend le pistolet de Lada, entre deux doigts, comme une pièce à conviction. D'un œil professionnel, encore un automatisme, Alexéï identifie l'automatique Tula-Korovin, calibre 6,35 mm, si minuscule qu'on se demande comment il peut nuire.

« Je voulais m'offrir une *petite douceur* », plaisante-t-il avant de laisser tomber l'arme, ridicule comme un jouet.

Alexéï s'est agenouillé près de lui, il empoigne sa lourde masse par les épaules, le redresse, l'adosse au mur. D'une main tremblante, il desserre les doigts de Piotr, écarte les pans de son manteau. Le chandail de laine ocre aux mailles irrégulières, que sa femme lui a tricoté, et dont il a démonté les manches pour donner de l'aisance à ses bras volumineux, ce chandail a changé de couleur. Une large tache rouge l'imbibe comme un buvard. Alexéï veut le soulever mais la grosse patte de Piotr lui serre le poignet.

« Laisse. C'est rien. Filez vite avant qu'ils ne rappliquent. »

Derrière, Prikhnenko s'impatiente. Alexéï hésite encore mais il sait qu'ils ne peuvent pas transporter de blessé, surtout de cette corpulence. Piotr aussi l'a compris.

« Filez. Ils seront bien obligés de me soigner quand ils me

trouveront. Ils ne peuvent pas me laisser là, je gêne le passage. »

Prikhnenko les presse. Le temps leur est compté. Si l'armée donne l'assaut, ils y resteront tous. Il pousse Sukhomlinov vers le bureau qui lui sert de poste de commandement et d'un geste nerveux leur ordonne de fuir. Alexéï passe le premier en rasant les murs. Au bas de l'escalier, il jette un coup d'œil prudent vers la cour. Les soldats se sont placés de l'autre côté, en position d'alerte. Alexéï devine la masse inquiétante des obus qui s'empilent près du hangar. La moindre explosion, le moindre coup de feu, et c'est la catastrophe. Il y a là de quoi exterminer dix mille hommes. De quoi contaminer une superficie de plusieurs dizaines de kilomètres carrés.

Les cris, les ordres, le bruit sourd des bottes sur le ciment, le son mat du métal et le bourdonnement nerveux des moteurs électriques ont brusquement cessé. Chaque homme est à son poste. Un silence irréel fige l'usine. Claire s'est collée tout contre Alexéï. Il sent son souffle court sur sa joue. Elle serre son bras, machinalement, et Alexéï grimace de douleur, en silence. Elle ne s'est pas même rendu compte qu'elle s'agrippait à son bras blessé. Brunet s'est assis derrière eux. Il cherche sa respiration. C'est un vieil homme, tout à coup, qui tousse comme on sanglote. Alexéï, un doigt sur les lèvres, lui impose silence. Il tend l'oreille.

Là-bas, au fond de la nuit noire, il a cru percevoir un craquement de branches et le gémissement du bois qui se fend, ployant fibre après fibre, avant de céder. Le bruit croît rapidement. Ce qui n'était encore, il y a quelques secondes, qu'un crépitement de bois mort devient un vacarme de troncs brisés et de racines arrachées, et, par-dessus l'éclatement des arbres, comme le chant insolite de grillons métalliques, s'élève le cliquetis aigu, sinistre et têtu des chenilles de chars. Ils sont là, tout près, et l'on entend à présent le rugissement grave, puissant, nerveux, de leurs moteurs.

« Des T-72 ! » murmure Alexéï, qui a du mal à articuler. Sa langue est sèche comme du papier.

C'est le moment ou jamais. Là-bas, de l'autre côté de l'espace découvert, il distingue le portillon. Il court, entraînant

285

Claire et son père qui avance à petits pas, au bord de l'épuisement. Derrière la grille, il devine les bouleaux. La neige. La forêt. Les chars n'ont pas encore cerné ce côté, semble-t-il. Mais Alexéï pousse la grille en vain. Une chaîne cadenassée la verrouille. C'est alors que retentit la voix rauque de Sukhomlinov, dans les haut-parleurs de l'usine.

46

Alexéï n'a pas compris tout de suite le message. Le vrombisse-ment des T-72 couvre la voix métallique qui résonne et se dissout en échos contre les murs de l'usine. Les chars ont pris position devant les clôtures, canons braqués sur les batteries d'artillerie. Ils ne bougent plus et grondent comme des ours prêts à frapper. Un souffle d'abord, puis le battement de l'air, une pulsation de l'atmosphère qui fait vibrer les diaphragmes, et, tout à coup, un torrent de lumière qui inonde l'usine, une tornade qui soulève les bâches et secoue les vêtements. Les hélicoptères fouettent l'air de leurs pales invisibles. La lumière violente les éblouit. Claire s'est recroquevillée contre un fût rouillé, qui a dû contenir un produit chloré et qui dégage encore des effluves tenaces. Alexéï, instinctivement, a poussé Brunet à côté de sa fille et leur fait un rempart de son corps, accroupi lui aussi. Un long silence. Là-bas, près des pièces d'artillerie, rien ne bouge. Les énormes moteurs des chars ronronnent, expectatifs, immobiles. Un sifflement d'effet Lar-sen dans les haut-parleurs et, de nouveau la voix cassée de Sukhomlinov, qui hausse le ton, dans une ultime tentative d'autorité :

« Ici le commandant Sukhomlinov. Le colonel Polivanov et moi-même donnons l'ordre aux unités d'artillerie et d'infante-rie de rendre les armes immédiatement. Je répète, nous déposons les armes... »

De nouveau, le sifflement térébrant des haut-parleurs inter-rompt le message, mais déjà les hommes se lèvent, hésitants, vaguement désemparés, éblouis par les flots de lumière blanche qui se déversent sur la cour, étourdis par le vacarme qui déchire l'atmosphère. Ils lèvent les bras, maladroits, et se

287

dirigent vers l'entrée principale, par petits groupes désordonnés. Brutalement, un char bondit en avant, comme un fauve, et abat la première clôture. Les tankistes braquent leurs mitrailleuses sur les vaincus. C'est fini. Alexéï se redresse et vacille dans les zébrures des lueurs argentées qui balaient l'usine, la forêt, ballet d'illuminations fantasmagoriques. Il fait deux pas, trébuche et entend, très loin, si loin déjà, la voix de Claire qui l'appelle. Ses genoux flanchent et il heurte le sol de son épaule blessée. Il n'a plus la force de crier. Une main violente le secoue, le force à se relever. Il tient à peine debout. Le visage de l'homme est dissimulé par un masque à gaz. Alexéï a sommeil, tellement sommeil. Il devine Claire qui, à ses côtés, bouscule l'officier et crie à ses oreilles qu'ils sont des prisonniers. Mais l'officier ne comprend pas et repousse Claire d'un revers de la main. Alexéï reconnaît sur ses épaules les galons dorés aux barrettes noires des tankistes. Il bredouille :

« Alexéï Prigov. Inspecteur... principal de la... milice. Là-haut... vite... un blessé grave... l'inspecteur Piotr Vassilievitch Uksusnikov... Vite... Je veux voir Prikhnenko. Prikhnenko... au QG, bordel, fils de ta mère. Prikhnenko... »

La lumière tourbillonne, avec des spectres irisés, et Alexéï doit lutter pour ne pas s'évanouir. D'autres soldats masqués les bousculent, les poussent, les tirent, dans une pagaille de débâcle. On les met en rangs serrés, on les parque contre un mur tandis qu'un officier hurle des ordres inaudibles et que les chars pivotent sur eux-mêmes avec des soubresauts. Au-dessus, les pales des hélicoptères de combat brassent l'air comme une gigantesque baratte. Un caporal zélé, le casque de conducteur de char encore vissé au front, brandit négligemment, en vainqueur, une mitraillette sans chargeur. Il compte les prisonniers, les trie. Les militaires d'un côté, les civils de l'autre. Alexéï, Claire et Brunet sont poussés vers l'escalier, au pas de charge. Là-bas, dans la cour, près de la grille grande ouverte par où s'engouffrent à présent des camions bâchés et des véhicules blindés, Alexéï aperçoit Prikhnenko qui discute avec l'officier de l'unité blindée. Celui-ci a enfin ôté son masque. Alexéï crie et gesticule en vain. Le tumulte couvre sa voix. Les soldats les isolent dans un des locaux exigus qui

288

servaient encore de postes de commandement aux insurgés, il y a cinq minutes. L'ampoule du plafond a été dévissée par un des soldats et ils cherchent à s'orienter dans la pénombre que zèbrent, par intermittence, les éclats tremblotants des projecteurs. Ils s'accroupissent près de la porte, de peur de heurter quelque meuble, de se blesser. Le moindre mouvement leur paraît dangereux, dans la tornade d'excitation qui souffle sur l'usine. Claire s'est placée entre son père et Alexéï. Elle leur tend ses mains, les serre comme un ultime garde-fou.

Au fond de la pièce, Alexéï devine une forme qui oscille, avec un mouvement de pendule. Les gifles de lumière qui transpercent la poussière des carreaux allument une tache brillante. On dirait une pièce d'argent qui étincelle en se balançant doucement, de gauche à droite, de droite à gauche. Alexéï détache un à un les doigts de Claire qui se sont crispés sur sa main et, avec d'infinies précautions, sur trois pattes, rampe vers le balancier. A mesure qu'il se rapproche, la forme lui paraît plus sombre et plus massive. L'objet, dans son lent va-et-vient, effleure le plancher avec un frottement léger de légume qu'on râpe. Alexéï n'a pas besoin de toucher la masse pour comprendre. Ce qui frotte le sol avec un bruit d'écorce grattée, c'est une chaussure. Son regard, lentement, perce l'obscurité et remonte de la chaussure à la jambe. Un pied est déchaussé. Le pantalon révèle une large plaque noire, qui sent l'urine. Deux mains blanches, étrangement longues et basses au bout des bras démesurés, flottent, gracieuses et vides, près des jambes. Plus haut, sur le cou, Alexéï identifie la tache de métal scintillant. C'est la boucle d'une ceinture. Un rayon de lumière plus profond jette un éclair sur le visage du pendu. Une langue noirâtre sort de ses lèvres, comme une grosse limace. Alexéï a du mal à reconnaître Sukhomlinov.

47

« Encore un *kyèk*, Andréï Ivanovitch ? » proposa Alexéï, sourire candide aux lèvres, en tendant la boîte de petits gâteaux compacts que sa mère avait cuits, un peu trop, spécialement à son intention.

Prikhnenko, qui regrettait visiblement d'avoir accepté le premier par politesse, n'était pas disposé à un second sacrifice.

« Merci, Alexéï Alexéïevitch. La ligne, vous comprenez... »

Prikhnenko parlait d'une voix posée, très aristocratique, comme si cette chambre d'hôpital était un salon de l'ambassade de France.

Alexéï, en soupirant, reposa la boîte de cakes immangeables sur la table de chevet chromée. Il tenta vainement de se gratter le coude gauche, gainé de plâtre, et reprit le fil de ses idées :

« Je ne comprends toujours pas pourquoi Sukhomlinov a capitulé. Suicide pour suicide, il pouvait choisir le cataclysme.

— C'était un risque, en effet. Il a basculé lorsque je lui ai montré les réservations sur la ligne Leningrad-Helsinki. Sukhomlinov, dans le fond, était un idéaliste qui s'était trompé d'idéal. Il ne supportait pas l'idée de trahison, alors qu'elle n'est qu'un outil politique comme un autre. Quand il a compris que Lebedev était en sécurité en Finlande et le laissait prendre tous les risques, il a demandé à Polivanov de se rendre. Non qu'il eût redouté la mort, ou celle de ses soldats, pour peu qu'elle servît sa cause. Mais la défection de Lebedev discréditait définitivement leur action.

— Et comment avez-vous convaincu Lebedev de quitter la Russie ? »

Alexéï s'assit au bord du lit et chercha du pied ses

pantoufles. Il n'y avait pas vingt-quatre heures qu'il était à l'hôpital et déjà il ne tenait plus en place.

« Ce voyage était programmé depuis le début. Lebedev, au contraire de Sukhomlinov, est un pragmatique. Il avait très bien compris les avantages que pouvait présenter son absence de l'URSS au moment du coup d'État. D'abord, il n'aurait pas eu à endosser la responsabilité d'un massacre, si les choses avaient mal tourné. Ensuite, il aurait été le recours, et serait intervenu comme un sauveur, dans une période troublée, pour rassembler, et faire renaître l'union. Enfin, en cas de problèmes, il était à l'abri.

— Mais quel était l'avantage pour vous ?

— Fondamental. Nous savions depuis le début que Lebedev fomentait un coup. Le but était double. Premièrement, le discréditer, et non en faire un martyr. Son départ à l'étranger apparaît comme une fuite, pire, comme une trahison qui rejaillit sur son mouvement dans sa totalité. Ses partisans passent désormais pour des traîtres et des lâches. C'était d'ailleurs le deuxième objectif. Nous espérions que ce putsch rallierait les conservateurs et les débusquerait. L'occasion rêvée pour nous de démasquer les éléments dangereux et de les neutraliser. Là, nous avons échoué. Ou bien les comploteurs en puissance étaient mieux informés que nous ne le pensions — et il nous faudra dans ce cas savoir par qui —, ou bien ils n'ont pas eu confiance en Lebedev. Il est vrai que cet imbécile, malgré mes conseils — eh oui ! J'étais son conseiller ! l'avocat du diable —, ne s'était assuré l'appui que d'une fraction de l'armée. Lebedev n'avait pas d'envergure. Ils ont dû le sentir. Pour nous, ce n'était qu'un appeau. Le gros gibier attend son heure.

— Je comprends. Mon enquête venait déranger ces beaux plans.

— Pire encore. Lorsque vous avez commencé à vous intéresser à moi, nous avons d'abord cru que vous soupçonniez mon rôle. J'ai mis des mois à gagner la confiance de Lebedev.

— C'est me faire beaucoup d'honneur. »

Alexéï appela l'ascenseur, observant les infirmières aux

larges croupes qui poussaient des chariots dans le couloir. Prikhnenko eut un sourire amusé.

« Vos talents d'enquêteur avaient suffisamment alerté Sukhomlinov pour que je sois inquiet, moi aussi, pour des raisons différentes. Sukhomlinov a commis une maladresse. Il a tenté de vous intimider. Quand vous avez réagi en vous mettant sur ma piste, il n'y avait plus qu'à vous utiliser... »

La phrase restait en suspens, lourde de sens. Alexéï la termina à la place de Prikhnenko.

« Ou à m'éliminer. »

Prikhnenko ne répondit pas. Son visage fermé n'infirmait pas l'hypothèse. L'ascenseur était bloqué au sixième étage. Ils se dirigèrent vers l'escalier. Une odeur d'éther montait de la cage.

« Mais pourquoi Igor ne m'a-t-il rien dit ? »

Prikhnenko fit une grimace énigmatique, comme s'il cherchait à éviter un sujet épineux. Alexéï devina que, comme dans l'armée et la milice, les dissensions étaient vives au sein du KGB.

« Il fallait justement que vous soyez crédible. En me soupçonnant, en révélant que vous aviez une photo de moi en grande conversation avec Sukhomlinov, vous me serviez de caution involontaire. Vous me disculpiez aux yeux de Lebedev. Il ne pouvait plus douter de ma loyauté.

— Pourquoi ? Il se méfiait de vous ?

— Lebedev se méfiait de tout le monde. Les comploteurs se méfient toujours de tout le monde. Mais c'est moi qui avais indiqué à Skinner le lieu de notre rencontre, à l'usine. Il me servait de contact avec Igor. Sukhomlinov s'est malheureusement rendu compte que Skinner avait pris des clichés de notre rencontre. Il a commencé à fouiner du côté de la mission européenne. Il fallait agir vite. En retrouvant la trace de Brunet, il pouvait remonter jusqu'à moi. J'ai donc fait moi-même enlever Brunet par Zory, dont il ne se méfiait pas. Je me doutais que Skinner lui avait confié des informations, à l'ambassade. Je les avais vus ensemble. »

Prikhnenko remarqua le mouvement de surprise d'Alexéï.

« C'était la seule solution pour le protéger, comprenez-vous.

Sukhomlinov l'aurait liquidé, comme les autres. Le capitaine Sorokine et ce détraqué de Nikolaï Pavlov lui servaient d'hommes de main. Il les avait recrutés à la garnison de Stavropol, lorsqu'il était encore au Zampolit. Il fallait détourner ses soupçons et lui faire croire que Brunet pouvait nous être utile, comme monnaie d'échange en cas de problème.

— A cause de son brevet de décontamination, entre autres, n'est-ce pas ? Il aurait en effet été particulièrement utile, vu les circonstances ! »

Prikhnenko ne répondit pas. Il se contenta de froncer les sourcils. Alexéï insista. Il en voulait secrètement à tous ces valeureux défenseurs de l'État de l'avoir manipulé. En fin de compte, qu'ils soient réformistes ou conservateurs, ils étaient tous de la même école, prêts à tous les moyens pour atteindre leurs fins. Ils se servaient des autres comme d'instruments.

« Pourquoi avez-vous fait fouiller leurs chambres ?

— Une initiative de Sukhomlinov, acharné comme une zibeline. Il voulait les photos. Et il ne les a pas trouvées, naturellement, puisque c'est vous qui les aviez. C'est d'ailleurs ce qui a failli tout compromettre. Ils ont un instant pensé changer leurs plans. Il fallait donc vous livrer pour les rassurer.

— Merci du cadeau ! »

Prikhnenko éclata de rire tandis qu'ils franchissaient le sas du service de réanimation.

« Et quel était le rôle de Zory ?

— Secondaire, mais indispensable. Il jouait beaucoup et perdait davantage encore. Il avait essayé en vain de nous vendre des informations bidon. En désespoir de cause, il a proposé ses services au Pamiat. C'est lui qui a débusqué Skinner, au *katrane,* où on le surnommait le Rouquin. Skinner était un excellent joueur. C'était une bonne couverture.

— Et un moyen de blanchir l'argent que vous lui donniez, j'imagine ? »

Une nouvelle fois, Prikhnenko ne releva pas la remarque.

« Zory y a d'ailleurs perdu des plumes. Il a donné Skinner à Sukhomlinov et il a trouvé dans la rançon une idée astucieuse pour se rembourser de ses frais. Malheureusement pour lui,

Sukhomlinov l'a appris et l'a liquidé. La rançon lui aurait servi de trésor de guerre. Rassurez-vous, elle a été restituée. A propos, vous avez été promu commissaire principal, Prigov. Le Président vous adresse ses félicitations. On parle d'une décoration... », ajouta-t-il d'un ton négligent.

Alexéï songea que ça ferait bien rire son père. Il se demanda si Igor lui accorderait aussi son visa de sortie pour la France. Ils traversèrent un deuxième sas et pénétrèrent dans une chambre équipée d'appareils sophistiqués de réanimation. Bardé de tubes et de perfusions, Piotr leur adressa un timide sourire. Le chirurgien, à son chevet, donnait des instructions à une infirmière. Il se retourna vers Alexéï.

« Deux secondes, pas plus. Il est encore très faible. Trois heures d'intervention, ça use même les carcasses les plus dures. Mais il s'en tirera. Il est costaud. »

Alexéï fit un clin d'œil à son ami et lui serra le poignet. Piotr cligna des yeux, lui aussi. C'était le seul mouvement qu'il avait la force de faire. Alexéï ressortit en silence. Héros ! Son fils va hurler de rire, lui aussi.

Avant de partir, Prikhnenko saisit l'épaule droite d'Alexéï, dans un geste fraternel qui paraissait un peu déplacé de sa part. Il fronça les sourcils et chercha le ton juste, ni trop paternaliste, ni trop désinvolte :

« On a besoin de gars comme vous, Prigov. Croyez-moi, ce n'est pas fini. Ça ne fait que commencer. »

Il s'éloignait déjà, silhouette grise et discrète dans le couloir verdâtre où la peinture s'écaillait. Alexéï se demanda quels secrets vénéneux, quels plans retors et inavouables cachait encore cet élégant scorpion.

Derrière la porte vitrée du couloir, il devina la silhouette frêle de Claire. Son père était en observation au deuxième étage. Elle lui sourit et il lui tendit sa main droite.

« Comment va votre père ? »

Il s'aperçut qu'il était involontairement revenu au vouvoiement, comme si toute cette affaire n'avait été qu'une parenthèse dans leurs relations et qu'il retrouvait à présent le recul nécessaire, le sens des convenances et celui des réalités. Il en éprouva une honte sourde et se mordit la lèvre. Mais Claire eut le bon goût de ne pas s'en apercevoir.

« Bien. Les médecins disent que son état s'améliore rapidement. Il souffre surtout du choc nerveux et de faiblesse générale, mais il devrait être en état de voyager d'ici trois jours.

— Trois jours? »

Claire baissa les yeux, embarrassée à son tour. Voilà pourquoi elle n'avait pas relevé le vouvoiement. Elle s'éclaircit la gorge et rejeta une mèche de cheveux bruns d'un ample mouvement de la tête. Elle était redevenue elle-même, Alexéï le comprit tout à coup. Ce simple geste la résumait tout entière. C'était le geste libre, sûr et désinvolte de l'Occidentale distinguée. Alexéï réalisa qu'il n'avait connu de Claire, effectivement, qu'une parenthèse. La disparition de son père l'avait dépossédée de son assurance, de ses pouvoirs, la laissant à la merci d'un pays inconnu, d'inconnus hostiles, de fonctionnaires butés, qui ne parlaient pas sa langue. Le seul appui, le seul guide qu'elle ait eu sous la main, c'était lui. Rien de plus, rien de moins. Voilà ce qu'il avait été. Une main secourable dans une période difficile. Et cette période était terminée.

« Si les lignes régulières sont rétablies. J'ai téléphoné à l'aéroport ce matin. Ils ne savent pas quand les vols seront de nouveau autorisés. L'état d'urgence a été décrété pour une durée indéterminée, vous savez?

— Je sais. Je... vous voulez une tasse de thé? »

Ils se dirigèrent vers la cafétéria. Au comptoir, des infirmières et des médecins s'étaient regroupés autour d'un transistor. Alexéï réclama du thé mais les serveuses lui firent signe de se taire. Le journaliste, à la radio, annonçait des troubles graves en Lituanie. Le gouvernement, semblait-il, avait donné l'ordre de tirer sur la foule. Il y avait de nombreuses victimes et le couvre-feu avait été décrété dans tous les pays Baltes. Les manifestations étaient désormais interdites sur tout le territoire, ainsi que les mouvements de grève et les journaux d'opposition.

Alexéï retourna s'asseoir près de Claire, les mains vides. Elle vit son air soucieux et lui prit la main.

« Que se passe-t-il ?

— Je ne sais pas. »

Elle comprit que la situation s'était aggravée.

« Qu'allez-vous faire ? » demanda-t-elle.

Alexéï fixait la table de formica sans la voir. Il eut un sourire las lorsqu'elle lui prit la main. C'était ce qu'on faisait aux grands malades, pour les réconforter. Il serra les doigts minces, les déplia, les fit jouer comme s'il voyait pour la première fois un objet rare et précieux.

« Vous savez, j'avais demandé un visa pour la France. »

L'emploi du plus-que-parfait n'échappa point à Claire. Elle chercha de ses grands yeux verts le regard d'Alexéï qui se dérobait, errait sur le mobilier froid de la salle et, au-delà des vitres sales, sur les cimes des arbres noirs. Elle attendait la suite, silencieuse, concentrée, presque recueillie. Alexéï, troublé, en bafouilla :

« C'était comme fait. Je veux dire, ils avaient promis. Naturellement, que je l'aie ou non, personne ne peut être sûr. »

Alexéï leva vers Claire des yeux de chien battu. Pourquoi, tout à coup, les mots avaient-ils tant de mal à sortir de sa bouche, comme si déjà elle était loin de lui et qu'il eût oublié jusqu'à sa langue ? Dans le regard de Claire, il crut lire un mélange de souffrance et de pitié, et il détourna de nouveau la tête. Il ne supportait pas la pitié. Il lâcha sa main sous prétexte d'ajuster son écharpe. Claire alluma une de ses cigarettes blondes, américaines, coûteuses, sans lui en offrir une. Elle se rendit compte aussitôt de sa distraction et lui tendit son paquet. Alexéï secoua doucement la tête.

« Merci. Je vais profiter de ce séjour à l'hôpital pour essayer d'arrêter. Et puis, on s'habitue vite à vivre au-dessus de ses moyens. »

Claire hésitait, cherchant ses mots :

« Lyocha... »

Alexéï serra les dents.

« Je voulais vous dire à quel point je vous suis reconnaissante... »

Alexéï ne put en supporter davantage :

« S'il vous plaît, non. »

Elle se tut. Il reprit. Il devait s'en sortir avec les honneurs de la guerre, après tout.

« Mais après mûre réflexion, je crois que je ne partirai pas. »

Claire eut l'air sincèrement surprise.

« Comment ? Si on vous accorde un visa, vous ne partiriez pas ? »

Elle comprit ce que son étonnement pouvait avoir d'offensant et rectifia le tir :

« Ne vous vexez pas, Alexéï, mais en France, vous seriez libre. »

Alexéï eut un sourire indulgent. Ce n'était qu'une petite fille, après tout, qui ne comprenait pas grand-chose à la douleur, parce qu'elle ne l'avait connue que sous sa forme d'exception.

« Libre de quoi ? On n'est libre qu'à moitié quand on n'est pas libre chez soi. »

Claire suça nerveusement sa cigarette. Elle avait l'air de se sentir un peu coupable.

« Écoutez, Alexéï. Cette situation ne va pas s'éterniser. Votre pays, comme les autres, sera tôt ou tard une véritable démocratie. Déjà, les échanges... »

Alexéï épousseta machinalement la table, d'un geste impatient.

« Vous savez, Claire, dans mon pays, comme vous dites, et je ne sais même plus très bien ce que ce mot signifie, on a appris depuis trop longtemps déjà à se méfier des grands mots. Pourtant... »

Claire écrasa sa cigarette à demi consumée dans une soucoupe. Avait-elle peur à ce point qu'il ne verse tout à coup dans le sentimentalisme slave ?

« Pourtant..., poursuivit-il, je vais rester. Pas à cause des grands mots qui font plaisir à nos politiciens et à vos

297

journalistes, mais parce qu'on ne quitte pas sa maison quand on a encore du travail dedans. Je veux dire... »

Il sentait à quel point cette langue qui n'était pas la sienne était inadaptée en cette circonstance. Tout ce qu'il pouvait dire paraîtrait ampoulé ou ridicule. Il soupira. C'était un signe de plus de l'impossible départ.

« Je veux dire simplement qu'on a encore besoin de moi, ici. »

Claire hocha la tête. Était-ce une illusion, la lumière qui faiblissait ou l'éclat de la neige, elle crut voir des larmes briller dans ses yeux.

« Ce que je voulais dire surtout, Claire, c'est que c'est un peu grâce à vous. »

Elle leva des yeux étonnés.

« Il n'y a pas si longtemps, j'aurais donné dix ans de ma vie pour fuir cette ville cimetière, cette ville fantôme, ce... cette... ville de morts vivants... Mais depuis hier, c'est un peu plus chez moi, ici. Comment dire... Vous m'avez redonné le respect de moi-même, on peut dire ça ? C'est comme si j'avais dormi trop longtemps, comme, vous savez, les ours en hiver...

— Hiberné ?

— C'est ça, hiberné. Et puis d'un seul coup, je me suis réveillé... C'est ce que je veux pour ma ville... Vous comprenez ? Qu'elle sorte de son sommeil. C'est dangereux si on dort trop longtemps, non ?

— Oui. »

Claire lui souriait à présent. Ce n'était plus de la pitié qu'il lisait dans son regard, non, c'était comme de la fierté.

« Alors, j'ai décidé, je viendrai vous voir, si vous voulez, quand l'hiver sera vraiment fini. »

Par les fenêtres étroites, au triple vitrage, de l'hôpital, on pouvait voir de gros flocons de neige tournoyer dans le ciel gris. On n'était qu'au début de l'hiver, et il neigeait déjà beaucoup. Le temps allait paraître très long, jusqu'au printemps.

Septembre 1990-Mai 1991.

*La composition de ce livre
a été effectuée par Bussière à Saint-Amand,
l'impression et le brochage ont été effectués sur presse CAMERON
dans les ateliers de la S.E.P.C. à Saint-Amand-Montrond (Cher)
pour les Éditions Albin Michel*

*Achevé d'imprimer en janvier 1992.
N° d'édition : 12103. N° d'impression : 3375-2686.
Dépôt légal : février 1992.*